W0413886

LES MOUTONS ÉLECTRIQUES

« LA BIBLIOTHÈQUE DES VERTIGES »

Publication originale : *Rite of Passage* ©Alexei Panshin, 1968

Nouvelle traduction intégrale par Alice Ray, relue et mise en page par Mérédith Debaque, sous une couverture de Melchior Ascaride.

Nos parutions sont soutenues par la région Nouvelle-Aquitaine

www.moutons-electriques.fr
Diffusion-distribution : La Diff / Hachette Livre
ISBN 978-2-36183-846-1

ALEXEI PANSHIN

RITE DE PASSAGE

SONNET 94

Ceux qui ont le pouvoir de faire le mal et ne le font pas, Ceux qui agissent autrement qu'il ne le paraît,
Qui, entraînant les autres, restent eux-mêmes de pierre, Froids, insensibles et sourds à la tentation,
Ceux-là, comme il convient, héritent des grâces du ciel,
Et épargnent les richesses de la nature prodigue ;
Ils sont les seigneurs et propriétaires de leurs grimaces, Les autres ne sont que les serviteurs de leur excellence. La fleur de l'été est douce à l'été Bien que pour elle seule elle vive et meure,
Mais que la pourriture ignoble l'atteigne,
Et l'herbe la plus vile la surpassera en dignité :
Par leur action, les choses les plus douces deviennent les plus amères,
Et les lis qui pourrissent sentent beaucoup plus mauvais que les herbes.

SHAKESPEARE.

Première Partie
Le dégel

1

À dire vrai, je suis incapable de me souvenir très clairement de tout ce qui m'est arrivé avant et pendant l'Épreuve. Chaque fois que c'était nécessaire, j'ai donc eu recours à des hypothèses – des mensonges, si vous préférez.

Il est certain, par exemple, que je n'ai jamais dit la moitié des choses avec autant d'aisance que je les rapporte ici, et il est probable que cela concerne tous les autres également. Certains incidents ont été complétement inventés. Mais peu importe, en fait. Dans l'ensemble, tout ici est au plus proche de ce qui s'est passé, et ce qu'il faut retenir dans cette histoire, ce ne sont pas tant les événements que les changements qui ont commencé à se produire en moi il y a sept ans. Les changements sont ce qui importe. Sans eux, je ne serais pas en étude d'ordinologie, je n'aurais pas épousé l'homme avec lequel je vis et je ne serais probablement même pas en vie. Les changements, eux, sont relatés avec la plus grande fidélité – aucun mensonge.

Je me souviens que tout cela s'est passé bien longtemps avant que je ne grandisse. C'était très important pour moi. À douze ans, j'étais une fillette aux cheveux et aux yeux noirs, frêle, pas bien haute et sans même la moindre promesse d'avoir des formes. Mes amies avaient commencé à changer, tandis que je continuais à être comme je l'avais toujours été, et je commençais à perdre espoir. De toute façon, selon papa, j'étais gelée dans ma forme actuelle. Il avait trouvé cette plaisanterie quand j'avais dix ans, un jour qu'il était d'humeur taquine :

« Mia, je t'aime comme tu es maintenant. Ce serait bien dommage que tu te mettes à grandir et à changer !

– Mais je veux grandir.

– Non, avait-il dit, songeur, j'ai bien envie de te geler telle que tu es maintenant. » Agitant la main, il avait ajouté : « Voilà, considère-toi comme figée. »

J'étais si visiblement contrariée que papa continua à jouer le jeu. Arrivée à douze ans, je fis de mon mieux pour l'ignorer, mais c'était difficile, car j'étais toujours exactement la même qu'à dix ans : toujours aussi petite, aussi mince et aussi plate. Quand il commençait à me taquiner, je disais simplement que ce n'était pas vrai ; c'était là tout ce que je pouvais dire. Au bout d'un moment, j'arrêtai de répondre quoi que ce soit.

Juste avant notre départ du quartier Alfing, je revins chez nous avec un œil au beurre noir. Papa me regarda, et tout ce qu'il trouva à dire fut :

« Alors, tu as gagné ou tu as perdu ?

– J'ai gagné, répondis-je.

– Dans ce cas, je suppose qu'il est inutile que je te dégèle. Pas tant que tu es capable de te défendre. »

J'avais douze ans alors. Je ne lui répondis rien, car je n'avais rien à répondre. De toute façon, je lui en voulais.

Ne pas grandir constituait la partie la plus évidente de mon problème. Mais par ailleurs, je me trouvais sur une corde raide. Je ne voulais pas aller de l'avant ; je n'aimais pas ce que j'y voyais. Pourtant, je ne pouvais pas non plus revenir en arrière : j'avais déjà essayé et ça ne donnait rien. Et on ne peut pas passer sa vie sur une corde raide. Je ne savais pas quoi faire.

Il y a trois grandes fêtes sur le Vaisseau, plus un bon nombre moins importantes. Le 14 août, nous fêtons le lancement du Vaisseau – en août dernier cela faisait cent soixante-quatre ans. Puis, entre le 30 décembre et le 1er janvier, nous célébrons la Fin d'année. Cinq jours sans école, sans tutorat, sans devoir. Des dîners, des décorations partout, des amis qui viennent vous rendre visite, des cadeaux, des fêtes. Tous les quatre ans, nous rajoutons un jour de plus pour les années bissextiles. Voilà pour les deux fêtes les plus amusantes.

Le 9 mars est un jour très différent. Il s'agit du jour où la Terre fut détruite et ce n'est pas le genre de chose que l'on célèbre. C'est juste une chose dont on se souvient.

D'après ce qu'on m'a appris à l'école, la surpopulation est la cause fondamentale de toutes les guerres. En 2041, il y avait huit milliards de personnes rien que sur la Terre, et il n'y avait même plus la place d'éternuer. Ils n'avaient plus assez de maisons, plus assez d'écoles ou d'enseignants ; les routes étaient si inadaptées que la circulation y devenait impossible ; les ressources naturelles étaient épuisées ou en voie de l'être, et tout le monde avait tout le temps un petit peu faim, bien que personne ne mourrait vraiment de faim. Personne n'osait élever la voix, car cela aurait gêné une centaine d'autres personnes. La loi y veillait, d'ailleurs, et ce devait être comme de vivre vingt-quatre heures sur vingt-quatre dans une bibliothèque dirigée par un bibliothécaire acariâtre. Et la population ne cessait de croître. Cela ne pouvait pas continuer éternellement et la limite fut atteinte il y a cent soixante-quatre ans.

J'ai de la chance d'être en vie, je le sais. Mes arrière-arrière-grands-parents étaient de ceux qui avaient vu la catastrophe arriver et c'est uniquement pour cela que j'existe.

Il n'était pas question d'émigrer ailleurs dans le système solaire. Non seulement la Terre était le seul terrain convenable dans le voisinage, mais, lorsqu'elle fut détruite, toutes les colonies du système le furent aussi. Le premier des grands Vaisseaux fut achevé en 2025. En 2041, l'un des huit Vaisseaux en service et deux Vaisseaux inachevés sautèrent avec tout le reste. Entre ces deux dates, nous, les habitants des Vaisseaux, avions implanté cent douze colonies sur des planètes dans autant de systèmes stellaires. (Enfin, il y en avait cent douze au départ, mais un certain nombre échouèrent, tout simplement, et sept, au moins, s'écartèrent du droit chemin et durent être moralement disciplinées. À peu de chose près, il en reste donc quatre-vingt-dix.)

Dans les Vaisseaux, nous avons retenu la leçon, et bien que nous formions seulement une petite population restreinte, nous ne dégénérerons pas. La surpopulation ne nous menace pas davantage : nous avons une soupape de sécurité. Dans les trois mois qui suivent le jour où vous atteignez l'âge de quatorze ans, on vous dépose sur l'une des planètes colonisées, où vous devez tenter de survivre pendant trente jours par vos propres moyens. Cette règle ne souffre aucune exception, et le pourcentage de décès est assez élevé. Si vous êtes bête, étourdi, immature, ou simplement malchanceux, vous ne passez pas le mois. Si vous revenez sur le Vaisseau, vous êtes un adulte. À douze ans, mon problème n'était pas la peur de mourir, mais je craignais de devoir quitter le Vaisseau. En fait, je tremblais rien qu'à l'idée de quitter notre quartier.

Nous appelions ce mois de survie « l'Épreuve », et depuis l'âge de onze ans, il ne se passait pas un jour sans que j'y songe au moins une fois. À cette époque, un homme du nom de Chatterji avait un fils qui devait bientôt subir l'Épreuve. Comme il avait des doutes sur sa capacité à survivre, il se donna beaucoup de mal pour lui faciliter la tâche. Il se débrouilla pour apprendre sur quelle planète on allait le déposer et l'entraîna à affronter tous les dangers qu'elle présentait. Puis, avant le départ de son garçon, il lui donna tout un tas d'armes que l'on n'a pas le droit d'emmener à l'Épreuve et lui conseilla de se terrer dans un endroit bien protégé dès son arrivée et de ne pas en bouger pendant un mois, pensant que son fils aurait bien plus de chance de survivre de cette manière.

Malgré tout cela, le garçon ne revint pas. Il n'était pas très malin. J'ignore comment il est mort – peut-être a-t-il été incapable d'affronter l'un des dangers qu'il connaissait ; peut-être est-il tombé sur quelque chose auquel il ne s'attendait pas ; peut-être s'est-il fait sauter la cervelle accidentellement avec une de ses armes interdites ; peut-être a-t-il simplement trébuché, se brisant la nuque en tombant. En tout cas, il ne survécut pas pour revenir sur le Vaisseau.

Et M. Chatterji fut expulsé du Vaisseau et déposé sur une planète. Peut-être est-il mort lui aussi.

Cela peut sembler brutal – je ne peux pas en juger. Peu importe en fait que cela soit brutal ou non, c'était nécessaire, et je savais que ça l'était bien longtemps avant d'avoir onze ans. Pourtant, à l'époque, cette affaire m'avait fortement impressionnée, et si j'avais été capable de faire face à ce qui se passait à l'extérieur des limites de notre quartier, sans doute aurais-je dormi plus tranquillement.

Il y a peut-être eu d'autres raisons, mais je soupçonne que ce fut là la motivation principale derrière notre déménagement, après que papa fut nommé président du Conseil du Vaisseau.

Le football était l'occupation favorite de tous les garçons et de toutes les filles sur le Vaisseau. Je suis sûre que je savais déjà jouer quand j'avais quatre ou cinq ans, et je tapais déjà dans le ballon bien avant. Nous profitions de la moindre occasion pour y jouer, il n'était donc pas surprenant que je sois au beau milieu d'une partie dans la cour du quartier – le quartier Alfing, Quatrième Niveau – lorsqu'on me demanda de rentrer chez moi. La cour s'étend sur une hauteur de trois étages et une largeur de deux cents mètres. Il y a même un terrain réglementaire pour jouer au football, vert et merveilleusement bien entretenu, mais des enfants plus grands, revenus depuis peu de l'Épreuve et se sentant d'autant plus imposants, avaient exercé leurs prérogatives et se l'étaient attribué. Nous avions dû nous contenter du petit terrain situé tout au bout de la cour pour jouer notre match.

Au football, il y a une ligne de cinq avants, puis trois demis qui constituent une première ligne de défense et passent la balle aux attaquants pour qu'ils puissent marquer, deux arrières qui sont exclusivement en défense et un goal qui garde le but. C'est un jeu où on est constamment en mouvement, et la partie ne s'arrête – et encore pour peu de temps – que lorsqu'il y a un penalty, que le ballon sort hors des limites du terrain ou que l'on a marqué un but.

Je jouais intérieur gauche, en première ligne, parce que je suis plus forte du pied gauche. C'est inné, je tape mieux avec ce pied-là.

Au milieu du terrain, essayant de reprendre mon souffle après avoir couru, je regardai notre goal plonger sur un tir sévère. Il se releva aussitôt, fit rebondir le ballon une fois, puis d'un shoote le dégagea loin et haut. Le goal est le seul joueur sur le terrain qui ait le droit de toucher le ballon avec les mains. Nous autres devons utiliser notre tête, nos coudes, nos genoux et nos pieds. C'est ce qui rend le jeu passionnant.

Notre milieu droit réussit à contrôler le ballon et le bloqua avec son pied. Dès l'instant où il eut le contrôle, il passa le ballon à notre arrière central, Mary Carpentier, et nous fonçâmes tous vers le but.

Le ballon allait et venait entre nos demis remontant le terrain derrière nous, comme s'il était doté d'une vie propre ; boule brune fusant et bondissant, toujours reprise et contrôlée, ne s'échappant jamais réellement.

Une fois, l'autre équipe intercepta le ballon et il remonta en milieu de terrain, mais Jay Widner le récupéra lors d'une mauvaise passe et la course reprit. Finalement, Mary Carpentier me fit une passe alors que j'étais dans une position favorable. Je n'avais que Venie Morlock en défense contre moi. Elle était costaude, mais lente. Même en devant me concentrer pour garder le contrôle du ballon, j'étais plus rapide qu'elle. J'avais le champ libre pour marquer un but lorsque Venie s'aperçut qu'elle ne pourrait pas récupérer le ballon. Elle changea brusquement de direction et me heurta à la hanche si violemment que je m'étalai de tout mon long. Je courais à toute vitesse et je ne pus rien faire. Après un vol plané, le choc fut rude. Mon tir envoya le ballon valdinguer bien loin des poteaux blancs et du filet du but.

Je me relevai, crachant de colère : « Le football n'est *pas* un sport de contact ! »

C'était typique de Venie. Elle était incapable de se contrôler lorsqu'elle se voyait perdre, surtout contre moi : nous étions ennemies depuis longtemps, bien que cela fût une réalité établie de son côté plus que du mien. Juste au moment où je me relevais, les haut-parleurs sifflèrent deux fois pour attirer l'attention.

Les annonces via les haut-parleurs étaient fréquentes. Cette fois, c'était moi que l'on demandait :

« Mia Havero est priée de rentrer chez elle. Mia Havero est priée de rentrer chez elle. »

Habituellement, papa ne me faisait pas appeler, il me laissait rentrer quand je le voulais. Une certaine Mme Farmer disait toujours à papa que j'étais indisciplinée, mais c'était faux. Quand papa m'appelait, il n'avait pas besoin de se répéter.

« Allez ouste, me dit Venie. Rentre vite chez toi. »

La soudaine rage ressentie lors de mon vol plané était retombée, mais j'étais toujours furieuse.

« Je ne vais pas partir comme ça, fulminai-je. J'ai droit à un nouveau tir !

– Pourquoi ? Ce n'est pas ma faute si tu m'as foncé dessus ! »

Si j'étais fautive, je n'avais aucune raison de me plaindre. En revanche, si c'était sa faute à elle, alors j'avais droit à un penalty, un nouveau tir au but. Ce sont les règles du football. Sans doute Venie pensait-elle que si elle criait plus fort que moi et assez longtemps, on finirait par la croire.

Mary Carpentier, ma meilleure amie, intervint à ce moment-là : « Allons, Venie, on a tous vu ce qui s'est passé. Laisse Mia tirer son penalty pour qu'elle puisse rentrer chez elle. »

Après quelques dénégations futiles de la part de Venie, tout le monde tomba d'accord pour dire que j'avais droit à un nouveau tir. Je posai le ballon par terre sur la marque en forme de X, face au but adverse.

Le goal était Peter, le fils de Mme Farmer ; il était plus jeune que moi et nous lui avions attribué ce rôle à cause de sa lenteur. Il se pencha en avant, posa les mains sur ses genoux, et attendit. Les buts mesurent 2 mètres 40 de haut sur 7 mètres 30 de large, et le ballon est posé à une distance de 11 mètres. Le goal a donc une assez grande surface à protéger, mais, en deux grandes enjambées, il peut atteindre le ballon, où qu'il arrive. Marquer un but demande donc un sacré tir.

Les deux équipes avaient les yeux fixés sur moi comme je reculai d'un pas ou deux derrière le ballon. Après quelques secondes, je pris mon élan, feintai un shoot de mon bon pied gauche tandis que je tapai mollement le ballon avec le pied droit, qui dépassa la main tendue du goal avant de terminer sa course au coin du filet. Puis, je partis.

Je décampai par le couloir extérieur pour rejoindre directement mon raccourci habituel. Là, j'ouvris une grille menant aux conduits d'aération, je la soulevai et me glissai à l'intérieur du trou noir avant de remettre la grille en position. C'était toujours le plus difficile, remettre la grille en place depuis l'intérieur. Il fallait que j'arrive à passer un doigt à travers la grille, à tourner et lever mon coude jusqu'à atteindre le loquet pour ensuite le faire jouer. Mes doigts n'étaient pas assez longs, et il me fallait toujours une minute ou deux avant d'y arriver ; c'était exaspérant. Une fois la grille remise en place, je me retournai et avançai dans le noir, attentive à compter les orifices de ventilation sur mon chemin, tandis qu'une brise légère caressait ma joue.

Transformer le vaisseau-colonie en une véritable ville était une mission aussi démesurée que de transformer ma mère en artiste – son ambition, aussi loin que je puisse m'en souvenir. Les deux projets avaient ceci en commun qu'aucun n'avait entièrement réussi… à mon avis, du moins. Dans les deux cas, il restait quelques fils pendus dans le vide qui auraient dû être noués en beaux nœuds plats.

Laissez-moi vous donner un exemple : la séparation entre notre quartier et les quartiers adjacents était purement administrative, il n'y avait aucun mur. Le quartier lui-même – et ils sont tous ainsi – consistait en un dédale de murs aveugles, d'allées sans issue, de couloirs sans fin et d'escaliers menant on ne savait trop où. C'était intentionnel : cela empêchait les gens de s'ennuyer ou de sombrer dans la paresse, et c'est très important dans un Vaisseau comme le nôtre.

En tout cas, il y a très peu de lignes droites, donc si l'on veut éviter de longs détours, il faut bien connaître son chemin. Dans un quartier inconnu, il est tout à fait possible de se perdre si vous n'avez pas un guide, et il arrive de temps en temps que soit diffusé des appels de recherche pour retrouver un gamin de trois ans qui s'est égaré.

Comme je craignais d'être en retard à cause du temps perdu avant de quitter la cour du quartier, j'avais pris directement mon raccourci. Si le Vaisseau était un être humain, les conduits d'aération seraient son système cardiovasculaire. Le cœur pompe le sang vers les poumons, où il se débarrasse de son oxyde de carbone et s'enrichit en oxygène avant de retourner au cœur et de circuler dans tout le corps, où l'oxygène est utilisé et l'oxyde de carbone ramassé, pour de nouveau revenir au cœur. Dans le Vaisseau, l'air circule dans les conduits jusqu'au Troisième Niveau, où il se charge en oxygène ; de là, il passe par les conduits dans le Vaisseau entier où il est respiré ; puis de nouveau dans les conduits, il descend vers les Ingénieurs, où il est filtré de l'eau, de la terre et du dioxyde de carbone, purifié des microbes, et enrichi en vapeur d'eau. Ils le font circuler encore un peu avant de le souffler de nouveau vers le Troisième Niveau.

Contrairement aux couloirs, les conduits sont en ligne droite. En les empruntant, on peut se mouvoir à travers les murs et aller d'un point à un autre très rapidement. N'importe qui de plus gros que moi n'aurait pas pu se glisser à travers les ouvertures grillagées – il en existait de plus grandes destinées au service d'entretien, mais elles étaient fermées à clef. Et tous les autres enfants étaient bien trop craintifs pour me suivre, j'étais donc la seule à emprunter ce raccourci. Ils pensaient tous que c'était de la folie de naviguer dans les conduits, et je faisais semblant d'abonder dans leur sens, pour le prestige, mais il n'en était rien. En fait, tant qu'on évitait les ventilateurs géants, on ne courait aucun risque. En réalité, je craignais juste les gens, pas les choses.

Arrivée au niveau de notre couloir, j'ouvris la grille et me glissai par l'ouverture avant de me hisser dehors. Je refermai le conduit et lissai de la main mes cheveux rebelles pour les aplatir. J'ai hérité mes cheveux, mes yeux, mon nez droit et mon teint mat des ancêtres espagnols et indiens du côté de mon père et, bien que mes cheveux noirs soient coupés courts, ils seront *toujours* rebelles.

« Salut, papa ! dis-je en entrant dans l'appartement. Je suis en retard ? »

Le salon était dans un sacré désordre : des livres et des papiers étaient entassés en piles sur le sol et les meubles étaient repoussés contre la cloison. Notre intérieur est toujours un peu en désordre, quoi de plus normal puisqu'on y vit, mais ce soir-là, c'était bien pire que d'habitude.

Papa était assis sur une chaise et triait des livres. Papa, c'est Miles Havero. Un petit homme d'âge moyen, au visage inscrutable et à l'esprit incisif. Il est avant tout mathématicien, mais il siège depuis des années au Conseil du Vaisseau. Lui et moi vivons dans cet appartement depuis que j'ai quitté le dortoir, à l'âge de neuf ans.

Il me lança un regard interrogateur.

« Qu'est-ce qui t'est arrivé ?

– Je n'ai pas fait exprès d'être en retard, répondis-je
– Je ne parle pas de ça, je parle de tes vêtements. »
Je me regardai. Je portais un chemisier blanc et un short jaune. Tous deux étaient couverts de traînées de poussière et de saletés.
Il est pratiquement impossible de se salir dans le Vaisseau : le sol des cours, par exemple, n'est pas vraiment constitué de terre et de gazon, il est fait d'un produit cellulosique fixé dans une base en fibre conditionnée et en plastique. Lorsqu'un carré est usé, on le remplace par un nouveau, exactement comme pour le revêtement de sol du salon. Le Troisième Niveau est le seul endroit du Vaisseau où il y a de la saleté, il n'y a même que ça. Une certaine quantité de poussières s'échappe bien du Troisième Niveau pour se répandre un peu partout dans le Vaisseau, mais, elle se trouve aspirée dans les tuyaux collecteurs et soufflée au Premier Niveau, celui des Ingénieurs, où elle est utilisée pour nourrir les Convertisseurs afin de produire chaleur, lumière et énergie dans tout le Vaisseau. Donc, il est assez évident qu'en règle générale, il n'y a pas beaucoup d'occasions de se salir.
Une fois, j'ai demandé à papa pourquoi on n'inventait pas un système pour que la saleté reste là où elle était, au Troisième Niveau, au lieu de s'évertuer à nettoyer le Vaisseau à chaque fois que la poussière s'échappe. Ce ne serait pas bien difficile.
« Tu sais pourquoi le Vaisseau a été construit, n'est-ce pas ? m'avait-il demandé.
– Oui. » Tout le monde le sait. Il a été construit pour véhiculer les bouseux pour qu'ils implantent des colonies. Je ne les appelle jamais comme ça devant papa, au fait. Aussi surprenant que cela puisse paraître, il n'apprécie pas ce qualificatif.
Papa m'expliqua : les bouseux, enfin, les colons, vivaient là terriblement entassés. Comme ce n'étaient pas des gens très propres (essayez donc de persuader un péquenot de se laver), et que des gens qui vivent les uns sur les autres sont de toute façon amenés à sueur et à puer, le Vaisseau avait été équipé d'un système de nettoyage et d'aération très efficace. Le Vaisseau est maintenant

affecté à une activité complètement différente, nous n'avons donc plus besoin de ce système.

Papa admit que ma suggestion n'était pas totalement absurde.

« Pourquoi le Conseil ne fait-il rien pour ça, alors ? demandai-je.

– Fais fonctionner ta cervelle, Mia. » Il essayait toujours de me faire réfléchir aux choses avant d'aller chercher ou de demander la réponse.

Cette réponse-là n'était pas bien difficile à trouver : à quoi bon se donner tant de peine pour changer un système compliqué qui fonctionne bien sans coût, pour le remplacer par un autre dont le seul avantage est sa simplicité ?

Je brossai mes vêtements de la main pour y enlever la poussière.

« J'ai pris un raccourci. »

Papa se contenta de hocher la tête d'un air absent, sans rien dire. On ne sait jamais ce qu'il pense. Un jour, on avait essayé de me tirer les vers du nez pour savoir comment mon père allait voter à une question du Conseil. Comme c'étaient des gens peu sympathiques, au lieu de leur répondre poliment que je n'en avais pas la moindre idée, je leur avais raconté un mensonge. Il m'est impossible de deviner ce qui se passe dans la tête de papa – il faut qu'il me le dise.

Il posa le livre qu'il tenait à la main et me dit : « Mia, j'ai une bonne nouvelle pour toi. Nous allons déménager dans un nouvel endroit. »

Je poussai un hourra et me jetai à son cou.

Il y avait longtemps que j'attendais cette nouvelle. Malgré tout l'espace vide que l'on pouvait trouver dans le Vaisseau, nous étions plutôt à l'étroit dans notre appartement. Étrangement, nous n'avions jamais pensé à échanger le petit appartement de papa contre un plus grand après mon départ du dortoir et mon emménagement ; nous étions trop occupés à vivre dans celui-ci. Déjà, ce que je détestais le plus au dortoir, c'était le manque d'espace – pour mieux nous garder à l'œil. Si nous déménagions maintenant, cela signifiait que j'aurais droit à une plus grande chambre. Papa me l'avait promis.

« Oh, papa ! Dans quel appartement nous déménageons ? »

La population du Vaisseau est d'environ trente mille habitants désormais, mais il en avait transporté jusqu'à trente fois plus, sans compter les différentes cargaisons. Pour être honnête, je me demande où ils les mettaient. En tout cas, maintenant, et bien que nous nous soyons étendus pour remplir les espaces vides, il y a des appartements inoccupés dans tous les quartiers. Si nous l'avions voulu, nous aurions pu emménager juste en face.

Papa répondit, comme si ça n'avait aucune importance : « Dans un grand appartement du quartier Géo. » Toute mon excitation retomba soudainement.

Prise de vertige, je lui tournai brusquement le dos et allai m'asseoir. Papa ne voulait pas juste me faire quitter la maison, il voulait que je quitte l'équilibre précaire que j'avais réussi à me forger. Jusqu'à l'âge de neuf ans, je n'avais rien et, maintenant, il voulait que j'abandonne tout ce que j'avais gagné depuis.

Encore maintenant, ma gorge se serre quand j'en parle. Si ce n'était pas important, je n'en parlerais même pas et passerais à autre chose. J'étais très seule quand j'avais neuf ans. Je partageais un dortoir avec quatorze autres enfants : j'étais toujours surveillé, on me disait sans cesse ce que je devais faire, je voyais passer une multitude de maternes interchangeables. Je me sentais abandonnée. Cela avait duré cinq ans, mais il y eut un moment où je n'y tins plus et je me sauvai. J'avais réussi par miracle à prendre la bonne navette pour me rendre chez papa.

Pendant tout le trajet, je n'avais cessé de me demander ce que j'allais lui dire, et ce qu'il allait me dire. À tel point qu'en arrivant enfin, j'étais baignée de larmes et je hoquetais à force de sangloter.

« Que se passe-t-il, Mia ? » n'avait-il cessé de me demander, mais j'étais incapable de lui répondre.

À l'aide d'un mouchoir, il m'avait essuyé le visage et avait finalement réussi à me calmer assez pour découvrir ce que je voulais lui dire. Après un long moment, j'eus vidé mon sac et mes sanglots et mes hoquets s'étaient arrêtés.

« Je suis réellement désolé Mia, avait-il dit d'un air grave. Je ne m'en étais jamais rendu compte. Je pensais que c'était la meilleure solution pour toi. Je croyais que tu serais mieux dans un dortoir avec d'autres enfants que toute seule avec moi.

– Non, papa, je veux vivre avec toi ! »

Il était resté songeur un moment, puis avait incliné brièvement la tête avant d'annoncer : « Très bien. Je vais appeler le dortoir pour qu'ils ne te croient pas perdue. »

Le quartier Alfing devint ainsi l'un des deux piliers de ma vie. On ne peut pas compter sur un dortoir ou sur une materne, alors qu'un quartier et un père, c'est du sûr. Mais à présent, papa voulait que j'abandonne l'une des deux choses stables de ma vie. Sans compter que le quartier Géo n'était pas au Quatrième Niveau : c'était un quartier du Cinquième.

Le Vaisseau est divisé en cinq niveaux : Le Premier est surtout réservé aux services techniques, c'est-à-dire à l'Ingénierie, la Recyclerie, la Propulsion, la Conversion, et ainsi de suite. Au Deuxième, il y a surtout l'Administration. Au Troisième, il y a de la terre et des collines, de vrais arbres, de l'herbe, du sable, des animaux, et tout un tas de plantes ; c'est là qu'on nous entraîne, les enfants, avant de nous larguer sur une planète pour vivre ou mourir. Le Quatrième et le Cinquième Niveaux sont résidentiels : c'est là que nous vivons tous. De ces cinq étages, le Cinquième est le dernier. Tous les enfants savaient que ceux qui vivaient tout là-haut au Cinquième ne valaient guère mieux que des bouseux. Si vous viviez au Cinquième, vous renonciez à certains droits qui faisaient de vous un être humain.

Je restai longtemps silencieuse sur ma chaise, essayant de reprendre mes esprits.

« Tu veux vraiment que nous allions vivre au Cinquième ? Tu parles sérieusement ? » demandai-je, en espérant que papa plaisantait – enfin, je n'espérais pas vraiment, j'essayais seulement de retarder le moment où je devrais faire face à la réalité.

« Très sérieusement, m'assura-t-il comme si de rien était. J'ai mis longtemps à trouver cet appartement, et tout est prêt pour le déménagement. Je pense que tu vas t'y plaire. Je me suis laissé dire qu'il y avait un garçon de ton âge à l'école qui est en avance sur toi. Cela t'obligera à faire des efforts au lieu de te laisser aller comme tu le fais ici, faute de compétition. »

J'avais peur, et, de désespoir, je lui énumérai tous les appartements libres où nous aurions pu aller sans déménager de quartier. Je me mis même à pleurer, et cela m'arrivait rarement désormais, mais papa demeura inébranlable. Finalement, je m'essuyai les yeux avec ma manche, croisai les bras et déclarai : « Je n'irai pas ! »

Ce n'était pas la bonne manière d'agir avec papa. Cela ne fit que le convaincre de mon obstination. Pourtant, ce n'était pas par entêtement que j'agissais ainsi, mais parce que j'étais vraiment terrifiée. J'étais certaine que si nous allions vivre là-haut, ma vie ne serait plus jamais la même. C'était impossible.

Mais je ne pouvais pas le dire à papa. Je ne pouvais pas lui admettre que j'avais peur.

Il s'approcha de la chaise dans laquelle j'étais assise, les bras résolument croisés sur la poitrine, et de nouvelles larmes aux coins des yeux, et posa ses deux mains sur mes épaules.

« Mia, me dit-il, je comprends que ce ne soit pas facile pour toi, mais dans moins de deux ans maintenant, tu prendras toi-même tes décisions et à ce moment-là, tu pourras faire ce que tu veux et vivre où il te plaît. Si tu es incapable de prendre une décision qui te déplaît maintenant, quel genre d'adulte deviendras-tu ? Une chose est certaine : je déménage, ça ne se discute pas. Tu as le choix : ou tu viens avec moi ou tu vas au dortoir d'Alfing. »

Pour y avoir déjà vécu, je n'avais aucune envie de retourner dans un dortoir. Je voulais vivre avec papa, mais cela restait une décision difficile pour moi. La question était de savoir lequel de mes deux piliers je voulais abandonner. Au bout du compte, je pris ma décision.

Après avoir essuyé mes yeux une dernière fois avec le bas de mon t-shirt, je retournai lentement vers la cour. À mon arrivée, les deux parties de football étaient terminées, et la cour entière n'était qu'un kaléidoscope de vêtements multicolores. Ne voyant Venie Morlock nulle part parmi la foule d'enfants, je demandai à un garçon s'il l'avait vue.

« Elle est là-bas, dit-il en me la désignant du doigt.

– Merci. »

D'un croche-pied, je la fis tomber et lui frottai copieusement le nez contre le sol. Je ne la relâchai que lorsqu'elle m'eut suppliée de le faire. En se relevant, elle me gratifia d'un œil au beurre noir, mais cela en avait valu la peine : comme ça, au moins, elle se souviendrait de qui était qui, même si j'allais vivre au Cinquième.

Le lendemain, papa et moi déménagions.

2

Nos écoles sont dirigées par des gens très conservateurs – il est d'ailleurs probable que ce soit vrai partout, pas juste dans notre Vaisseau. Dans tous les cas, une fois qu'on vous avait assigné un tuteur, vous ne pouviez pas en changer avant des années. À Alfing, j'ai même connu un garçon qui haïssait son tuteur : ils s'entendaient si mal tous les deux qu'ils en portaient des cicatrices. Même dans ces circonstances, il lui fallut trois ans pour qu'on lui en affecte un autre.

En comparaison, tout le reste n'est que frivolités.

Le lundi matin, deux jours après notre déménagement, je me présentai à mon nouveau superviseur scolaire du quartier Géo. Il était maigre, officieux, guindé et méticuleux, et s'appelait M. Quince. Il me regarda alors que je me tenais bien droite devant son bureau, haussa les sourcils en voyant mon œil au beurre noir, et, lorsqu'il m'eut bien examinée, me dit : « Assieds-toi. »

Le superviseur est en charge de toute l'administration de l'école : il désigne les tuteurs, gère les changements de classe, programme les machines à enseigner, sépare les bagarreurs et bagarreuses s'il y en a, et ainsi de suite. Comme c'est un métier que personne n'aime particulièrement, on le confie au maximum trois ans, jamais plus.

Après avoir examiné mon dossier avec les lèvres pincées, il se mit à remplir méticuleusement une fiche et me dit : « M. Wickersham.

– Pardon ? dis-je, intriguée.

– M. Wickersham sera ton nouveau tuteur. Il vit à Géo C/15/37. Tu dois te rendre chez lui mercredi à deux heures de l'après-midi. Ensuite, vous vous verrez trois fois par semaine, à des horaires vous convenant mutuellement. Et surtout, ne sois pas en retard mercredi. Maintenant, viens, je vais te montrer ta classe pour la première heure. »

Dans le Vaisseau, la scolarité est obligatoire de quatre à quinze ans. Après vos quatorze ans, si vous survivez, vous pouvez abandonner tous les cours inutiles. Vous travaillez sous la direction d'un tuteur ou d'un maître artisan dans le domaine qui vous intéresse pour atteindre le but que vous avez librement choisi.

Je devais prendre une décision à ce sujet dans un peu plus de deux ans. L'ennui, c'était que, les maths et les vieux romans mis à part, je ne m'intéressais plus du tout aux mêmes choses que l'année dernière. Et comme je n'avais aucun talent naturel pour les maths et que lire de vieux romans ne mène à rien, je devais trouver quelque chose de plus définitif. Je ne tenais pas particulièrement à me spécialiser. Je voulais devenir synthétiseuse : avoir des connaissances dans un peu tous les domaines, suffisamment pour avoir une vue d'ensemble. Cette perspective m'attirait beaucoup, mais je n'en parlais jamais parce que je n'étais pas certaine d'être suffisamment intelligente pour le faire et je ne voulais pas me fermer d'autres possibilités.

Quand je déprimais, je me disais que je ferais aussi bien de devenir materne ou quelque chose de tout aussi audacieux.

À un moment donné, entre quatorze et vingt ans, on cesse d'étudier et on commence à exercer un métier, quelque chose qu'on aime. Plus tard, après vingt ans, à moins qu'on ne travaille déjà dans la recherche, on peut demander un congé pour complément d'études et travailler sur un projet. C'est à cela que ma mère passe son temps.

Je suivis M. Quince vers la salle de classe qui devait être la mienne pour la première heure. Je n'étais pas du tout pressée d'y arriver ; j'oscillai entre crainte et agressivité, sans trop savoir quelle émotion prendrait le dessus et à que moment. À notre entrée, il y eut toute une série de va-et-vient soudain. Lorsque le calme fut revenu, je constatai qu'il y avait quatre élèves dans la pièce : deux garçons et deux filles.

« Qu'est-ce qui se passe ici ? » demanda M. Quince.

Personne ne répondit. En général, on n'ose pas répondre à un superviseur, sauf lorsque c'est absolument inévitable.

« Dentremont ! Qu'est-ce que tu fabriques ? »

Il s'agissait d'un garçon à la tignasse rousse, encore plus petit que moi et aux oreilles décollées. Il paraissait vraiment très jeune, ce qui était peu probable puisque nous étions dans la même classe.

« Rien, monsieur », dit-il.

Après avoir jeté un dernier regard inquisiteur autour de lui, M. Quince n'insista pas et se détendit suffisamment pour me présenter. Il ne présenta personne d'autre, jugeant sans doute que j'aurais amplement le temps d'apprendre leurs noms toute seule. La sonnerie de la première heure retentit alors, et il déclara : « Allez, au boulot. ».

Dès qu'il fut parti, le garçon à la tignasse rousse contourna une des machines à enseigner et se mit à en desserrer la plaque du fond.

La fille à côté de moi souffla : « Un de ces jours, M. Quince te prendra la main dans le sac, Jimmy, et ça va chauffer, tu sais.

– On a bien le droit d'être curieux, non ? » répondit Jimmy.

Ils firent plus ou moins semblant de m'ignorer, ne sachant sans doute pas plus que moi quelle attitude adopter. Ils ne se privèrent pas de m'observer, cependant, et je suis certaine qu'ils profitèrent de la première occasion pour dire à qui voulait les écouter ce qu'ils pensaient de la nouvelle venue du Quatrième. Il me parut bientôt évident qu'ils se méfiaient de nous autant que l'on se méfiait d'eux – à la différence que, dans mon cas, c'était justifié, contrairement à eux. Je n'aimais pas particulièrement que des filles chuchotent et ricanent en me regardant, et, si j'avais été un peu plus sûre de moi, je le leur aurais fait remarquer. À ce moment-là, je me contentai de me plonger dans mon travail en faisant semblant de ne rien remarquer.

La première heure terminée, trois des enfants partirent. Seul Jimmy Dentremont resta, et moi aussi, car mon emploi du temps indiquait également cette salle pour la deuxième heure. Il me fixait intensément, et je trouvais ça très désagréable. Je ne savais pas quoi dire. De toute façon, depuis notre arrivée au quartier Géo, les gens n'avaient cessé de nous observer, de nous espionner. Ils essayaient même de nous toucher, papa et moi.

Notre mobilier – ce que nous voulions conserver, du moins – était arrivé le samedi matin, et nous avions suivi dans l'après-midi avec le reste de ce que nous possédions. J'avais quatre cartons remplis de livres, de vêtements et d'un tas de bricoles. J'avais également mon tin whistle, que j'avais miraculeusement sauvé. Il faisait vingt centimètres de long, ses extrémités étaient en laiton et il y avait des trous pour y placer ses doigts. Il était réapparu dans une des vieilles boites à papa lorsque nous faisions du tri pour le déménagement, et il l'avait mis sur sa pile « à jeter ». Je l'ai immédiatement récupéré. Parfois, je ne comprends vraiment pas mon père.

Mes cartons allèrent dans ma nouvelle chambre, qui se trouvait bien être plus grande que l'ancienne. Plus grande et dotée de plus d'étagères pour les livres, ce que j'appréciais beaucoup, car j'aime avoir mes livres sous la main et pas empilés en tas dans un coin par manque de place.

Je restai là à contempler mes cartons sans trouver le courage de les déballer tout de suite. Je me mis à essayer de voir quels sons je pourrais tirer de mon whistle. Trois minutes, ce fut le temps qu'on nous laissa en paix avant que quelqu'un ne sonne à la porte.

D'abord, ce furent les voisins qui firent une entrée en masse, en s'exclamant : Oh ! Monsieur Havero, que nous sommes ravis de vous avoir dans notre couloir, nous espérons que vous vous y plairez autant que nous, et vous savez, on se réunit entre hommes de temps en temps le soir, et nous comptons sur vous et oh, mais c'est votre fille, qu'elle est belle, qu'elle est adorable, monsieur Havero, vraiment charmante, si, si, vous savez, Havero, j'aurais aimé parler de certaines choses à notre représentant au Conseil, mais maintenant que vous êtes là, autant vous le dire à vous directement, directement au sommet pour ainsi dire…

Après les voisins, ce furent les curieux et les quémandeurs. Une foule de quémandeurs. On les reconnaissait bien parce qu'au lieu de se contenter de flatter papa, comme le faisaient les voisins, ils me flattaient moi également.

C'est bizarre, j'ai remarqué que, dans ces moments-là, les seules personnes qu'on aurait envie de rencontrer sont précisément celles qui restent chez elles et ne viennent pas vous embêter. C'est un problème qui restera à jamais sans solution, me semble-t-il.

Au bout d'à peine quelques minutes, papa se réfugia dans son bureau, et les gens s'installèrent dans le salon en attendant qu'il les reçoive. L'appartement avait deux ailes, entre lesquelles le salon était pris en sandwich. La première aile consistait en trois chambres, une salle de bains et une cuisine et salle à manger. L'autre comprenait le cabinet de travail et le bureau de papa. À l'autre bout, le bureau donnait sur un appartement vide plus petit, destiné à être transformé en salle d'attente, mais comme elle n'était pas encore utilisable, les visiteurs campaient chez nous.

Après les avoir observés un bon moment, je jouai des coudes dans la foule pour rejoindre les chambres, d'où j'appelai Mary Carpentier.

« Salut, Mia, dit-elle. En te voyant à la vid comme ça, j'ai l'impression que tu es encore ici.

– Je *suis* encore ici, répondis-je. Je n'ai pas encore déménagé.

– Ah », fit-elle, visiblement dépitée. Elle était sans doute excitée à l'idée de recevoir un appel longue distance.

« Je plaisantais. J'ai bien déménagé. »

Son visage s'illumina de nouveau et nous bavardâmes un moment. Je lui parlai des gens qui encombraient notre salon, et nous nous sommes mises à rire comme des folles à imaginer les demandes incongrues qu'ils venaient faire à papa. Nous nous sommes également jurées, une fois de plus, une amitié et une fidélité éternelles.

Après avoir raccroché, j'allai dans le couloir juste à temps pour voir un homme plutôt corpulent se faufiler hors de ma chambre. J'étais certaine de ne jamais l'avoir vu auparavant.

« Qu'est-ce que vous faites là ? » lui demandai-je.

Avant de me répondre, il prit le temps de passer la tête dans la pièce suivante pour y jeter un long coup d'œil. Puis il répondit : « Je regarde, comme toi.

– Je ne regarde pas, rétorquai-je calmement. J'habite ici. »

Comprenant son erreur, il rougit jusqu'aux oreilles et, sans dire un mot, s'empressa de sortir en me poussant. C'est à cela qu'allait ressembler notre quotidien désormais.

En attendant la deuxième heure, Jimmy Dentremont me dévisageait attentivement, puis me demanda : « Qu'est-il arrivé à ton œil ? »

Je n'aime pas beaucoup les questions orientées, et si je peux l'éviter je n'y réponds jamais. Par ailleurs, je ne tenais nullement à raconter à qui que ce soit ce qui était arrivé à mon œil.

« Quel âge as-tu ? ripostai-je imperturbablement.

– Pourquoi ?

– Parce que si tu es aussi jeune que je le pense, tu n'as pas à me poser de questions. Les enfants ne doivent pas se mêler de ce qui ne les regarde pas !

– Eh bien, je suis plus vieux que toi, répondit-il. Je suis né le 8 novembre 2185. »

S'il disait la vérité, il avait effectivement trois semaines de plus que moi.

« Comment tu connais mon âge ? lui répliquai-je.

– Je me suis renseigné quand j'ai appris ton arrivée », dit-il avec impudence.

Vous voyez ce que je veux dire ? Ils nous espionnent de tous côtés.

La sonnerie annonçant le début de la deuxième heure retentit.

« C'est bien la salle 1, ici ? lui demandai-je.

– Je n'en sais rien, répondit Jimmy. On nous le dit pas. »

Je le savais pertinemment. Ils ne voulaient pas que des élèves se sentent mal prenant connaissance de leur niveau d'études, ou, au contraire, s'en vantent. En fait, nous savions très bien à quel niveau académique était relié notre salle : il suffisait de comparer les notes.

Jimmy prenait simplement plaisir à me contrarier. Nous en étions encore à nous sonder et je ne savais pas trop quoi penser de lui, ni même si nous pourrions nous entendre ou pas. J'avais bien l'impression que non.

Après le déjeuner, M. Quince me fit venir dans son bureau. Il haussa de nouveau les sourcils en voyant mon œil au beurre noir – apparemment, il n'approuvait pas du tout – et m'informa qu'il y avait un changement dans mon emploi du temps.

« M. Mbele, grogna-t-il en me tendant une adresse.

– Excusez-moi ?

– M. Mbele est ton nouveau tuteur. Pas M. Wickersham, comme je te l'avais annoncé ce matin. À part cela, tout ce que je t'ai dit reste inchangé. Rends-toi chez lui à deux heures de l'après-midi, mercredi et n'oublie pas ce que je t'ai dit sur la nécessité d'être ponctuelle. Je ne souhaite pas que les élèves à ma charge prennent l'habitude d'être en retard. Une mauvaise réputation est comme un boomerang et c'est moi qui dois trouver des explications.

– Pouvez-vous me dire pourquoi je change de tuteur ? » demandai-je.

Il haussa les sourcils. « Je ne vois pas en quoi cela me concerne, dit-il sur un ton acerbe. On m'a informé de ce changement, et je transmets, voilà tout. Ce n'est pas moi qui ai eu cette idée, tu peux me croire. Cela m'oblige à modifier deux autres assignations, et je ne me crée pas délibérément du travail. N'attends donc pas d'explications de ma part, je n'en ai aucune. »

Cela me semblait étrange… que l'on change mon tuteur avant même qu'on ait eu le temps de se faire du mal. Presque frivole.

Curieusement, je fus contente de tomber sur Jimmy Dentremont ce mercredi après-midi. Je ne savais pas exactement où se situait l'appartement de M. Mbele et il m'aida à trouver mon chemin.

« De toute façon, c'est aussi là que je me rends », me dit-il.

Se tenant ainsi debout dans le couloir, un bout de papier indiquant l'adresse dans la main, il paraissait presque amical, peut-être parce qu'il n'y avait pas d'autres enfants aux alentours.

Jusque-là, je ne m'étais encore fait aucun ami au quartier Géo, et au contraire, mes reparties acérées m'avaient valu de me faire un ou deux ennemis. Je n'avais donc aucune objection à ce que quelqu'un se montre agréable avec moi.

« Tu as également M. Mbele comme tuteur ?

– Depuis hier seulement. J'ai appelé M. Wickersham pour lui demander pourquoi on me transférait, mais il venait juste d'en être informé par M. Quince.

– Tu n'avais pas demandé à changer ?

– Non.

– Vraiment étrange », dis-je.

M. Mbele vint nous ouvrir au premier coup de sonnette.

« Bonjour ! dit-il en souriant. Je me disais bien que vous n'alliez pas tarder à arriver tous les deux. »

Il avait les cheveux blancs et devait être très vieux – sûrement plus de cent ans –, mais il était très grand et se tenait encore bien droit pour son âge. Il avait un visage sombre et ridé avec un nez plutôt large et deux traits blancs en guise de sourcils.

« Comment allez-vous, monsieur ? » dit Jimmy.

Je ne dis rien, parce que je l'avais reconnu.

Beaucoup de gens portent le même nom dans le Vaisseau et je connaissais autant de Mbele que de Havero. Je ne m'attendais certainement pas à me trouver face à Joseph L. H. Mbele.

Quand il siégeait encore au Conseil du Vaisseau, mon père et lui étaient rarement d'accord. Mbele avait un projet qui lui tenait particulièrement à cœur : il souhaitait distribuer des micro-bibliothèques dans toutes les colonies. Papa était à la tête de l'opposition et lorsque le projet fut rejeté pour la troisième fois, M. Mbele donna sa démission.

Une fois, quand j'étais encore au dortoir, je m'étais bagarrée avec une autre fille, insultes et tirages de cheveux au menu. Elle avait dit que si M. Mbele voulait faire voter un projet, il n'avait qu'à présenter une résolution dans le sens contraire, puis à attendre la suite. Mon père reprendrait immédiatement le projet que M. Mbele attaquait et ferait tout pour le faire passer à sa place.

Je pense qu'elle ne comprenait pas la plaisanterie et je sais que moi non plus, par contre je savais qu'elle avait voulu être méprisante, donc j'avais commencé à me battre. À cette époque, je ne connaissais pas encore vraiment papa, mais je débordais de loyauté familiale.

M'assigner M. Mbele comme tuteur ressemblait aussi fortement à une mauvaise plaisanterie, et je me demandais qui avait bien pu avoir cette idée. Certainement pas M. Quince, cela lui avait déjà demandé du travail supplémentaire et son temps était précieux.

« Entrez », nous dit M. Mbele. Jimmy me poussa du coude et j'avançai. M. Mbele appuya sur le bouton et la porte se referma derrière nous.

Il nous mena jusqu'au salon et déclara : « J'ai pensé qu'aujourd'hui nous pourrions juste faire connaissance, convenir des jours où nous nous verrons, et manger un morceau. Le travail peut attendre jusqu'à la prochaine fois. »

Nous nous installâmes dans le salon et bien qu'il n'y eût aucun doute sur l'identité de chacun, à mon avis du moins, nous nous présentâmes tous.

« Oui, je crois avoir rencontré tes deux parents,Jimmy, dit M. Mbele. Et, bien entendu, je connaissais ton grand-père. Par pure curiosité personnelle, dans quelle matière comptes-tu te spécialiser ? »

Jimmy détourna le regard. « Je ne sais pas encore très bien.

– Eh bien, entre quelles possibilités hésites-tu ? »

Pendant un long moment, Jimmy resta silencieux, puis il répondit d'une voix basse et incertaine : « Je crois que j'aimerais devenir ordinologue. »

Si l'on se représente l'ensemble de nos connaissances comme une longue série d'appartements, habités par un nombre incalculable de personnes incroyablement occupées, désordonnées et myopes, toutes hautement excentriques et vivant en recluses, alors l'ordinologue est la personne qui est chargée, à intervalles réguliers, de mettre de l'ordre dans tout cela. Il ramasse les livres qui traînent et les remet à leur place. Il range tout. Il jette le bric-à-brac inutile que les reclus chérissaient, mais qui ne leur servait à rien. Puis, il part en laissant derrière lui un appartement impeccablement rangé dans lequel on peut recevoir des visiteurs avant de s'attaquer à l'appartement voisin. Un ordinologue ressemble autant au stéréotype de la femme d'âge mûr qui s'occupe des livres dans les bibliothèques des quartiers qu'un agronome moderne à un bouseux primitif des colonies, mais si l'on doit étirer la métaphore, alors on pourrait dire que c'est une sorte de bibliothécaire.

Un synthétiseur – ce que je veux devenir – est la personne qui vient admirer la pièce bien rangée et fait remarquer non seulement à quel point une copie de tel ou tel objet serait un bel ajout dans la pièce suivante, mais à quel point il serait pertinent de l'y ajouter. Sans l'ordinologue, le synthétiseur ne pourrait pas travailler. Bien sûr, s'il n'y avait pas de synthétiseur, l'ordinologue n'aurait aucune raison de faire son travail, car il ne serait d'aucune utilité à quiconque.

En réalité, peu de gens se révèlent doués pour ces deux métiers. Que ce soit pour structurer l'information ou pour rassembler de vieilles bribes d'information, il faut de la cervelle, de la mémoire, de l'instinct et de la chance. Rares sont les personnes qui possèdent toutes ces qualités.

« Que sais-tu au juste de l'ordinologie ? demanda M. Mbele.

– À première vue, pas grand-chose », répondit Jimmy avant d'ajouter, non sans fierté : « Mon grand-père était ordinologue.

– C'est exact. Et l'un des meilleurs. Tu ne devrais pas te sentir gêné de vouloir suivre son exemple, à moins d'être un raté complet, ce qui n'est certainement pas le cas. Je n'aime pas beaucoup suivre les usages établis simplement parce qu'ils le sont. Si tu me promets de ne le dire à personne, je vais essayer de m'arranger pour que tu puisses voir de plus près en quoi consiste vraiment l'ordinologie, tu auras ainsi des cartes supplémentaires en main pour prendre ta décision. D'accord ? »

Il était évident que M. Mbele ne serait pas un tuteur comme les autres. Ce qu'il venait de proposer à Jimmy était généralement impossible à faire avant d'avoir quatorze ans et d'être revenu de l'Épreuve.

« Oui, dit Jimmy en souriant de toutes ses dents. Merci. »

M. Mbele se tourna vers moi : « Eh bien, comment te plais-tu au Cinquième Niveau ?

– Je ne pense pas que je m'y plairai beaucoup », répondis-je.

Jimmy Dentremont me glissa un regard en coin. Il ne s'attendait sans doute pas à cette réponse.

« Qu'est-ce qui ne va pas ? demanda M. Mbele.

– Depuis notre arrivée, on n'a pas eu un seul moment tranquille, il y a toujours plein d'inconnus chez nous. On n'a plus aucune intimité. Ce n'était jamais comme ça à Alfing, vous pouvez me croire. »

M. Mbele sourit largement. « Ce n'est pas à cause du quartier, dit-il. C'est toujours ainsi quand quelqu'un devient président. D'ici quelques semaines, nos concitoyens se seront habitués, et tout redeviendra normal. Tu verras. »

Nous parlâmes encore quelques minutes, puis Mme Mbele nous apporta à manger. Elle était sensiblement plus jeune que son mari, mais elle n'était pas jeune pour autant. C'était une femme à la carrure large, au visage rond et aux cheveux châtain clair. Elle semblait très gentille.

Pendant que nous mangions, nous décidâmes de nous voir les lundi et jeudi après-midi ainsi que le vendredi soir, avec possibilité de modifications si jamais un événement venait perturber ce programme.

M. Mbele conclut notre session en déclarant : « Avant que nous commencions, je tiens à ce que tout soit parfaitement clair : je pense que votre but est d'apprendre, et que je suis là pour vous y aider, ou, au besoin, pour vous y contraindre, mais je doute que ce soit nécessaire dans vos cas. Tout ce qui entrave ce but fondamental – rédiger des rapports sur vos progrès ou encore suivre des tableaux – ne m'intéresse pas. Si vous désirez étudier un sujet et que vous avez suffisamment de connaissances générales pour cela, je suis prêt à vous aider, que cela fasse partie ou non du programme théorique que je suis censé vous enseigner. Si vos connaissances générales sont insuffisantes, je suis prêt à combler vos lacunes. En échange, je vous demande de me rendre un service. Cela fait de longues années que je n'ai plus été tuteur, et je compte sur vous pour me faire remarquer chaque fois que je négligerai de respecter un quelconque rituel ayant une importance essentielle aux yeux de M. Quince. Ce marché vous semble-t-il juste ? »

En dépit de la loyauté que je devais à mon père, je m'aperçus que j'aimais bien M. Mbele et que j'étais très contente d'avoir la chance de travailler avec lui, même si jamais je ne l'aurais reconnu publiquement.

De nouveau dans les couloirs, sur le chemin de nos maisons respectives, Jimmy me dit soudain : « Attends. »

Nous nous arrêtâmes et il se planta face à moi.

« Il faut que tu me promettes une chose. Ne dis à personne ce que tu as appris sur mon grand-père ni que je veux devenir ordinologue.

– Ça fait deux choses, lui fis-je remarquer.

– Ce n'est pas drôle ! me dit-il sur un ton implorant. Les autres ne me laisseront pas en paix s'ils apprenaient que je veux faire un truc bizarre comme ça plus tard.

– Je veux devenir synthétiseuse, répliquai-je. Je ne dirai rien sur toi tant que tu diras rien sur moi. »

C'était pour nous un engagement solennel et par la suite, tout ce qui se dit dans l'appartement de M. Mbele resta entre nous et ne fût jamais révélé. C'était un peu comme une oasis au milieu du désert de l'ignorance, tant des enfants que des adultes, où nous pouvions exprimer ce que nous pensions en toute sécurité, sans être dénigrés, ridiculisés ou piétinés, même lorsque cela aurait été mérité. Un tel lieu est précieux.

« Tu sais, reprit Jimmy, je suis content qu'on m'ait changé de tuteur maintenant. Je crois que je vais beaucoup aimer étudier avec M. Mbele.

– Oui, je dois avouer qu'il n'est pas comme les autres », admis-je prudemment.

Et lorsque quelqu'un nous interrogeait sur notre tuteur, nous n'en dîmes jamais davantage.

Je vis papa qu'après qu'il eut fermé son bureau pour la journée. Pour être plus précise, il fermait l'entrée de notre salon à cinq heures, pour que personne ne puisse plus entrer, et à onze heures, ou un peu avant, il avait fini de recevoir tous ceux qui attendaient.

« Papa, sais-tu que mon nouveau tuteur est Joseph Mbele ! m'exclamai-je toute excitée.

– Mmm… oui, je sais, dit-il simplement en finissant de ranger des papiers sur son bureau.

– Tu le savais ? » dis-je avec stupéfaction. Je m'assis sur une chaise à côté de lui.

« Oui. En fait, il a accepté de te prendre comme élève pour me rendre service. Je lui ai demandé.

– Mais je croyais que vous étiez ennemis ». Comme je l'ai dit auparavant, je ne comprends pas très bien mon père. Je ne suis pas une personne très charitable : quand je suis contre quelqu'un, je suis contre lui. Quand papa est contre quelqu'un, il lui demande de devenir mon tuteur.

« Eh bien, nous sommes en désaccord sur certains points, précisa papa. Selon moi, son attitude à l'égard des colonies est totalement erronée. Mais être en désaccord avec moi ne fait pas de lui un idiot ni une mauvaise personne et je doute sincèrement que son enseignement puisse te nuire en quoi que ce soit. Je n'ai pas eu une mauvaise expérience lorsque j'ai étudié la philosophie sociale sous sa direction il y a soixante ans.

– La philosophie sociale ?

– Oui, c'est son principal sujet d'intérêt, répondit papa en souriant. Je ne t'aurais pas fait étudier sous la direction d'un homme qui n'aurait rien à t'apprendre. Je pense qu'une bonne dose de philosophie sociale ne te fera pas de mal. »

« Ah », balbutiai-je.

Je pouvais en tout cas dire une chose en faveur de M. Mbele : il n'avait pas haussé les sourcils une seule fois en voyant mon œil poché. Sa femme non plus, d'ailleurs. J'appréciais énormément.

Quand même, j'aurais aimé que papa me prévienne. Même si finalement j'aimais bien M. Mbele, cela m'aurait épargné certaines pensées peu charitables.

3

Un soir, deux semaines après le déménagement, j'entrai dans le bureau de papa pour lui annoncer que le dîner était prêt. Il parlait à la vid avec M. Persson, un autre membre du Conseil.

Sur l'écran, M. Persson soupira en déclarant : « Je sais, je sais. Je n'aime pas faire des exemples. Si elle désirait tellement un autre enfant, pourquoi n'est-elle pas devenue materne ?

– C'est un peu tard pour lui proposer maintenant qu'elle est enceinte, dit papa sèchement.

– Sans doute, oui. Cependant, on pourrait la faire avorter et lui donner un avertissement. Enfin, on pourra étudier tout ça en détails demain. » Là-dessus, M. Persson coupa la communication.

« Le dîner est prêt, dis-je. De quoi vous parliez ?

– C'est à propos d'une certaine madame MacReady, répondit papa. Elle a déjà eu quatre enfants et aucun n'est revenu de l'Épreuve. Elle voulait essayer encore une fois, mais l'eugéniste du Vaisseau a refusé. Cela ne l'a pas empêchée de le faire quand même. »

Cela me mit un mauvais goût dans la bouche.

« Elle doit être folle, dis-je. Il faut être fou pour faire ça. Pourquoi ne la faites-vous pas examiner ? Et que comptez-vous faire d'elle ?

– Je ne sais pas quel sera le vote du Conseil, mais je pense qu'elle pourra sélectionner une Colonie et qu'elle y sera exilé. »

Il existe deux questions sur lesquelles aucun compromis n'est possible : la population et l'Épreuve. Il en allait de la survie du Vaisseau. Imaginez ce qui arriverait si nous autorisions les gens à concevoir des enfants selon leur bon plaisir. La quantité de nourriture que nous pouvons produire est strictement limitée. L'espace libre dont nous disposons pour vivre est strictement limité. La limite est certes loin d'être atteinte aujourd'hui, mais nous ne résisterions pas à cinquante années de croissance démographique continue. Cette femme avait déjà eu quatre enfants et aucun d'eux n'avait réussi à survivre. Quatre chances, c'est assez.

La solution que papa proposait me semblait bien trop généreuse, et je lui fis comprendre.

« Ce n'est pas de la générosité, répondit papa. Nous avons certaines règles sur le Vaisseau et nous nous devons de les respecter pour survivre. On s'y plie ou on va vivre ailleurs. »

« Quand même,dis-je, je pense que vous n'êtes pas assez sévère. » Pour moi, tout cela était très sérieux.

Brusquement, papa changea de sujet : « Ne bouge plus. Comment va ton œil aujourd'hui ? Ça semble aller mieux, j'ai l'impression. Beaucoup mieux. »

Quand papa n'est pas d'accord avec moi et ne tient pas à discuter, il s'en tire en me taquinant.

« Mon œil va très bien », dis-je en détournant le visage. C'était vrai puisque les ecchymoses avaient presque entièrement disparu.

Vers le milieu du repas, papa me demanda : « Alors, comment trouves-tu Géo, après ces deux semaines ? C'est aussi terrible que tu le craignais ? »

Je haussai les épaules et examinai attentivement le contenu de mon assiette. « Ça peut aller », marmonnai-je.

C'était là tout ce que je pouvais dire. Il m'était impossible de lui avouer que j'étais à la fois malheureuse et impopulaire, ce qui était la triste vérité. J'avais pris un mauvais départ à Géo pour deux raisons, l'une plutôt triviale et l'autre plus importante.

La raison triviale concernait l'école. Comme je l'ai dit auparavant, les seuls enfants qui sont supposés connaître votre niveau sont ceux qui sont au même niveau dans chaque domaine, des enfants exactement comme vous. Mais, en pratique, tout le monde sait à peu près le niveau de chacun, et on attend de ceux qui sont particulièrement bien ou mal placés dans l'échelle qu'ils rougissent en conséquence. Je n'ai jamais su rougir sur commande, et en tant que nouvelle arrivante, ça ne m'a pas facilité la vie. Ce n'est pas bon d'arriver en étant déjà mise de côté.

La raison la plus importante, par contre, était entièrement de ma faute. En arrivant, j'étais tellement certaine que je n'aimerais pas Géo que ce que les autres habitants du quartier pensaient de moi m'était absolument indifférent. Lorsque je pris enfin conscience que j'y étais définitivement et que je ferais bien d'essayer d'y aller un peu plus mollo, je m'étais déjà mis à dos un certain nombre de personnes.

Il s'avéra que ma position et mon comportement se conjuguaient parfaitement pour m'attirer des ennuis. C'est généralement ainsi que les choses commencent à mal tourner. Voici juste un exemple :

En début de semaine, toute l'école descendit au Troisième Niveau pour une excursion éducative. Pour nous, les plus âgés, il s'agissait plutôt d'un après-midi de vacances, car nous avions déjà vu plusieurs fois les plantes à larges feuilles qu'on cultive pour absorber le gaz carbonique et produire de l'oxygène. À la fin de la journée, nous remontions au Cinquième Niveau par la navette et, pour passer le temps, certaines d'entre nous se mirent à jouer à un jeu de mains. J'y participais aussi parce qu'il se trouvait que j'étais présente et qu'il faut être nombreux pour que ce soit amusant.

Voici comment on joue : chaque joueur doit se rappeler trois chiffres. Au signal, tout le monde tape sur ses genoux, puis claque dans ses mains, et le premier joueur appelle un chiffre. Genoux, mains, puis celui dont le numéro a été appelé annonce un autre numéro. Genoux, mains, numéro. Genoux, mains, numéro. On recommence encore et encore et ce, de plus en plus rapidement, jusqu'à ce qu'un des joueurs ne tape pas dans le rythme ou oublie de répondre quand l'un de ses numéros est appelé. Dans ce cas, tout le monde lui donne une tape sur le poignet avec deux doigts raidis.

Le jeu est plutôt simple, mais quand le rythme devient très rapide, il est facile de se tromper. Toutes les filles étaient debout, regroupées dans le couloir, à part deux ou trois chanceuses qui étaient assises, près de l'avant de la navette.

On commença : *Clac, clac,* « Douze », annonça la première joueuse.

Clac sur les genoux, *clac* dans les mains, « Sept. »

Clac, clac, « Dix-sept. »

Clac, clac, « Six. » Le six était un de mes numéros.

J'abattis mes mains sur mes genoux, tapai dans mes mains, puis annonçai : « Vingt. »

Clac, clac, « Deux. »

Clac, clac, « ... »

Quelqu'un avait manqué son numéro.

C'était Zena Andrus, une fille de onze ans, plutôt ronde. Elle manquait souvent son tour, et se retrouvait donc souvent avec le poignet rouge. Nous étions sept à jouer, et elle avait déjà raté cinq ou six fois. Quand on se fait taper trente ou trente-cinq fois le poignet, je vous garantis que ça fait mal. Non seulement Zena avait mal, mais elle s'était mise en tête qu'on la persécutait.

« Vous dites mes numéros trop souvent », dit-elle d'une voix plaintive pendant que nous approchions. « Ce n'est pas juste ! »

Ses pleurnichements nous agaçaient tellement que nous avions presque cessé de dire ses numéros, sauf de temps à autre, quand même, pour qu'elle ne s'imagine pas qu'elle était exclue du jeu. Je faisais comme les autres, même si je n'étais pas d'accord. Peut-être ai-je tort, mais je ne vois pas l'intérêt de jouer à un jeu avec quelqu'un qui n'est pas aussi prêt à perdre qu'à gagner. Ce n'est pas un jeu s'il n'y a aucun risque.

Un peu plus tard, quand une autre fille perdit, je remarquai que Zena était visiblement impatiente et heureuse d'avoir la chance de frapper son poignet à son tour.

Il n'y avait pas que nous sept dans la classe, bien sûr. D'autres bavardaient ou lisaient ; Jimmy Dentremont jouait aux échecs avec un autre garçon ; certains étaient simplement assis sans rien faire et trois ou quatre garçons se poursuivaient dans les coursives. M. Marberry, qui nous accompagnait cet après-midi-là, leur répétait : « Asseyez-vous donc jusqu'à notre arrivée au quartier », d'une voix résignée, chaque fois qu'ils faisaient trop de bruit ou qu'ils ennuyaient les autres. Comme M. Marberry était l'un de ces adultes qui ne font que parler, parler et parler, sans jamais agir, nous faisions rarement attention à ce qu'il disait.

Une fois la dernière station avant Géo en vue, nous décidâmes de faire une dernière partie. Nous étions bientôt arrivés et donc les garçons s'étaient levés et rassemblés dans le couloir pour être les premiers à sortir de la navette. Ils ne cessaient de s'agiter et de se bousculer et lorsqu'ils arrivèrent à notre niveau et virent à quoi nous jouions, ils essayèrent de nous distraire pour nous faire perdre et souffrir. Nous faisions de notre mieux pour les ignorer.

L'un des garçons, Thorin Luomela, fut particulièrement attentif à nos numéros, pour savoir qui distraire quand son numéro sortait de nouveau. Le hasard voulut que le premier numéro qu'il entendît fût l'un des miens.

« Quatorze. »

Thorin attendit le bon moment, puis me donna une tape sur les fesses. Et il y mit tout son cœur.

« Quinze », dis-je, tout en lui rendant son coup. Je ramenai ma main avec force et il se retrouva assis sur les talons. À cette époque, j'étais petite, mais j'avais pas mal de force et je savais frapper. Pendant un instant, je crus qu'il allait me rendre le coup, mais il préféra apparemment en rester là.

« Pourquoi t'as fait ça ? me demanda-t-il. C'était juste pour rire. »

Je prêtai de nouveau attention au jeu. « Quinze » était un des numéros de Zena Andrus, et, comme d'habitude, elle l'avait raté. Nous nous mîmes en ligne pour lui taper le poignet chacune notre tour.

Lorsque ce fut mon tour, elle me lança un regard furibond, comme si j'avais fait exprès de la faire perdre et qu'elle me rendait personnellement responsable de son poignet tout rouge. Je n'avais pas eu du tout l'intention de taper fort auparavant parce qu'elle avait l'air si malheureuse, mais son expression, si pleine de malveillance, me rendit furieuse. Je lui agrippai brusquement l'avant-bras, je raidis l'index et le majeur de ma main gauche et les abattis de toutes mes forces, au point de me faire mal.

La navette ralentit à ce moment-là ; je me détournai de Zena et ignorant ses reniflements d'auto-apitoiement alors qu'elle caressait délicatement son poignet, j'annonçai : « Nous voilà arrivés ».

Après l'arrivée de la navette au quartier Géo, nous étions libres de partir, je me dirigeai donc chez moi, mais Zena me rattrapa vite.

« Tu sais, ton père a beau être président du Conseil, pour moi, ça fait aucune différence. Malgré tout ce que tu peux croire, tu ne vaux pas mieux que nous. »

Je la regardai bien en face et lui jetai : « Je n'ai jamais dit que je valais mieux que les autres, mais je passe pas mon temps à proclamer le contraire, comme toi. »

Je vis immédiatement que j'avais commis une erreur. De temps en temps, il m'arrive de rencontrer quelqu'un avec qui il m'est vraiment impossible de communiquer. Parfois, c'est un adulte. La plupart du temps, ce sont des personnes de mon âge. Parfois, il s'agit d'une personne dont la façon de penser est tellement différente de la mienne que les mots n'ont pas la même signification pour elle et pour moi. La plupart du temps, il s'agit de quelqu'un comme Zena qui n'écoute simplement pas ce qu'on lui dit.

Ce que je lui avais dit me paraissait évident, pourtant, Zena passa complètement à côté du message. Il m'arrivait souvent de penser beaucoup de mal de moi, mais, même lorsque j'avais des raisons de m'adresser tout bas des *mea culpa*, je n'aurais jamais concédé être inférieure aux autres. Je savais que j'étais plus intelligente que la plupart des gens, plus petite que la plupart des gens, mais aussi plus maladroite, dénuée de tout talent artistique (c'était héréditaire), moins jolie que la moyenne, et que je pouvais jouer un peu de tin whistle – du moins j'en possédais, ce qui n'était pas le cas de la plupart des gens. J'étais ce que j'étais. Pourquoi devrais-je ramper, pleurer ou être humble ? Je ne comprenais vraiment pas.

Soit Zena n'avait pas entendu ce que j'avais dit comme je l'avais dit, soit elle était tout simplement incapable de comprendre quoi que ce soit d'aussi compliqué.

« C'est bien ce que je pensais, répliqua-t-elle. Tu t'imagines être supérieure aux autres ! Je ne pensais pas que tu l'avouerais. J'ai toujours dit que tu étais comme ça. T'es une snob. »

J'allais protester, mais elle était déjà repartie, toute contente, comme si l'on venait de lui donner un gâteau. J'étais aussi responsable, je le savais. Pas à cause de ce que j'avais dit, mais parce que j'avais perdu mon sang-froid et que j'avais été désagréable en premier lieu. On ne peut pas frapper les gens sans avoir mal en retour.

Les choses n'en restèrent pas là, cependant. Zena répandit dans tout le quartier ce qu'elle pensait m'avoir entendu dire, agrémenté de quelques interpolations et de commentaires destinés à démontrer combien elle était juste et noble, et objective. Et elle trouva facilement des enfants prêts à l'écouter et à la croire. Pourquoi pas ? Ils ne me connaissaient pas. Et je m'en fichais. Le quartier Géo n'était rien à mes yeux.

Quand je me rendis enfin compte que tout cela avait de l'importance, c'était trop tard et j'étais coincée. J'avais quelques ennemis – peut-être même beaucoup – et un bon nombre de vagues connaissances. Mais pas un seul ami.

L'idée de quitter le Vaisseau m'était vraiment difficile, principalement parce que les bouseux, les colons, sont très différents de nous. Ce sont pour la plupart des paysans, des fermiers, parce que ce sont les personnes qui ont le plus de chances de survivre sur les planètes-colonies, certaines sont plutôt inhospitalières. Au contraire, sur le Vaisseau, nous sommes surtout des techniciens.

Nous aurions pu les rejoindre, je suppose, lorsque la Terre fut détruite (en fait, c'était ce qui était prévu), mais si nous l'avions fait, nous aurions alors abandonné presque tout ce que cinq mille ans de progrès nous avaient apporté. Voyez-vous, la science exige du *temps*, et lorsqu'on travaille dur du matin au soir rien que pour rester en vie afin de pouvoir recommencer le lendemain, cela ne vous laisse guère de temps libre. C'est pour cette raison que nous n'avons jamais quitté le Vaisseau, et d'ailleurs, aucun des Vaisseaux ne fut abandonné.

Désormais, quand nous avons besoin de quelque chose provenant des colonies, nous leur donnons en contrepartie un peu du savoir que nous avons préservé pendant toutes ces années, ou quelques-uns des produits que notre science a fabriqués. En échange, nous avons des matières premières : ce que nous possédons contre ce qu'ils possèdent. C'est parfaitement équitable.

Pour être honnête, je trouve juste qu'il est plus facile de faire face aux choses qu'aux gens. Au quartier Alfing, j'avais fini par connaître tout le monde. Je pensais rester là pour de bon, avoir enfin des racines. Peut-être était-il plus exact de dire que je m'agrippais de toutes mes forces pour ne pas lâcher prise. Et puis, je dus aller au quartier Géo et rencontrer toutes ces personnes inconnues. Peut-être m'y étais-je mal prise, mais j'en fus tout de même capable parce que c'étaient des gens du Vaisseau. Une espèce de gens que je connaissais. Ils ne sont pas comme nous sur les planètes.

En revanche, je crois que j'aurais pu vivre sur Terre. Je pense que je pourrais comprendre des personnes capables de prendre un astéroïde d'environ cinquante kilomètres de long sur vingt-cinq de large et quinze de profondeur et d'en faire un Vaisseau. Ils le cassèrent en deux, ôtèrent quarante à cinquante pour cent du roc composant chacune des moitiés, en laissant des saillies pour les assembler de nouveau ensemble et équiper l'intérieur de tout ce qui est nécessaire pour faire un Vaisseau. Et tout cela en une année.

Pour moi, ces gens étaient incroyables et merveilleux, et cela me fait encore mal de penser qu'ils ont dû mettre un terme à tout cela en se faisant sauter. Mais ça, c'était la Terre, pas les bouseux.

Le second dimanche après notre arrivée à Géo, je lisais un livre dans ma chambre quand j'entendis papa frapper à ma porte. Je posai le livre quand il entra.

« As-tu quelque chose de prévu le week-end prochain, Mia ? me demanda-t-il.

– Non. Pourquoi ?

– J'ai une idée qui te plaira peut-être.

– Ah ?

– Je viens juste de parler avec notre responsable de l'approvisionnement. Nous allons devoir faire un échange, donc le week-end prochain, nous nous arrêterons à Grainau. Le Conseil m'a désigné pour m'occuper des pourparlers, et j'ai pensé que ça te plairait de nous accompagner. »

Je pensais qu'il me connaissait bien mieux que ça. Je secouai la tête et lui répondis : « Je n'ai pas particulièrement envie de voir les bouseux.

– N'utilise pas ce mot, rétorqua-t-il. Ils sont peut-être primitifs, mais ce sont toujours des humains. Tu serais sans doute surprise de ce qu'ils peuvent t'apporter. Le monde ne s'arrête pas aux limites d'un quartier. Ni à celles du Vaisseau d'ailleurs. »

Le cœur battant, je répondis : « Non merci, ça ne m'intéresse pas », puis je repris mon livre.

« Tu devrais y réfléchir, dit papa. Dans vingt mois, tu te retrouveras seule sur une planète avec des gens comme eux, t'efforçant de vivre avec eux, et de rester en vie. Si la seule idée de les côtoyer t'est insupportable maintenant, qu'est-ce qui se passera à ce moment-là ? Je pense que tu devrais être intéressée. »

Je secouai la tête et, soudain, mon masque d'indifférence craqua. Les yeux remplis de larmes, je lui dis : « Bien sûr que ça m'intéresse. Mais j'ai peur.

– C'est tout ?

– Comment ça, "c'est tout" ?

– Excuse-moi, dit-il. Je me suis mal exprimé. Je comprends que l'idée te fasse peur. La plupart des planètes-colonies sont des endroits plutôt déplaisants selon nos critères de civilisation. Je voulais dire : est-ce la seule raison que tu as de ne pas vouloir venir ?

– Oui, dis-je. Mais ce ne sont pas les planètes qui me font peur. Ce sont les gens.

– Ah, soupira papa. C'est bien ce que je craignais. C'est l'une des raisons du déménagement : je t'estimais trop dépendante d'Alfing. Les limites de ton monde étaient trop étroites. Le problème, c'est que tu ne sais pas qu'il existe autre chose au-delà de ce qui t'est familier. Si je pouvais t'emmener sur Grainau et te montrer quelque chose d'entièrement nouveau, et surtout te montrer que ce n'est pas aussi épouvantable que tu le crois, je pense que tu parviendrais à surmonter ta crainte. »

J'avais tellement peur que j'en avais la nausée. « Tu ne vas pas m'obliger à y aller ? répliquai-je, le désespoir faisant trembler ma voix.

– Non, je ne t'y obligerai pas. Je ne t'obligerai jamais à quoi que ce soit, Mia. Tiens, j'ai une idée, ajouta-t-il, changeant brusquement de ton. Si tu viens, si tu descends sur Grainau avec moi ce weekend, je te promets de te dégeler. Qu'est-ce que tu en dis ? »

Je ne pus retenir un sourire, je secouai néanmoins la tête.

« Réfléchis-y, ajouta papa. Tu changeras peut-être d'avis. »

Après son départ, je pris conscience que je l'avais déçu, et je me sentis soudain déprimée et plus malheureuse encore. C'était comme si je m'étais agrippée de toutes mes forces à ma sécurité, et que soudain, on ne me le permettait plus, comme si désormais papa essayait de me faire lâcher prise, un doigt après l'autre. Et le pire était de voir sa déception devant ma détermination à m'agripper encore plus fort.

Sans trop savoir pourquoi, je retournai à Alfing. Peut-être parce que c'était le seul endroit où je savais que l'on m'acceptait telle que j'étais. Je pris la navette pour descendre au Quatrième Niveau, puis une autre jusqu'à Alfing.

J'allai d'abord à notre ancien appartement et y entrai à l'aide d'une clef que j'aurais déjà dû rendre. Il n'y avait plus un seul meuble. Plus un livre, plus une étagère. J'errai à travers les pièces qui semblaient toutes identiques. Je n'avais plus l'impression d'être chez moi, car toutes les choses qui avaient fait de cet endroit mon chez-moi avaient disparu. Ce n'était plus qu'un coin vide de ma vie passée et je me dépêchai d'en sortir.

Mme Farmer passait dans le couloir quand je sortis. Elle me regarda et remarqua sans aucun doute que j'avais une clef que je n'aurais pas dû posséder. Mme Farmer et moi ne nous sommes jamais très bien entendues. Elle mettait toujours un point d'honneur à rapporter à papa toutes les choses qu'elle me voyait faire et qu'elle interdisait à son Peter ; parfois, il s'agissait de choses que papa m'avait expressément autorisées à faire. Papa l'écoutait toujours poliment, puis refermait la porte derrière elle et se hâtait d'oublier ce qu'elle lui avait dit. Mme Farmer me regarda, sans dire un mot.

Ensuite, je me rendis dans la cour, et, comme il n'y avait personne, j'allai à la salle commune. J'avais la sensation curieuse d'être une étrangère dans ces couloirs pourtant familiers, comme si je devais marcher sur la pointe des pieds et faire attention de ne pas tomber sur quelqu'un qui pourrait me reconnaître. Je me sentais comme une intruse. Ce n'est pas le sentiment que l'on ressent habituellement quand on revient chez soi, mais curieusement, depuis notre déménagement, je ne me sentais plus à l'aise à Alfing.

J'entendis les enfants faire du bruit dans la salle commune avant même d'en franchir le seuil et j'hésitai à rassembler mon courage avant de me lancer. La salle commune n'était pas constituée d'une unique salle, en réalité, elle était divisée en plusieurs pièces : un salon, une bibliothèque, deux salles de jeux, des salles d'étude, un auditorium de musique et une salle pour jouer de la musique, un petit cinéma et un snack. C'était dans ce dernier que je pensais retrouver mes amis.

J'étais décidément destinée à rencontrer des Farmer ce jour-là, car pendant que j'hésitais devant la porte, Peter Farmer sortit. Je ne l'aime pas particulièrement, et sa mère le tient bien serré en laisse, mais je ne voyais aucune raison de ne pas être amicale.

« Salut », dis-je.

Peter me regarda avec des yeux exorbités, puis me dit : « Qu'est-ce que tu fabriques ici ? Ma mère dit qu'elle était heureuse que tu sois partie parce que tu donnais le mauvais exemple. »

Je le regardai droit dans les yeux et feignis l'étonnement : « Comment peux-tu dire une chose pareille, Peter Farmer ? Je viens de croiser ta mère et elle a été d'une très grande gentillesse avec moi. Elle m'a même dit que si je te voyais je devais te dire qu'il était temps de rentrer.

– Ce n'est même pas vrai.

– Bien sûr que si », dis-je avant d'entrer dans la salle commune.

Une ligne très stricte divise les adolescents de plus de quatorze ans et les autres. En tant qu'adultes et citoyens, ils ont des droits que les plus jeunes n'ont pas, et ils ne perdent pas une occasion de le leur faire sentir. Dans un lieu comme la salle commune, où l'on trouve indifféremment des jeunes et des adultes, chacun a son domaine bien défini. Bien qu'il n'y ait pas de différence réelle entre les deux endroits, celui que fréquentent les adultes dispose d'une aura mystique particulièrement attirante que n'ont pas les coins des enfants. J'avançai là où s'étaient regroupés mes amis.

Mary Carpentier était assise à une table avec Venie Morlock et deux ou trois autres enfants. Je les rejoignis.

« Hé, Mia ! dit Mary en m'apercevant. Viens t'asseoir avec nous. Que fais-tu ici ?

– J'avais envie de venir pour voir ce que vous deveniez », dis-je en prenant une chaise. Je n'allais certainement pas leur raconter combien j'étais malheureuse à Géo, surtout pas devant Venie, assise là à boire chacune de mes paroles, cela lui aurait fait trop plaisir

« Salut », dis-je et tous les enfants autour de la table me répondirent « Salut, Mia. »

« Dis donc, Mia, me dit Mary, je ne m'attendais pas à te voir ici. Pourquoi tu ne m'as pas appelée pour dire que tu venais ?

– C'est une envie qui m'a prise comme ça.

– En tout cas, ça fait plaisir de te voir. Tu te plais dans ton nouveau chez-toi ?

– Pas trop mal j'imagine, dis-je. Il faut que je m'habitue. Je ne connais pas encore tout le monde et je n'ai pas encore tout visité.

– Tu fais toujours ce truc de fou où tu te promènes dans les conduites là-bas ? demanda un des autres enfants.

– Pas pour le moment. Je n'ai pas encore eu le temps de les explorer, mais je compte le faire plus tard.

– Dans quel quartier tu vis maintenant ?

– À Géo, répondit Mary à ma place.

– C'est au Cinquième Niveau, non ? demanda un des autres.

– Oui, dis-je.

– Ah oui ! intervint Venie. Je me souviens. J'en ai entendu parler. C'est là que vivent les gens bizarres.

– Tu sais bien que ce n'est pas vrai, Venie, rétorquai-je avec mon sourire le plus charmeur, puisque tu n'y vis pas encore. Tu devrais, tu sais. Il y a une bonne place de remplaçante qui t'attend dans notre équipe de foot.

– Je ne suis peut-être pas très forte, riposta Venie, piquée au vif, n'empêche que je peux te mettre la pâtée n'importe quand et les yeux bandés !

– Comment va ta famille, Mary ? » dis-je.

Elle prit un air malheureux et me répondit : « Ça va, ça va.

– Moi, au moins, mes parents ne m'ont pas fichue dans un dortoir pour se débarrasser de moi alors qu'ils étaient encore mariés », intervint Venie.

Sans même me tourner vers elle, je répliquai : « Venie, si tu veux recevoir un autre coup de poing dans le nez, continue à parler comme ça. Dis, Mary, si on allait chez toi ? On ne serait pas interrompues tout le temps.

– Oh, ne pars pas pour moi ! dit Venie. Je m'en vais de toute façon. On commence à étouffer, ici. Vous venez, les filles ? »

Elle repoussa sa chaise, et les trois autres filles se levèrent et la suivirent alors qu'elle se faufilait entre les tables hautes rouges, jaunes, vertes et bleues.

« Alors, Mary, on va chez toi ? »

Le regard triste, elle me répondit : « Mia, je ne peux pas. On allait justement partir faire une partie de foot.

– Bonne idée,dis-je en me levant. Allons jouer !

– Je ne pense pas que ça plairait à Venie, répondit Mary.

– Qu'est-ce qui t'arrives ? demandai-je. Depuis quand ce que pense Venie a de l'importance ? »

Mary resta un moment à me regarder, puis elle se décida et me répondit : « Tu sais, Mia, je t'aime vraiment beaucoup, mais tu n'habites plus ici toi. Moi, si. Tu comprends ? Il faut que j'y aille. Tu m'appelleras ?

– Oui, je t'appellerai », murmurai-je en la regardant se hâter pour rattraper Venie Morlock, tout en étant convaincue que je ne le ferais pas. Je savais aussi qu'un doigt de plus venait de lâcher prise.

4

N'ayant plus rien à faire au Quatrième Niveau, je sortis de la salle commune et retournai à Géo. De l'extérieur, je semblais peut-être particulièrement calme (je le crois, du moins), mais intérieurement, je bouillais. Une fois, quand j'avais dix ans, on nous avait emmenés en excursion au Troisième Niveau, et je m'étais retrouvée dans un champ d'orties. J'étais déjà au beau milieu avant de me rendre compte de ce que c'était et je n'avais donc plus le choix, je devais continuer d'avancer. Lorsque je ressortis enfin de l'autre côté, mes bras et mes jambes me démangeaient furieusement, et je dansais d'un pied sur l'autre tellement ces piqûres me rendaient folle. J'aurais tout donné pour que cela s'arrête. Ce que j'éprouvais maintenant sur le plan mental était assez semblable. J'éprouvais une démangeaison, sans pouvoir déterminer l'endroit exact ni même me soulager. J'étais agitée, malheureuse, et très déprimée.

Je voulais m'en aller ; je voulais me cacher dans un coin sombre ; je voulais occuper mon esprit avec quelque chose. De retour à l'appartement – là où se trouvaient nos meubles sans pour autant ressembler à un chez-soi –, je m'appropriai un morceau de craie ainsi qu'une petite lampe comme les maternes utilisent la nuit pour nous compter et vérifier que tout le monde est là. Munie de ces deux objets, je ressortis. Il était environ deux heures de l'après-midi et même s'il y avait longtemps que je n'avais pas mangé, j'étais bien trop agitée pour y penser.

Je décidai de ne pas choisir la grille la plus proche de notre appartement comme entrée dans les conduits. Je m'éloignai un peu plus loin pour dénicher un coin calme dans un couloir ne menant nulle part. Je n'étais pas d'humeur à fournir des explications à un adulte incompréhensif, je continuai donc d'explorer les alentours avant de choisir la grille idéale que je pourrais utiliser pour accéder aux conduits d'aération du Cinquième Niveau.

Je m'agenouillai devant la grille et commençai à l'ouvrir. Elle était maintenue des deux côtés par des attaches oxydées et rigides, ce qui me fit penser qu'elle n'avait pas été utilisée depuis longtemps. Une fois ouverte de manière régulière, ce ne serait plus un problème, mais pour le moment, ces attaches refusaient de céder sous mes doigts insistants. Je procédai très lentement, incapable de faire plus d'efforts, et il me fallut cinq bonnes minutes pour que mes maniements judicieux fassent jouer l'attache gauche. J'allais attaquer la seconde lorsqu'une voix me demanda : « Qu'est-ce que tu fais ? »

Mon visage était dissimulé dans ma main à ce moment-là et je sursautai, me sentant coupable. Je pris le temps de me calmer avant de me retourner. Zena Andrus se tenait derrière moi.

« Et toi, qu'est-ce que tu fais ? répliquai-je.

– J'habite là-bas. » Elle me montra une porte située un peu plus loin dans le passage. « Qu'est-ce que tu fais ?

– Je vais entrer là-dedans, lui dis-je en désignant de mon doigt le conduit derrière la grille.

– Dans les conduits, tu veux dire ?

– Oui. Pourquoi pas ? L'idée te fait peur ? »

Elle se rebiffa. « Je n'ai pas peur. Je suis capable de faire tout ce que tu fais.

– Viens avec moi, alors », l'encourageai-je, non sans malice.

Elle déglutit difficilement, puis vint s'agenouiller à côté de moi. Elle essaya de regarder à travers la grille, sentant l'air aspiré contre son visage et percevant le bruit lointain des ventilateurs.

« Qu'est-ce qu'il fait sombre, là-dedans, dit-elle.

– J'ai une lampe. Elle ne nous servira pas beaucoup, par contre, c'est bien plus amusant de courir dans le noir.

– De *courir* ?

– De marcher, si tu préfères. »

Incertaine, elle essaya de nouveau de percer les ténèbres derrière la grille. On dit que le malheur aime la compagnie ; eh bien, j'avais besoin de rendre quelqu'un d'autre malheureux.

« Bon, bon, dis-je. Si tu as peur de venir… »

Zena se redressa. « Je n'ai *pas* peur !

– Bien, si tu viens, écarte-toi pour que je puisse ôter la grille. »

Il ne me fallut qu'une minute pour faire céder la seconde attache. Je posai la grille par terre et, montrant à Zena le trou béant devant nous, je lui dis : « Après toi.

– Tu ne vas pas m'enfermer là-dedans ?

– Non, répondis-je. Non, je te suis immédiatement. Passe tes pieds d'abord. »

Comme elle était plutôt grassouillette, l'entrée était assez étroite pour elle. Elle se tortilla vivement et finit par passer. Dès qu'elle fut de l'autre côté, je lui tendis la lampe et la craie, puis je la rejoignis. Une fois allongée sur le sol du conduit, je lui repris la craie et la lampe.

« Remets la grille », lui demandai-je avant de dessiner une croix entourée d'un cercle parfait. La craie grinça légèrement sur le métal.

« Voilà, dis-je, comme ça, on retrouvera facilement le chemin. » Les conduits correspondant aux artères ont des ventilateurs soufflants, et ceux correspondant aux veines des ventilateurs aspirants. En m'aidant des marques à la craie que je dessinais, ainsi que de la direction et de la force du vent, je sais toujours à peu près à quel endroit je suis, même dans ce genre d'endroit étrange. Suffisamment, en tout cas, pour retrouver le chemin du retour. Et il y avait certainement plus de ressemblances entre les conduits de mon ancien quartier et ceux-ci qu'entre les vrais passages et couloirs d'Alfing et de Géo. J'étais certaine que j'aurais vite fait de m'orienter.

Dès que Zena eut remis la grille en place, nous nous mîmes en route.

Je marchai en tête le long du couloir en métal. Zena me suivait, hésitante, derrière moi. Elle trébucha et dérapa une fois, bien qu'il n'y eût rien sur quoi trébucher, à part ses propres pieds. Le conduit en lui-même, de presque deux mètres de diamètre, était en métal entièrement lisse. L'obscurité était totale, à l'exception d'un petit carré de lumière chaque fois que nous passions devant une autre grille, et de ma propre lampe. Au passage, je numérotais chacune des grilles et des couloirs traversants pour avoir une vague idée de la distance que nous parcourions.

Quand nous passions les grilles, des sons du monde extérieur nous parvenaient parfois, mais il s'agissait manifestement d'un monde différent de celui que nous parcourions. Ici, il n'y avait que les échos métalliques de nos murmures, le bruit léger et monotone de nos sandales, et le bruissement ininterrompu des ventilateurs.

J'avais lu plusieurs romans se passant dans l'Ouest américain, deux cents ans avant la destruction de la Terre. À cette époque, les conditions de vie y étaient presque aussi primitives que sur les planètes-colonies. Je me souviens en particulier d'éclaireurs qui, même en territoire étranger, se sentaient chez eux et il en allait de même pour moi. La sensation de l'air sur mon visage, les sons, tout cela avait une signification pour moi. Pour Zena, cela ne signifiait rien, et elle avait peur. Elle n'aimait pas du tout l'obscurité.

Aux intersections de deux couloirs, il fallait parfois contourner des ventilateurs. De plus, les couloirs pouvaient descendre aux intersections, de sorte qu'il n'y avait jamais d'angles droits, et c'était pour le moins déroutant lorsque l'autre couloir était à la verticale, même s'il se révélait aussi étroit qu'un capillaire sanguin et qu'on pouvait facilement le franchir d'un bond.

Zena s'arrêta la première fois que nous rencontrâmes une de ces intersections, effrayée, et je dus la pousser pour qu'elle la franchisse.

« Je ne *veux pas*, dit-elle. Je ne peux pas sauter si loin.

– Comme tu voudras, répliquai-je. Si tu ne viens pas, tu resteras ici toute seule dans le noir. »

Cela la décida, et elle trouva la force de sauter par-dessus l'intersection, sans le moindre effort d'ailleurs.

En revanche, je dois avouer que, vieille habituée des conduits ou pas, je n'étais pas préparée à ce qui nous attendait ensuite. Dans le noir, il n'y avait plus de plancher devant nous. Plus de plafond au-dessus de nos têtes. À la lumière de ma lampe, je vis que le conduit continuait devant nous, mais seulement après un vide qui mesurait bien deux mètres. Le sol descendait en une pente assez forte, et l'air surgissait avec force du conduit. Je n'avais encore jamais rencontré un conduit vertical de cette dimension.

« Qu'est-ce que c'est ? » me demanda Zena.

Il y avait des poignées le long de la paroi pour passer le trou. Me tenant à l'une d'elles, je me penchai au-dessus du vide et y jetai un bout de craie dans l'espoir futile d'en évaluer la profondeur. J'eus beau prêter l'oreille, je n'entendis jamais l'impact.

« Ce doit être un conduit qui relie deux niveaux, un conduit principal. Je parie qu'il descend jusqu'au Premier Niveau.

– Tu n'en es pas sûre ?

– Non. C'est la première fois que je viens ici. »

Je n'allais pas sauter une distance pareille, aussi examinai-je soigneusement les poignées et les appuis. Si on glissait et tombait là-dedans, et que mon hypothèse était vraie, il ne resterait sûrement pas grand-chose de nous à l'arrivée. Je dirigeai le faisceau de ma lampe vers le bas, puis vers le haut, il semblait à peine entamer les ténèbres. Je vis que les poignées continuaient également dans le sens vertical, formant une sorte d'échelle qui allait aussi loin que je pouvais voir.

« Peut-être que c'est connecté au Quatrième Niveau en bas, dit Zena. Mais du coup, où ça va en haut ? » Elle pointa son doigt vers la conduite au-dessus.

Je n'en avais pas la moindre idée. Le Cinquième Niveau était le tout dernier, contre la face extérieure du Vaisseau, et pourtant ce conduit montait plus haut. En principe, une conduite d'air ne se termine pas en impasse, et l'air ne peut pas venir de nulle part.

« Je ne sais pas. Mais puisque on est là, pourquoi on n'irait pas voir ? »

Allongeant la jambe au maximum, je mis mon pied dans une des prises dans le mur et agrippai la première poignée à ma portée avant de m'élancer. C'étaient des prises solides et même si le vide que j'avais sous les pieds m'inquiétait un peu, tant que je n'en voyais pas la fin, je n'en avais pas vraiment peur. Je me souviens qu'une fois, j'avais dû marcher sur une planche de dix centimètres de large posée sur le sol ; j'avais parcouru toute sa longueur sans un seul faux pas et j'aurais pu continuer encore deux kilomètres sans jamais tomber. Ensuite, la planche avait été surélevée et on m'avait défiée de recommencer. Une fois posée sur des tréteaux, à trois mètres de hauteur, je n'avais même pas essayé, car je savais que j'échouerais. J'éprouvais un peu le même sentiment dans cette conduite, mais tant que je ne voyais pas ce qu'il y avait en-dessous de moi, tout irait bien.

J'agrippai la poignée suivante et je commençai à monter. Je n'étais pas bien haut quand Zena se pencha en avant et m'attrapa le pied. « Eh ! Attends ! » dit-elle en tirant sur mon pied.

« Attention ! criai-je sévèrement. Tu vas me faire tomber. » Je secouai le pied pour tenter de le libérer, mais elle ne relâcha pas sa prise.

« Redescends ! » implora-t-elle.

À contrecœur, je redescendis. « Qu'est-ce qu'il y a ?

– Tu ne peux pas m'abandonner ici comme ça !

– Je ne t'abandonne pas, répondis-je. Suis-moi, et tu ne resteras pas tout seul.

– Mais j'ai peur. »

Elle avait choisi ce moment pour l'avouer enfin. Depuis le début, nous le savions aussi bien l'une que l'autre, il avait fallu que les choses commencent à devenir intéressantes pour qu'elle le reconnaisse.

« Tu n'as rien à craindre, lui dis-je. On va simplement monter pour voir ce qu'il y a en haut. » Elle hésitait, visiblement prise entre la peur de s'engager dans la conduite et la peur de rester seule. « Allons, viens, passe la première », lui dis-je. Je voulais qu'elle passe devant moi, comme ça, elle ne pourrait plus m'attraper le pied.

Après quelques instants, je réussis à lui faire franchir le trou jusqu'à la première poignée. Avec mon aide, elle s'agrippa enfin à l'échelle et commença à grimper. Je la suivais. J'avais clipsé la lampe à ma taille et son faisceau lumineux pointé vers le haut nous donnait une bonne idée de l'emplacement des prises durant notre montée.

Je l'entendais gémir au-dessus de moi, de petits bruits apeurés sortant de sa gorge. Pour lui changer les idées, je lui demandai : « Tu vois quelque chose au-dessus de toi ? »

Plus nous montions, plus elle s'agrippait aux poignées et se collait contre la paroi. Elle finit par s'arrêter, leva la tête un tout petit instant, puis la rentra de nouveau dans ses épaules.

« Non, geignit-elle, rien du tout. »

J'aurais dû m'en douter, pensai-je tout en continuant de monter : on ne met pas quelqu'un qui a tendance à craquer dans une telle situation.

Soudain, sans le moindre avertissement, Zena s'arrêta. Avant de m'en apercevoir, ma tête heurta si violemment ses pieds qu'une onde de douleurs parcourut toute ma colonne vertébrale. Si j'avais eu la tête levée, j'aurais vu qu'elle s'était arrêtée, mais on ne peut pas grimper indéfiniment la tête en arrière sans avoir un torticolis. Je m'arrêtai immédiatement et redescendis d'un échelon.

« Qu'est-ce qui se passe ?

– J'peux plus avancer. J'peux plus. »

J'écartai la tête le plus loin possible de la paroi, pour essayer de voir si elle avait rencontré un obstacle. Elle s'agrippait convulsivement aux échelons, le visage pressé contre le métal de la paroi. Sa respiration était rauque.

« Tu es tombée sur quelque chose ?

– Non, je ne peux plus continuer. » Sa voix était tremblotante. « J'ai peur. »

Je levai le bras et posai la main sur sa jambe. Elle tremblait et était dure comme le roc. « Allons, Zena, avance », lui dis-je en essayant de conserver un ton aussi ferme que doux, je ne voulais pas l'effrayer. J'essayai de pousser son mollet vers le haut, mais elle ne bougea pas d'un pouce.

C'était une erreur de l'avoir laissée passer la première, j'en pris conscience. Si elle lâchait prise, elle m'entraînerait dans sa chute, peu importe la force avec laquelle je m'agripperais. D'un autre côté, cela m'éviterait la difficulté d'avoir à expliquer sa disparition : « Oh ! Elle est tombée dans une de ces grandes conduites d'air ». Mais c'était là le moindre de mes soucis. Je commençais à réellement avoir peur. Les battements de mon cœur accélérèrent et je sentis des gouttes de sueur couler le long de mon dos.

Doucement, je la réconfortai « Ne lâche surtout pas, Zena.

– Aucun risque, répondit-elle. Je ne bougerai pas. »

Prenant ma lampe d'une main, je me penchai en arrière le plus loin possible pour voir au-delà de Zena. Même si je pouvais la convaincre de bouger, il nous faudrait au moins vingt minutes pour redescendre, sans doute plus dans l'état où elle était. Et je doutais qu'elle pût tenir aussi longtemps. Tenant la lampe à bout de bras, je scrutai les ténèbres. Je crus deviner, à douze ou quinze mètres au-dessus de nous, des ombres noires sur le côté de la conduite. Une conduite perpendiculaire, sans doute, mais je ne pouvais pas en être certaine. Je l'espérais, en tout cas.

« Je veux descendre ! » geignit Zena.

On ne pouvait pas descendre. Et nous ne pouvions certainement pas rester où nous étions. J'ignorais ce qu'il y avait au-dessus de nous, à part que c'était la seule direction possible.

« Zena ? Il faut que tu montes un tout petit peu plus.

– J'ai peur. Je vais tomber. »

Je sentais la sueur perler sur mon front désormais. Certaines gouttes roulèrent jusque dans mes sourcils. Je passai ma main pour les essuyer.

« Non, tu ne vas pas tomber », la raisonnai-je d'une voix pleine de confiance. « Je viens juste de regarder au-dessus de nous, Zena, et il y a un autre conduit dix mètres plus haut au-dessus de toi. Il suffira de monter jusque-là. Tu peux le faire.

– Non. » Zena plaqua son visage encore davantage contre le métal.

– Mais si, tu peux. Je vais t'aider. Garde les yeux fermés. Voilà. Lève ton pied d'un échelon. Juste un seul. » Je poussai son pied vers le haut. « Bien. Un seul échelon. Maintenant, lève ton bras ; non, garde les yeux fermés. Et maintenant l'autre pied. »

Un pied et une main après l'autre, je réussis à la faire monter de nouveau. Pour la première fois, d'aussi loin que je me souvienne, les ténèbres me parurent oppressantes, pleines de dangers cachés. C'était sans doute ce que Zena ressentait depuis le début.

« Plus que cinq ou six mètres », la réconfortai-je au bout d'une minute, mais comme Zena me bloquait la vue, je ne pouvais être sûre de rien, j'espérais ne pas me tromper. « Tu t'en sors très bien. On y est presque. »

Grâce à mes encouragements répétés, elle continua à monter lentement, échelon par échelon. Nous avions parcouru plus de six mètres, pas beaucoup plus, lorsque Zena poussa un petit cri, et disparut soudain. Je levai la tête et à la lumière de la lampe accrochée à ma ceinture, je vis l'intersection juste au-dessus de moi.

Je ne pus rien faire d'autre pendant quelques minutes que de rester assise par terre, à reprendre mon souffle et attendre que mon cœur se calme. Il battait toujours très fort, et la sueur continuait à couler sur mon front : maintenant que nous étions en sécurité, je ne pus m'empêcher de penser à tout ce qui aurait pu se passer. À côté de moi, Zena sanglotait silencieusement.

Au bout d'un moment, elle dit, d'une voix emplie d'incrédulité : « J'y suis arrivée. »

Je respirai par la bouche, essayant de ne pas haleter. « Je te l'avais dit, non ? lui répondis-je Maintenant, on n'a plus qu'à essayer de redescendre. »

Zena rétorqua, avec une détermination qui me surprit : « Je suis parfaitement capable de redescendre.

– Bon, puisqu'on est ici, proposai-je, autant jeter un coup d'œil. »

Après nous être reposées encore un moment, nous suivîmes le conduit jusqu'à la première ouverture grillagée. L'ouverture était bien là, mais pas la grille et aucune lumière ne venait de l'extérieur, comme c'était le cas à Alfing ou Géo. Je me faufilai de l'autre côté, puis je tendis la main à Zena. Nous nous retrouvâmes dans un couloir du Sixième Niveau – le niveau qui n'aurait pas dû exister.

Je promenai le faisceau de la lampe autour de moi. Tout était sombre, silencieux et désert. Le couloir était nu. Il n'y avait aucun équipement, aucune installation. Tout ce qui était amovible avait été enlevé ; il ne restait que les trous. La lampe éclaira une entrée béante.

« Allons voir ça », dis-je.

Il n'y avait pas de porte, elle avait été enlevée également. Rien n'avait été brisé ou arraché, simplement ôté, avec soin.

La pièce où nous entrâmes était aussi vide et nue que le reste. Elle était très longue, plus longue que toutes les pièces des autres quartiers que j'avais pu voir, si l'on excepte les cours des quartiers, bien entendu. À la rigueur, on aurait pu la comparer à un dortoir dont on aurait supprimé toutes les pièces et les cloisons intérieures pour en faire une seule et unique pièce. On pouvait voir des trous à intervalles réguliers dans les parois, des trous, des rangées de trous. À part cela, rien.

« Qu'est-ce que c'est ? demanda Zena.

— Je ne sais pas trop. »

Nous revînmes dans le couloir. Il était long et droit, sans aucun de ces tournants brusques, impasses ou escaliers qui sont caractéristiques de tous les autres couloirs. Il était droit comme un fil à plomb. C'était étrange, et quelque peu différent.

Près de la porte de cette longue pièce, je remarquai les chiffres 44-2 peints proprement sur le mur. De la porte partait une ligne rouge qui allait jusqu'au centre du couloir, avant d'effectuer un tournant à droite pour continuer à côté de lignes vertes, jaunes, bleues, orange et violettes qui se poursuivaient au centre du couloir.

« Allons voir où mènent ces lignes », proposai-je avant de m'engager dans le couloir.

Il était tard, l'heure du dîner était passée depuis longtemps lorsque nous retournâmes à Géo. Nous sortîmes des conduits tout près de l'appartement de Zena, là où nous y étions entrées. Mon estomac se souvint du temps écoulé depuis son dernier repas et commença à protester ; j'avais un appétit féroce.

Avant d'entrer chez elle, Zena hésita une minute, puis me dit : « Tu es bien plus sympa que ce que je croyais au début. » Puis, elle ajouta immédiatement, comme pour effacer ce qu'elle venait de dire : « Bonne nuit », et se hâta d'ouvrir sa porte et de rentrer chez elle.

Lorsque j'arrivai, papa se préparait tout juste à sortir. Il se réunissait régulièrement avec des amis, pour bavarder et construire des modèles réduits : des modèles de machine, d'animaux (avec le squelette et tout), de presque tout ce qu'on peut imaginer. Ils se retrouvaient tous les dimanches soir depuis que je vivais avec papa ; il possédait toute une collection de modèles qu'il avait fait, même s'il ne les avait pas encore déballés depuis notre arrivée à Géo.

J'aurais été d'ailleurs mal placée pour le taquiner là-dessus. Papa dit que tout le monde a besoin d'avoir au moins un hobby, aussi ridicule soit-il, et j'en avais plusieurs.

« Où étais-tu ? me demanda-t-il.

– Je suis montée au Sixième Niveau, répondis-je. Qu'est-ce qu'il y a à manger ?

– Il reste du jambon-IV à la cuisine, si tu en veux.

– Miam. »

J'aime beaucoup le jambon-IV. Il vient d'une des deux ou trois meilleures cuves à viande du Vaisseau, bien que certains trouvent son goût trop fort. « Faisandé », disent-ils, je crois. Comme il vient d'un des élevages de viande les plus prospères du Vaisseau, ils sont obligés de s'y faire. Il est toujours bon d'aimer l'inévitable.

Je me dirigeai vers la cuisine et Papa me suivit.

« Le Sixième Niveau n'est-il pas complètement fermé ? me demanda-t-il. Je ne savais pas que l'on pouvait encore y accéder.

– Ce n'est pas bien difficile, remarquai-je tout en prenant de la nourriture. Pourquoi ont-ils tout enlevé comme ça ?

– On ne t'a jamais dit pourquoi le niveau a été fermé ?

– Jusqu'à aujourd'hui, je ne savais même pas qu'il existait, répliquai-je.

– Ah. Eh bien, ce n'est pas compliqué. À l'époque où le Vaisseau a été converti, les conditions de vie y étaient assez spartiates. Une fois les colons partis, nous avions plus d'espace que nécessaire, mais pas assez de tout le reste. Alors, ils ont vidé le Troisième et le Sixième Niveaux de tout ce qui était utilisable pour rendre le reste plus habitable. Le Troisième a été, dans la mesure du possible, transformé en une copie approximative de la Terre, et le Sixième a tout simplement été condamné, car il ne servait plus à rien.

– Ah », dis-je. Cela expliquait la tombe que l'on venait de visiter.

« J'avais oublié que le Sixième Niveau doit ressembler à un désert, renchérit Papa. Si tu veux en savoir davantage, je te dirai quels livres consulter. Mais maintenant, il faut que je me sauve, sinon je vais être en retard. »

Je l'arrêtai juste avant qu'il ne sorte de la cuisine : « Papa ? »

Il se retourna.

« J'ai changé d'avis aujourd'hui. Je pense que je viendrai avec toi le week-end prochain, finalement. »

Il sourit. « J'espérais bien que tu changerais d'avis si je te laissais le temps d'y réfléchir. Tu n'es pas la dernière à commettre des erreurs mais, dans l'ensemble, tu as du bon sens. Là, je pense que tu en fais preuve. »

Papa est un homme gentil, jamais il ne m'aurait dit : « Tu vois, je te l'avais dit », mais j'étais certaine qu'il pensait que j'avais changé d'avis parce que j'avais visité le Sixième Niveau sans tomber raide morte pour autant. Ce n'était ça. Je crois que j'ai changé d'avis sur l'échelle : il y a des moments dans la vie où il faut avancer, qu'on le veuille ou non, et si Zena Andrus en était capable, malgré sa peur, je l'étais aussi. Voilà tout.

« Et tu me dégèleras ? » demandai-je en souriant. J'étais presque sérieuse. J'ignore pourquoi, mais il était important pour moi d'entendre papa me le dire.

Papa hocha la tête. « Je pense, oui. Je te dégèlerai. »

Le sourire n'avait toujours pas quitté mes lèvres lorsque je m'assis pour manger. Il était quand même temps que je grandisse un peu. Ce fut alors qu'une pensée me frappa : si je grandissais, je ne pourrais plus me faufiler dans les conduits.

Eh bien, on ne peut pas tout avoir.

5

À propos, pendant que j'y pense, je tiens à m'excuser par avance, car il m'arrivera de dire des choses témoignant d'une terrible ignorance. Par exemple, je vais bientôt vous parler de bateaux, et il est probable que mes descriptions feront bien rire quiconque a déjà navigué. Ne m'en tenez pas rigueur. Je ne rédige pas une description technique, j'essaie juste de dire ce que j'ai vu et ce que j'ai fait. Par exemple, quand j'éprouvais le besoin de me retenir à quelque chose, je n'agrippais pas le « plat-bord », je m'accrochais tout simplement au côté du bateau. À mes yeux, c'était cela, et rien de plus.

Mais revenons à notre histoire. Au cours de la semaine précédant notre départ pour Grainau, je commençai à regretter ma décision. J'avais accepté d'y aller le dimanche et, si nous étions partis le lendemain, tout aurait été parfait, mais malheureusement, j'avais une semaine entière devant moi pour ressasser les choses, me faire du mauvais sang et laisser libre cours à mon imagination. Dans la nuit du vendredi au samedi, la dernière avant le départ, je restai allongée dans mon lit, incapable de fermer l'œil. J'essayai de dormir sur le ventre, mais tout un cortège de possibilités sinistres défila devant mes yeux. Je me tournai sur le côté et ce fut le tour des conversations imaginaires. Sur le dos, je me mis à penser à tout ce que j'aurais pu faire le lendemain au lieu d'aller sur Grainau. Je finis par sombrer dans un sommeil agité.

Au petit-déjeuner, papa me conseilla de bien manger, mais je ne pouvais rien avaler. J'étais trop nerveuse. Ensuite, nous prîmes la navette pour descendre jusqu'au Premier Niveau et, de là, jusqu'à la baie où les vaisseaux d'exploration attendent d'emmener des fous dans des lieux où ils préféreraient ne pas aller.

Nous y arrivâmes quinze minutes avant l'heure prévue pour le départ. « Attends-moi ici, me dit papa. Je reviens tout de suite. » Il se dirigea vers un petit groupe d'hommes qui attendait près du vaisseau le plus proche.

Je restai plantée là, sous la grande voûte taillée dans le roc, je me sentais un petit peu abandonnée. Il me traînait jusque-là et maintenant, il me laissait tomber. J'étais nerveuse, et j'avais peur. Si j'avais pu rentrer à la maison de manière légitime, je me serais tout de suite glissée sous la couette, et je n'aurais pas bougé pendant deux jours au moins. Mais je ne pouvais pas le faire sans perdre la face. Malheureusement, il était désormais plus difficile de faire marche arrière que d'aller de l'avant, donc je laissais les choses se dérouler, portée par une décision impulsive que j'avais prise une semaine auparavant.

C'était la première fois que je venais à la baie d'exploration. Je levai un regard hésitant sur ce qui m'entourait. La haute voûte de pierre surplombait une longue rangée de vaisseaux, qui semblaient tous accroupis au-dessus de leurs tubes, attendant patiemment que les barres d'amarrage qui les retenaient sur tout leur pourtour s'ouvrent pour pouvoir disparaître dans les ténèbres. Les vaisseaux d'exploration servent à tous les rapports avec les planètes où le Vaisseau est trop imposant pour se poser : échanges commerciaux, balades de plaisir, missions diplomatiques (comme dans notre cas) et le largage des enfants passant l'Épreuve. Les vaisseaux sont des pigeons voyageurs qui font leur nid dans un pigeonnier suspendu entre les étoiles ; il y en a toujours quelques-uns à l'extérieur ou en voyage. Pour oublier les contractions douloureuses de mon estomac, je comptais les vaisseaux amarrés ; il y en avait douze. Les vaisseaux sont en forme de disque, avec un renflement au centre. Ils avaient tous au moins l'une de leurs quatre rampes d'accès abaissée.

Quelques instants plus tard, papa revint, accompagné par un des hommes auxquels il était allé parler : un jeune géant, qui dépassait largement papa d'une tête. Il était très laid, désagréable à regarder et paraissait redoutable. Je n'avais nullement envie de faire sa connaissance, ni maintenant ni jamais.

« Je te présente George Fuhonin, me dit papa. C'est notre pilote. »

Je le regardai sans dire un mot. Papa me poussa du coude et je réussis à sortir un faible bonjour.

« Bonjour », tonna-t-il d'une voix qui ressemblait plus à un grognement de basse. Elle était profonde et tonitruante. « Ton père m'a dit que c'était ton premier voyage en dehors du Vaisseau. »

Je regardai papa du coin de l'œil, puis je me tournai de nouveau vers le géant laid. Avec réticence, je finis par faire un imperceptible signe d'assentiment. Il me faisait peur.

« Tu veux venir visiter le vaisseau avant le décollage ? me demanda-t-il. Comme je suis ton pilote, et le chauffeur attitré de ton père, je te montrerai absolument tout, je te le promets. »

J'allais répondre par un « non » catégorique lorsque papa me poussa en avant : « Allez, amuse-toi bien, Mia. » Il se dirigea vers les autres hommes. « J'ai encore deux ou trois choses à régler avant le départ. »

Ainsi donc, cet homme, ce monstre, ce George je-ne-sais-plus-quoi et moi montâmes la rampe d'accès du vaisseau. Je me sentais complètement trahie. Il m'arrive de croire que les parents prennent plaisir à mettre leurs enfants dans des situations désagréables ; peut-être est-ce une façon détournée de se venger d'eux. Je n'affirme pas que c'est ce que faisait papa, mais, sur le moment, la pensée me traversa l'esprit.

C'est tout juste si ma tête arrivait au bas de la cage thoracique de George ; il était si grand qu'un de ses pas valait deux et demi des miens. Même quand il marchait lentement, j'étais toujours en avance ou en retard d'un demi-pas sur lui. Si j'avais été de meilleure humeur, j'aurais eu l'impression de jouer au loup autour d'un dinosaure. Mais tout ce que je désirais pour le moment, c'était un trou pour me cacher. Un trou bien noir, bien profond, et complètement hors de vue.

La partie principale du vaisseau était au niveau où nous arrivions. Au centre, protégés par une cloison circulaire d'environ un mètre de haut, étaient disposés des lits de repos dont les côtés étaient légèrement surélevés comme dans les lits pour bébés, de confortables fauteuils, des chaises magnétiques que l'on pouvait changer de place et deux tables. Au milieu, un escalier en spirale montait et descendait. Contre la paroi du vaisseau, il y avait des entrepôts pour les marchandises, des étagères, une cuisine, des toilettes et quelques écuries avec de la paille sur le sol. Au moment de monter la rampe pour entrer dans le vaisseau, deux chevaux y étaient menés.

« Ce sont ceux que monteront ton père et son assistant, après l'atterrissage », m'expliqua le monstre.

Je ne daignai pas répondre, me contentant de regarder ce qui m'entourait d'un air glacial.

Lors de la colonisation, les colons avaient pris des chevaux comme moyen de locomotion et pour aider à divers travaux, car les tracteurs et les hélipacks ont un taux de reproduction affreusement bas. Il était impossible d'implanter des industries dans les colonies ; il y avait tout juste le temps de déposer les colons avec assez de cargaisons pour qu'ils aient une chance de survie. Les Vaisseaux retournaient ensuite sur Terre pour charger une nouvelle cargaison et de nouveaux colons et repartir vers une nouvelle destination. Les cargaisons comportaient très peu de machines, car les machines s'usent en quelques années. En revanche, elles comprenaient des chevaux. Et, même de nos jours, lorsque nous allons sur une planète qui n'a pas évolué depuis cent soixante-dix ans, nous nous déplaçons à cheval.

À cette époque, bien sûr, je n'avais pas encore appris à monter et les chevaux me faisaient plutôt peur. Lorsque l'un d'eux retroussa ses lèvres, renâcla et s'ébroua en passant devant nous, je fis un brusque saut en arrière.

Je remarquai alors que nous n'étions qu'à deux pas des toilettes. Je levai la tête vers le géant et lui dis : « Je dois aller aux toilettes ».

Avant qu'il n'ait pu répondre, j'étais à l'intérieur et j'avais verrouillé la porte. Pour le moment, j'étais tranquille. Je n'avais pas du tout envie d'aller aux toilettes. Je voulais simplement me retrouver seule.

Je regardai les murs nus qui m'entouraient. Je fis couler l'eau et me lavai les mains. Je réussis à tenir cinq bonnes minutes, seule, dans cette minuscule pièce, avant que ma nervosité ne reprenne le dessus. Je m'imaginai que papa était monté à bord, et je crus même entendre sa voix. N'y tenant plus, je sortis.

Lorsque j'ouvris la porte, le géant était exactement à l'endroit où je l'avais laissé. Visiblement, il m'attendait. Des gens montaient des caisses à bord, les chevaux étaient attachés dans leurs écuries et papa n'était toujours pas là.

Sur un ton parfaitement naturel, comme si je ne m'étais jamais absentée, le géant me dit de sa voix profonde : « Viens en haut. Je vais te montrer mes boutons. J'en ai toute une collection. »

Résignée, je m'engageai devant lui dans les escaliers métalliques qui montaient en spirale autour d'un axe vertical, exactement comme les cannelures d'une vis. Il était évident qu'il était déterminé à remplir son rôle de guide et de protecteur jusqu'au bout et, même si je l'avais osé, je n'aurais pas eu le cœur de discuter. Nous débouchâmes dans un dôme en forme de bulle dans lequel pendaient deux sièges suspendus devant un panneau incliné incrusté d'écrans, de voyants et de cadrans – l'inclinaison du panneau permettait qu'il ne gêne aucunement la vue. À part cela, il y avait tout juste la place de se retourner deux fois.

De sa grosse patte, le géant désigna une console à la base du panneau. « Ma collection de boutons, dit-il avec un large sourire. Je parie que tu n'y croyais pas. »

Ils étaient bien là. Suffisamment de boutons pour occuper un bébé de deux ans, ou un pilote, pendant des heures. Il était évident qu'à sa façon George essayait d'être gentil, mais je n'étais pas d'humeur à être gentille avec un étranger aussi énorme que laid. Après avoir jeté un bref coup d'œil sur le panneau et la console, je me détournai pour regarder à l'extérieur.

À travers le dôme, je voyais la voûte de pierre répandre une douce lueur au-dessus de nous. Vers le bas, la vue était bloquée par la masse courbée du vaisseau et je n'arrivai pas à voir papa ni les hommes avec qui il était. Ce n'est vraiment pas agréable de se sentir abandonnée. C'est un horrible sentiment.

« Ton père en a encore pour un moment », me dit George. Me sentant prise la main dans le sac, j'arrêtai de le chercher du regard et tournai résolument le dos à l'extérieur.

« Assieds-toi », me dit le géant. Non sans méfiance, je fis ce qu'il me disait. Le siège rebondit sur ses suspensions quand je m'assis. Je ne quittais pas George des yeux.

S'accoudant négligemment sur le panneau, il parut réfléchir un moment, puis me dit : « Puisque tu ne sembles pas être d'humeur à parler, et que nous avons encore un bon moment à passer ensemble ici, je vais te raconter une histoire. Je la tiens de ma mère, qui me la raconta la veille du jour où je devais commencer l'Épreuve. »

Là-dessus, en faisant abstraction du fait que j'étais trop grande pour ces contes-là, il se lança dans son histoire :

« Il était une fois un roi qui avait deux fils ; c'étaient des jumeaux, les tout premiers à naître dans ce pays. L'un d'eux s'appelait Enegan, et l'autre Britoval. Bien que l'un des deux fûts plus âgés que l'autre, je serais bien incapable de dire lequel, et je doute que quiconque s'en souvienne. Les deux garçons se ressemblaient tellement que même le cœur de leur chère mère ne pouvait les distinguer. Ils n'avaient pas encore un mois que tout le monde les confondait et que personne n'aurait su dire avec certitude lequel appeler Britoval et lequel Enegan. Pour finir, ils cessèrent de se creuser la tête et réfléchir à une solution : ils leur mirent des étiquettes autour du cou et les nommèrent Ned et Sam.

Ils devinrent grands et forts, et restèrent aussi semblables que deux verrues du même crapaud. Si, au début du mois, l'un avait deux centimètres de plus, ou pesait un kilo de plus que l'autre, ils se retrouvaient à égalité à la fin de ce même mois. Ils étaient de force égale en tout : lutte, course, nage, équitation, et même pour cracher. Quand ils eurent atteint l'âge adulte, il n'y avait qu'un seul moyen pour les distinguer l'un de l'autre. De l'avis général, Sam était intelligent et Ned était charmant. Dans les campagnes, on les avait même surnommés Sam le Malin et Ned le Charmant.

« Écoutez ! » pouvait-on les entendre dire lorsqu'un cheval traversait le village, « voilà que passe Prince Ned le Charmant. » Ou bien : « Regardez ! Sous les frondaisons de ce chêne, voilà que Sam le Malin est perdu dans ses pensées. »

Les garçons avaient mérité leur surnom, et ce, de manière honnête. Demandait-on à Sam de faire une addition, d'analyser une phrase ou de résoudre un rébus, il le faisait en un clin d'œil, alors que Ned n'était vraiment pas à son affaire dans ce genre de choses. En revanche, si l'on aime le charme et le courage, la courtoisie et la bonne humeur, Ned était un garçon formidable, qui faisait les délices de sa chère mère et était comme un rayon de soleil pour ses sujets, tandis que Sam, même à ses meilleurs moments, était toujours un peu taciturne.

Puis, un jour, le vieux roi, leur père, mourut et la question de l'héritage du trône se posa, car le royaume était petit et le trésor était vide ; il n'y en avait vraiment pas assez pour deux.

Le Grand Conseil du royaume s'assembla pour examiner le problème. Les conseillers se réunirent et examinèrent, examinèrent et votèrent, votèrent et durent recommencer, car il y avait toujours un nombre égal de voix des deux côtés. Au début, l'on proposa que l'aîné hérite, mais on se rendit compte alors que personne n'aurait su dire lequel des deux était l'aîné. Ensuite, un esprit irrité proposa que le plus jeune hérite, et tous estimèrent que c'était là une excellente solution, jusqu'au moment où ils s'aperçurent qu'il était tout aussi impossible de déterminer qui était le plus jeune. Ce fut alors qu'ils décidèrent de faire un vote pour résoudre la question. Cependant, le résultat indiqua une égalité de voix, car la moitié des conseillers déclarait : « Un roi doit être brillant, car il doit gouverner avec intelligence et agir sagement avec les amis et les ennemis du royaume. Il n'est pas vraiment nécessaire qu'il se fasse aimer », tandis que l'autre moitié déclarait : « Un roi doit être aimé de ses sujets, et apprécié de ses voisins et de ses pairs. S'il faut apporter de l'esprit : le Conseil est là pour ça. »

Après bien des discussions, ils décidèrent enfin qu'il n'y avait qu'une seule solution. Ned le Charmant et Sam le Malin devraient entreprendre une quête, et le vainqueur deviendrait roi du royaume et prendrait la place de son excellent vieux père. Si aucun des deux ne réussissait, on pourrait toujours faire appel à un quelconque petit-cousin, qui attendait dans les coulisses, chapeau à la main. Les royaumes ont toujours des petits-cousins qui attendent patiemment que l'on ait besoin d'eux.

Voici la quête qui fut décidée : il semblait qu'à bien des kilomètres de là – c'était du moins ce que l'on disait à travers le royaume – il y avait un ogre de taille modérée qui vivait dans une petite caverne et possédait un merveilleux trésor, lequel suffirait à renflouer les finances du royaume pendant bien des années. Il fut décidé que celui des jumeaux qui ramènerait le trésor aurait prouvé de façon absolument certaine qu'il méritait de porter la couronne. »

*

À ce moment précis de l'histoire, nous fûmes interrompus. L'un des trois membres de l'équipage émergea de l'escalier en annonçant : « Tout est paré, George. Miles dit qu'on peut partir quand on veut.

– Attache-toi bien » me recommanda George, avant d'appuyer sur le bouton qui enclenchait ses ceintures de sécurité. Tout en fredonnant un petit air, il appuya sur un interrupteur d'un geste négligent et grogna : « Dix secondes avant largage. Attention à vos estomacs ! »

Dix secondes plus tard, les barres d'amarrages se retirèrent et nous commençâmes lentement à tomber dans le tube puis à sortir du Vaisseau. C'était la première fois que je le quittais. Même aux pires jours, Géo c'était quand même « chez nous » et pas « là-bas ». Durant notre descente dans le tube, le dôme devint opaque autour de nous et des lumières s'allumèrent. La transition entre la gravité artificielle du Vaisseau et celle non moins artificielle du vaisseau d'exploration se fit sans vertige ni nausée contrairement à ce qu'aurait pu faire penser la mise en garde de George, même si cela aurait été tout à fait possible. Ce qui indiquait que, peu importait tous ses défauts, ce George était un pilote à peu près efficace.

Je ne savais toujours pas quoi penser de lui. C'est un problème chez moi, je n'ai pas le contact facile et quand je rencontre de nouvelles personnes, je dois d'abord m'habituer à elles. En attendant, conte pour bébé ou pas, je voulais qu'il continue son histoire, parce que cela détournait mon esprit de Grainau et de ce qui m'y attendait.

Il s'affaira un moment à son tableau de bord, puis annonça : « Bon, on devrait être tranquilles pour un moment avec ça. Où en étais-je ?

– À l'ogre et au trésor.

– Ah oui ! dit-il, et il continua :

« Eh bien, dès le lendemain matin, lorsque le soleil eut un peu réchauffé l'atmosphère, les deux jeunes hommes se mirent en route. Faisant comme toujours preuve d'intelligence, Sam avait rempli une besace de vivres et de fournitures diverses et avait passé une grande épée à sa ceinture. Ned n'emporta rien – trop lourd, vous comprenez – et coiffé de son chapeau rouge, il partit en sifflotant. Tous les habitants du royaume s'étaient réunis pour les regarder partir et les encourager. Ils leur firent de grands gestes d'adieu jusqu'à ce qu'ils eussent disparu au premier tournant de la route, puis, étant gens de bon sens, ils rentrèrent tous chez eux pour prendre le petit déjeuner.

Sam était si lourdement chargé que son cher frère eut vite fait de le distancer. Bientôt, Ned disparut au loin et son sifflement devint inaudible. Cela n'ennuya pas outre mesure Sam le Malin, parce qu'il savait que sa prévoyance et ses préparatifs finiraient par compenser largement la rapidité des premières heures de son frère. Quand il commencerait à avoir faim, le manque de nourriture ralentirait certainement son allure.

Mais Sam marcha longtemps, jour et nuit, sans jamais rencontrer son frère. Puis, au détour d'un chemin, il tomba nez à nez avec l'homme le plus maigre qu'il n'eût jamais vu, assis à côté d'un tas d'ossements de bêtes.

“Bonjour, lui dit Sam. Je cherche un ogre qui vit dans une caverne et possède un trésor. Savez-vous où je pourrais le trouver ?”

À cette question, l'homme se mit à pleurer. Sam lui demanda quelle était la raison de son chagrin, car, taciturne ou non, il détestait voir quelqu'un pleurer. “Il y a un jour, ou peut-être deux, répondit l'homme, un jeune homme qui passait par là m'a posé exactement la même question. Ça m'a rien apporté d'autre que des ennuis. J'avais un troupeau de moutons – de belles bêtes, ma foi – et j'en rôtissais justement un pour mon dîner lorsqu'il arriva. C'était un jeune homme si gentil et si charmant que je l'invitai à partager mon dîner. Quand nous eûmes mangé la première bête, il avait encore faim, j'en tuais donc une autre, puis encore une autre... Il était si amical, si charmant, si reconnaissant, que je ne me rendis pas compte qu'il avait mangé le troupeau entier, jusqu'à la dernière bête. Il ne me reste plus rien désormais. Et c'est à mon tour d'avoir faim.

– Si vous me dites où habite cet ogre, dit Sam, je vous donnerai une partie de mes vivres.

– Donnez-moi à manger, répondit l'homme, et je vous dirai exactement ce que j'ai dit à cet autre jeune homme."

Sam lui donna donc à manger. Lorsqu'il eut calmé sa faim, l'homme lui dit : "La réponse est que je ne sais pas. Je n'ai rien à voir avec les ogres. Je ne me mêle pas de ce qui ne me regarde pas."

Sam se remit en route, sa besace plus légère qu'auparavant. Il marcha longtemps, jour et nuit, sans jamais rencontrer son frère. Puis il arriva à un petit château où vivait une princesse – enfin… ce n'était peut-être pas une princesse telle que les gens les définissent, mais, comme elle vivait seule dans ce château, il n'y avait personne pour prétendre le contraire. C'est ainsi que sont fondées les dynasties royales.

Le petit château était assiégé par un géant très grossier et très déplaisant. Désireux de se montrer courtois, Sam profita de son passage pour tirer son épée de son fourreau et tuer le géant : d'un seul coup de sabre, il coupa net sa grosse tête hirsute. La princesse (et qu'elle était jolie !) sortit de son château pour le remercier.

"C'était vraiment très gentil à vous. Hélas ! ce géant, dit-elle en poussant la tête du bout de sa délicate pantoufle, a sept frères, et ils se relaient pour assiéger mon château. Cela va certainement les mettre en colère. Je possédais un charme qui me protégeait contre ces créatures, mais hélas, je ne l'ai plus. La semaine dernière, un jeune homme au chapeau rouge est arrivé en sifflotant le long de la route, à la recherche d'un ogre. Il était si adorable et si charmant que je lui ai donné le charme pour se protéger, et éloigner tous les dangers, mais depuis son départ, ces affreux géants n'ont cessé d'assiéger mon château.

– Pourquoi ne déménagez-vous pas ? dit Sam. Il n'y a pas de géants là où je vis, bien que nous ayons un dragon ou deux, et il y a quelques très jolis châteaux à vendre."

La princesse répondit que cela semblait une excellente idée, et qu'elle allait sans doute suivre son conseil.

"À propos, dit Sam, sauriez-vous par hasard où je pourrais trouver l'ogre que vous avez mentionné ?

– Mais certainement, répondit-elle. Ce n'est pas loin du tout. Vous n'avez qu'à aller tout droit et croire votre nez pendant trois jours et trois nuits, et vous y serez."

Sam la remercia, tua un deuxième géant qui était venu chercher son frère, et se mit en route. Il alla tout droit, et, au bout de trois jours et de trois nuits, son nez lui indiqua qu'il était bien arrivé devant la caverne de l'ogre. Il frappa poliment, et l'ogre sortit. La caverne était un peu étroite pour lui. Il était couvert de poils et avait trois yeux rouges et deux longs crocs jaunes. Son apparence mise à part, il semblait fort amical.

Sam tira son épée et dit : "Excusez-moi, mais il me faut prendre votre trésor.

– Fort bien, lui rétorqua l'ogre. Si vous pouvez me poser une énigme que je ne saurais pas résoudre, je vous donnerai tout ce que je possède. Si, en revanche, je découvre la réponse, je veux votre argent, et tout ce que vous possédez."

Sam acquiesça. Ce n'est un secret pour personne que les ogres ne sont en général guère intelligents, et Sam connaissait quelques énigmes vraiment difficiles.

Il réfléchit, il choisit, et il finit par dire : "Qu'est-ce qui n'est pas, et ne sera jamais ?"

L'ogre tourna et retourna la question dans son esprit. Puis il s'assit pour mieux réfléchir. Ils restèrent ainsi face à face trois jours et trois nuits, personne ne trouva cela curieux, car personne n'habitait dans les environs. L'ogre essaya une douzaine de réponses, mais à chacune, Sam lui répondait : "Désolé, ce n'est pas la bonne réponse."

De guerre lasse, l'ogre finit par dire : "Je ne sais plus quoi répondre. Vous avez gagné. Ne me dites pas la réponse, écrivez-la-moi sur un bout de papier ainsi je pourrai y réfléchir après votre départ."

Sam écrivit donc la réponse sur un bout de papier, et le lui donna, puis dit : "Et maintenant, si cela ne vous ennuie pas de me donner votre trésor ?

– Vous l'avez bien mérité. Un instant, s'il vous plaît." Il entra dans la caverne et en ressortit au bout d'un instant en tenant une seule pièce de cuivre. "Je suis désolé, c'est tout ce qui reste. Il y en avait bien davantage, avant que j'aie tout donné à un jeune homme très gentil, venu me voir la semaine dernière. Il a fallu tout recommencer de zéro, et, maintenant que vous avez gagné, il faudra que je recommence une fois de plus."

Connaissant bien son frère, Sam lui demanda avec incrédulité : "Ce jeune homme ne vous a tout de même pas posé d'énigme que vous ne pouviez pas résoudre ?"

L'ogre se redressa et répondit sur un ton offensé : "Certainement pas ! Il était si aimable que je n'ai pas pu le laisser repartir les mains vides."

Sam se retrouvait face à un problème difficile à résoudre. Il avait battu l'ogre et gagné son trésor, mais personne ne le croirait en le voyant revenir avec une unique pièce. Il réfléchit une minute, et dit à l'ogre : "Et comment trouvez-vous votre caverne, mon ami ?

– Terriblement étroite, répondit l'ogre. Mais les bonnes cavernes sont difficiles à trouver.

– Vous ne devez guère avoir de compagnie, ici ?

– Oh non ! Je fais passer le temps en réfléchissant à mes énigmes.

– Eh bien, cela vous plairait-il de m'accompagner dans mon royaume ? Lorsque je serai roi, je vous donnerai une grande et belle caverne, avec des voisins agréables, et, de temps en temps, je vous enverrai des gens avec des énigmes à résoudre. Qu'en pensez-vous ?"

L'ogre ne pouvait refuser une pareille offre, il ne se fit donc pas prier, et ils repartirent ensemble. En approchant du royaume, Sam se rendit compte que l'on se préparait à célébrer d'importantes réjouissances.

Il demanda à son ami l'ogre : " Cela vous plairait-il d'assister à une fête ?

– Oh oui ! s'exclama l'ogre. Je ne suis jamais allé à une fête, mais je suis sûr que cela me plaira.

– Parfait, alors. Je vais entrer le premier, puis je reviendrai vous chercher dans quelques instants."

Sam entra, et vit que l'on s'apprêtait à célébrer deux heureux événements : son cher frère Ned allait être couronné roi et allait épouser la délicieuse princesse que Sam avait fait venir. Sam trouva cela fort peu plaisant.

"Arrêtez les noces", dit-il. Ils arrêtèrent les noces et se retournèrent pour le regarder. "Je sors vainqueur de la quête, continua-t-il, et je demande le trône qui me revient."

Tout le monde rit. "Ned le Charmant a rapporté le trésor de l'ogre, lui dirent-ils. Et toi, qu'apportes-tu ?"

Sam leur montra son unique pièce de cuivre. "Je ramène cela", répondit-il et ils rirent de plus belle. "Et j'ai apporté autre chose", dit-il. Ce disant, il ouvrit tout grand la porte et l'ogre entra, tout heureux de la fête qu'on lui avait promise.

Sam lui expliqua que la fête commencerait dès qu'il serait proclamé roi. Comme il n'y avait qu'une seule porte et que l'ogre se tenait juste devant, Sam fut proclamé roi en un rien de temps.

Ma foi, après cela, Sam installa l'ogre dans une caverne rien qu'à lui et lorsque les voisins se furent aperçus qu'il n'était pas si méchant que ça, ils s'entendirent fort bien. L'ogre devint même une des meilleures attractions touristiques du royaume, ce qui engendra un revenu régulier fort sympathique pour les finances de l'État. Sam ouvrit une école de bonnes manières, dirigée par son frère, et cela devint également une source de revenus non négligeable. Sam épousa la jolie princesse, et ils vécurent tous heureux. S'ils n'ont pas déménagé, et je ne vois pas pourquoi ils l'auraient fait, ils y vivent certainement encore.

Ah oui, j'oubliais ! Il fallut à l'ogre pas moins de dix ans pour admettre qu'il ne pouvait pas résoudre l'énigme de Sam. Chaque semaine, il envoyait à Sam une liste des réponses qu'il avait trouvées, et, chaque fois, Sam les lui renvoyait. Finalement, il avoua qu'il était incapable de répondre à la question "Qu'est-ce qui n'est pas, et ne sera jamais ?" Il ouvrit le papier que Sam lui avait donné toutes ces années auparavant et y jeta un coup d'œil. Il y avait marqué : "Un nid de souris dans l'oreille d'un chat." (Et voilà, ma chère petite, la seule et unique bonne réponse à cette énigme.)

"Mince ! s'exclama l'ogre. Je l'avais sur le bout de la langue !" »

« Il y a également une morale, dit George. Ma mère me l'a dite et je vais t'en faire part : si tu es malin et que tu te sers de ta cervelle, tu t'en tireras toujours. N'oublie pas cela, et tout ira bien. »

Peu après, nous entrâmes dans l'atmosphère de Grainau. George était occupé avec ses boutons. Je le regardai en pensant qu'il voulait vraiment bien faire, et j'étais encline à être un peu plus amicale à son égard.

J'avais entendu dire que l'entrée dans l'atmosphère d'une planète était une manœuvre délicate, mais George ne semblait pas particulièrement inquiet. Le problème principal était le même qu'au moment de sortir du Vaisseau : atteindre l'équilibre entre les deux champs de gravité pour que les passagers ne soient pas soudain plaqués contre le sol ou se mettent à flotter en apesanteur. De plus, il devait nous déposer en un point précis de cette planète, et la manière dont il s'y prit m'échappa complètement. Apparemment, ses instruments lui indiquaient notre position. Les cadrans et les clignotants étaient absolument incompréhensibles à mes yeux, mais lui comprenait ce qu'ils lui disaient grâce à un mystérieux don des langues. Il alluma les écrans sur lesquels on ne voyait qu'une masse grisâtre et mouvementée. Soudain, sans que George eût fait quoi que ce soit, le dôme au-dessus de nos têtes devint progressivement translucide, puis transparent, et, tout aussi progressivement, les lampes intérieures s'éteignirent au fur et à mesure qu'augmentaient la lumière provenant de l'extérieur.

Pendant que nous descendions, j'observai les alentours à travers le dôme. Je commençai à sentir la curiosité me gagner, même si j'appréhendais toujours ce voyage. Je me libérai de ma ceinture de sécurité et m'escrimai à apercevoir tout ce que je pouvais de l'extérieur, et ce que je vis n'était guère réconfortant. De tous côtés s'étendait cette masse mouvante d'un gris blanchâtre, d'aspect doux et élastique, uniformément éclairée par un soleil orange vif qui était bas devant nous et s'élevait progressivement au fur et à mesure de notre avancée. C'était la première fois que je voyais un soleil de près, et je dois dire que je n'aimais pas particulièrement la vive lumière qu'il répandait. Pourtant, la polarisation automatique du dôme réduisait la luminosité de ses rayons jusqu'à le rendre assez tolérable pour pouvoir regarder directement le disque orange. Mais déjà à ce moment-là, je trouvais sa lumière désagréable. Les écrans montraient la même blancheur amorphe et mouvante sous nos pieds alors que nous progressions.

« Ce n'est pas comme ça, une planète, si ? » demandai-je.

George éclata de rire. « Ce sont les nuages. La planète est cachée en dessous. C'est comme la couche de sucre qui recouvre un gâteau. »

Il allait appuyer sur le bouton qu'il avait enclenché juste avant le départ et fronça les sourcils en voyant qu'il ne l'avait pas désenclenché. Il annonça aux passagers : « Nous nous posons dans dix minutes environ », puis, d'une petite tape, il fit ressortir le bouton-poussoir.

« Je descends, dis-je en me levant.

– D'accord, dit George. À tout à l'heure. »

Il retourna à sa console et nous fendîmes soudain les nuages grisâtres. La masse informe et étouffante nous entoura de tous côtés. Les lumières se rallumèrent légèrement dans le dôme, atténuant joyeusement la grisaille extérieure. La pensée de se perdre dans cette masse était particulièrement effrayante et je ne voulais plus la regarder. Je descendis l'escalier en spiral et arrivée dans la pièce chaude et accueillante du bas, je cherchai papa. Il était assis à l'écart, dans un confortable fauteuil de la section centrale. M. Tubman, son assistant, regardait un employé seller les chevaux. Des hommes s'affairaient de tous côtés à toutes ces petites tâches que l'on découvre toujours à la dernière minute, juste avant qu'il ne soit trop tard. Papa, lui, lisait calmement un livre, comme j'aurais pu le deviner. Papa ne s'affole jamais.

Je m'assis à côté de lui dans un profond fauteuil marron, et j'attendis qu'il levât la tête : « Tiens, Mia. On arrive très bientôt. Ça va ?

– À peu près. » Par-là, il fallait entendre que j'étais particulièrement nerveuse.

« Bien. Et comment t'entends-tu avec George ?

– À peu près, dis-je, en haussant les épaules.

– Je lui ai demandé de s'occuper de toi pendant que je serai en réunion. Il te fera visiter la ville. Il est déjà venu ici.

– Tu seras occupé toute la journée ?

– C'est probable. Si j'ai fini avant la nuit, je vous rejoindrai tous les deux. »

Il fallait que je me contente de cela. Quelques instants plus tard, nous nous posâmes en douceur. La gravité de Grainau était plus forte que celle du Vaisseau, ce fut la première chose dont je fusse certaine après notre arrêt complet. En me levant, je sentis immédiatement l'effort supplémentaire imposé à mes mollets et à mes pieds. Encore une chose à laquelle j'allais devoir m'habituer.

George descendit de son dôme et vint vers nous. Papa se leva : « Alors, George, prêt à prendre la relève ? » Il parlait de moi, bien sûr.

Du haut de ses deux mètres, George acquiesça.

« C'était une très belle histoire, George, continua papa en souriant. Je ne vous connaissais pas ce talent.

– Quelle histoire ? demandai-je.

– Celle que George t'a racontée pendant le vol. Les haut-parleurs étaient restés branchés après notre départ du Vaisseau. »

George sourit, gêné : « Je m'en suis aperçu il y a seulement quelques minutes.

– Une très belle histoire », dit papa.

Je rougis, embarrassée au plus haut point : « Oh, non ! » Écouter un conte de fées à mon âge était une chose, mais que tout le monde soit au courant en était une autre, et tout à fait embarrassante.

Je lançai un regard accusateur à George, puis me précipitai vers les toilettes pour m'y cacher de nouveau. Je ne voulais être vue d'absolument personne.

Papa me poursuivit et me rattrapa juste avant la porte. Me prenant par le bras, il me força à m'immobiliser.

« Allons, Mia... »

Je me débattis pour me libérer.

« Laisse-moi tranquille !

– N'en fais pas tout un foin, Mia.

– Laisse-moi. Je ne veux pas rester ici.

– Calme-toi ! » Son ton était devenu autoritaire. « Je suis désolé d'avoir commis l'erreur de te le dire. George n'a pas fait exprès de laisser les haut-parleurs branchés. De toute façon, j'ai pris beaucoup de plaisir à écouter son histoire, et je suis six fois plus âgé que toi, au bas mot.

– Ce n'est pas la même chose, dis-je.

– Peut-être, mais peu importe, cela ne fait aucune différence. Il est temps de sortir. Je veux que tu te maîtrises et que tu sortes avec moi. Lorsque nous serons face aux colons, je veux pouvoir être fier de toi. Tu ne voudrais quand même pas leur faire mauvaise impression, Mia ? »

Je secouai la tête.

« Bien, dit-il en me lâchant. Reprends-toi en main. »

Tout en détournant la tête, je fis de mon mieux pour me maîtriser. Je lissai mon haut, remontai mon short, et, lorsque je fus prête, leur fis face.

Du côté opposé à celui où nous nous trouvions, la rampe avait été abaissée, et j'entendais des bruits venir du dehors. Des gens qui criaient.

« Allons, viens », me dit papa. Nous traversâmes la cabine circulaire. En passant devant George, qui n'avait pas bougé depuis tout à l'heure, je lui lançai un regard hostile, mais il ne parut même pas s'en apercevoir et nous emboîta le pas.

Nous nous arrêtâmes un moment en haut de la rampe et, comme s'ils n'avaient attendu que ce signal, une fanfare se mit à jouer, et les cris redoublèrent.

6

Les chevaux étaient déjà dehors, tenus par M. Tubman. À côté de lui se tenait un homme d'affaires, coiffé d'un haut-de-forme sur lequel avait été placé une grande plume blanche défraîchie. En d'autres circonstances, cela m'aurait fait rire. Il était accompagné de deux enfants, un garçon et une fille, d'environ mon âge. Apparemment, nous nous étions posés sur la place principale de la ville et de tous côtés, des rangées de gens nous dévisageaient en criant. J'avais l'impression d'être donnée en spectacle. Le ciel était bas et gris au-dessus de nous, les briques jaunes de la place luisaient d'humidité et une brise chaude et humide nous enveloppait. La fanfare était juste en face de nous ; les musiciens portaient tous le même uniforme vert foncé.

Ils soufflaient dans leurs cuivres avec enthousiasme, c'est-à-dire très fort, et d'une manière discordante.

Je regardais tout cela en écarquillant les yeux quand papa me prit par le bras et me dit : « Allez, viens. Tu pourras les fixer bêtement plus tard. »

Nous commençâmes à descendre la rampe, et les cris de toutes les personnes sur la place redoublèrent d'intensité. Cela m'était très désagréable, et je devins de plus en plus nerveuse. En aucun cas je n'aimerais faire face à une foule hurlante, mais cette situation était encore plus déconcertante, parce qu'il m'était impossible de juger si ces cris étaient amicaux ou hostiles. L'espèce de cacophonie que jouait la fanfare finit par se fondre dans le vacarme général pour devenir un simple bruit parmi d'autres.

Papa et le personnage à l'air important se serrèrent la main, et j'entendis papa dire : « Monsieur Gennaro. Je suis heureux de vous revoir.

– Vous avez bien minuté votre arrivée, M. Havero, répondit-il. La pluie a arrêté de tomber il y a moins d'une heure, mais je ne peux garantir qu'il ne pleuvra pas à nouveau. »

Papa me poussa doucement en avant. « Je vous présente ma fille, Mia. Vous connaissez déjà M. Tubman, ainsi que George Fuhonin, notre pilote. » En lui serrant la main, je le regardai de près. Il avait l'air d'une personne qui cherche à plaire, et je ne savais pas comment interpréter cela. Bien entendu, ni le visage ni le ton de mon père ne me donnèrent le moindre indice.

M. Gennaro montra le garçon et la fille près de lui. « Ce sont mes enfants, Ralph et Helga. Lorsque j'ai appris que vous veniez avec votre fille, j'ai pensé qu'elle aimerait rencontrer des enfants de son âge. » Il m'adressa un sourire conventionnel, qui disparut aussi abruptement qu'il avait été ébauché.

Le garçon avait des cheveux châtain clair. Il était à peine plus grand que moi, mais beaucoup plus charpenté. La fille était également assez costaude également, mais elle avait pratiquement la même taille que moi. Tous deux me dirent bonjour, sans pour autant être très amical.

Je leur répondis avec la même réserve.

« Très prévenant de votre part, dit papa à M. Gennaro.

– C'est un plaisir, rétorqua ce dernier. Un plaisir. Rien de tel pour entretenir de bons rapports. Ah, ah ! »

Les badauds et la fanfare faisaient toujours autant de vacarme.

« Nous y allons ? proposa papa.

– Certainement, dit M. Gennaro. Tenez-vous bien, les enfants ! »

Papa ne me dit rien, mais son regard fut assez éloquent. M. Gennaro monta sur son cheval ; papa et M. Tubman l'imitèrent. Sans s'arrêter de jouer, les musiciens s'écartèrent tout juste assez pour les laisser passer, et ils partirent au pas, suivis par la fanfare toujours tonitruante et par une bonne partie de la foule.

« Pourquoi tout le monde suit papa ? » demandai-je.

– Ton père est un homme célèbre ! » répondit George derrière moi, d'une voix profonde teintée d'ironie.

Ma question ne s'adressait pas à lui, je m'étais parlée à moi-même. Mais son intervention me rappela que j'avais décidé de ne plus lui adresser la parole, jamais. Je m'écartai un peu.

Une partie de ceux qui n'avaient pas suivi papa s'avancèrent vers le vaisseau d'exploration afin de nous observer de plus près. George les regarda sans manifester aucun plaisir particulier. J'avais plutôt l'impression qu'il aurait aimé les mettre en fuite.

« Attends-moi ici, me dit-il. Je reviens tout de suite. »

Il monta la rampe jusqu'à rejoindre les trois membres de l'équipage restés en haut à observer, visiblement passionnés par le spectacle de la foule. Lorsque George arriva, ils firent une plaisanterie que je n'entendis pas, et ils se mirent à rire. George ne rit pas et secoua la tête avec irritation avant de leur faire signe de retourner dans le vaisseau.

« Qu'est-ce qu'on fait maintenant ? » demanda Ralph, le garçon, à sa sœur, et je me retournai pour les regarder.

Dans le Vaisseau, nous vivons si longtemps et notre population est si stable qu'on ne voit jamais un frère ou une sœur avec moins de vingt ans d'écart, jamais aussi proches que ces deux-là. Tous les enfants que je connais sont des enfants uniques. Je ne sais pas trop à quoi je m'attendais, mais à l'exception de leur carrure, ce frère et cette sœur ne se ressemblaient pas du tout. Je m'étais imaginé qu'une telle fratrie se ressembleraient, dans les livres, c'est toujours le cas, ou alors ils ressemblent à leur vieil Oncle Max perdu de vue depuis longtemps… et immensément riche. Helga avait des cheveux très bruns, pas tout à fait autant que les miens, plutôt longs, retombant sur ses épaules et maintenus en place par des peignes. Elle portait une robe avec un empiècement sur le devant. Son frère portait un long pantalon, comme celui que papa avait mis aujourd'hui, et une chemise unie. Il était évident qu'ils s'étaient mis sur leur trente-et-un pour cette petite cérémonie, et leur apparence était aussi empesée que leurs manières.

Je devais leur sembler aussi bizarre qu'ils me le paraissaient. J'étais un petit bout de fille plutôt frêle, aux cheveux noir coupés très courts, et je m'étais habillée comme tous les jours : une blouse blanche à manches amples, un short bleu et des sandales qui se fermaient à la cheville. Dans cette tenue, je me serais sentie à l'aise pour n'importe quelle occasion dans le Vaisseau. Je n'aurais peut-être pas porté ça pour jouer au foot (j'aurais mis une tenue moins formelle et des chaussures plus solides), mais j'étais tout à fait présentable. Mes vêtements étaient propres et à peu près repassés.

Toutefois, après avoir vu ces uniformes verts dans toute leur gloire, je compris que ces deux enfants devaient trouver que ma tenue manquait quelque peu d'élégance.

Nous nous regardâmes un moment comme des mannequins empaillés, puis le garçon se détendit un peu et me demanda : « Tu as quel âge ?

– Douze ans, répondis-je.

– Moi, quatorze, dit-il, et elle douze aussi. »

Helga se décida enfin à ouvrir la bouche, hésitante : « Papa nous a demandé de te faire visiter la ville. »

Je pris une profonde inspiration : « Très bien. »

« Et lui ? » demanda-t-elle en indiquant la rampe. George se tenait à l'entrée du vaisseau et nous tournait le dos. « Il t'a dit d'attendre ici.

– Il est censé me surveiller, mais je ne vois pas pourquoi je m'occuperais de lui, dis-je. Partons avant qu'il ne revienne.

– D'accord, dit Ralph. Suis-nous. »

Il partit en courant sous le bord du vaisseau d'exploration, dans la direction opposée à celle que papa et son propre père avaient prise. Helga et moi le suivîmes. George m'aperçut au moment où je partais. Il me cria quelque chose, mais je ne fis que courir de plus belle. Je n'allais certainement pas m'inquiéter de lui !

Ralph fit un léger détour pour venir toucher le renflement le plus bas du vaisseau, sans doute pour montrer son courage et se vanter aux copains plus tard, ou simplement parce qu'il en avait envie, puis il continua à foncer. Nous longeâmes ainsi le rebord du vaisseau, pliés en deux, pour arriver de l'autre côté. Il y avait encore quelques personnes, mais la foule était bien plus petite que celle qui se tenait devant la rampe abaissée, sans doute parce qu'on ne pouvait pas observer aussi bien les passagers du Vaisseau de ce côté-là.

Nous fonçâmes à travers leurs rangs clairsemés, et je remarquai qu'ils avaient tous une forte carrure. Ils n'étaient pas encore revenus de leur surprise que nous nous engagions dans la première rue venue. Je me sentais extrêmement téméraire, comme si je larguais tout pour m'engager dans une grande aventure.

Toujours en courant, nous tournâmes plusieurs fois dans des rues transversales ; si George m'avait suivie, il avait rapidement perdu ma trace. Je n'avais absolument aucune idée de l'endroit où nous étions. À mes yeux, toutes les rues se ressemblaient : pavées de pierres arrondies, à peu près de la largeur des passages principaux du Vaisseau, avec des bâtiments en bois et en pierre ou, parfois, en brique se dressant des deux côtés.

« Arrêtez ! dis-je. Je peux plus courir. »

Mes jambes me faisaient mal et j'étais essoufflée. C'était beaucoup plus fatigant de courir ici que dans le Vaisseau, et j'étais sûre que, si je tombais, cela ferait bien plus mal. Comme toutes les planètes colonisées, Grainau était ce qu'ils appelaient une planète « à quatre-vingt-dix pour cent terrestre », mais ces dix pour cent de différence incluaient nombre de caractéristiques bizarres ou désagréables, comme la gravité légèrement plus forte de Grainau. « Légèrement plus forte », peut-être, mais suffisamment pour m'épuiser en un rien de temps.

« Qu'est-ce qu'il y a ? me demanda Ralph.

– Je suis fatiguée. On peut marcher maintenant. »

Ils échangèrent un bref regard, puis Ralph dit : « Oh, comme tu veux. »

L'air était si chaud et si humide que j'avais du mal à récupérer mon souffle. Je me sentais moite, un peu comme si j'avais marché dans un bouillon, et c'était aussi désagréable que ça.

« L'air est toujours comme ça ? demandai-je.

– Comme quoi ? dit Helga, légèrement sur la défensive.

– Si épais. » J'aurais pu ajouter : « Et puant ». Il y avait en effet quantité d'odeurs que je n'arrivais pas à identifier, mais je ne dis rien. On vante toujours le bon air frais des planètes… eh bien si c'était effectivement ça, je m'en passerais bien.

« Il fait un peu humide aujourd'hui, dit Ralph. Le vent se lève, ça devrait dégager l'air. »

Nous avions commencé cet après-midi en étant tous un peu effrayés les uns des autres. Très rapidement, cependant, Ralph et Helga se rendirent compte que leurs craintes étaient ridicules et, très vite, quand leur masque de politesse tomba, le mépris vint remplacer leur peur. Il me fallut un certain temps pour m'en rendre compte. Je voyais bien qu'ils trouvaient qu'une grande partie de ce que je disais était stupide et ils me le faisaient d'ailleurs clairement comprendre, tout en échangeant un grand nombre de regards significatifs.

Je réalisais combien j'étais *complètement* ignorante. Je ne savais rien, même pas l'heure. Je fis une remarque soulignant que je croyais que nous étions le matin, et ils me regardèrent tous les deux bouche-bée. Il s'avéra que l'heure du déjeuner était passée ici. Peu importait que j'eusse pris mon petit-déjeuner juste avant notre départ.

Je désignai un bâtiment en leur demandant à quoi il servait.

« C'est un magasin, pardi ! Tu n'as jamais vu de magasin ? »

Eh bien, non. Je n'en avais jamais vu. Je ne connaissais leur existence que par les livres. Dans le Vaisseau, nous formons une petite société fermée, acheter et vendre ne sont pas des activités réalisables. Quand on veut quelque chose, on fait une demande, et on l'obtient peu de temps après. On peut vivre aussi simplement ou aussi luxueusement que l'on veut. Cependant, il y a une limite à ce que l'on peut mettre dans un appartement, bien que certains aillent jusqu'à cette limite. Dans une société où chacun peut avoir tout ce qu'il veut, ou presque, il n'y a aucun prestige à posséder beaucoup d'objets et, à moins qu'ils soient utiles ou procurent une satisfaction esthétique, la tendance générale, à mon avis, tend à une existence dans la simplicité.

Je ne vois vraiment qu'un seul programme d'échanges réguliers dans le Vaisseau : toutes les semaines, les enfants de moins de quatorze ans reçoivent des jetons d'argent de poche à échanger dans les snack-bars de la salle commune ; cela les empêche de se ruiner la santé. Au-dessus de cet âge, on suppose que vous savez ce que vous faites, et vous êtes libres de consommer ce que vous désirez.

« Je peux jeter un coup d'œil ? » demandai-je.

Ralph haussa les épaules. « Si tu y tiens. »

C'était un magasin de vêtements et la plupart des vêtements exposés me paraissaient très curieux. Il y en avait même certains dont je ne pus deviner l'usage.

Au bout d'un moment, l'homme qui s'occupait du magasin s'approcha de Ralph et lui demanda à mi-voix : « Pourquoi il est habillé comme ça ?

– C'est une fille, dit Helga. Et elle ne connaît rien de mieux. »

Je rougis jusqu'aux oreilles, et, continuant à fouiller dans les rangées de vêtements, je fis semblant de n'avoir rien entendu.

« Elle vient du Vaisseau », expliqua Ralph dans un murmure qui devait s'entendre à cent mètres. « Ils ne portent pas de vêtements, là-haut. Elle s'est sans doute imaginée que c'est avec ce genre de camelote qu'on s'habille. »

L'homme renifla bruyamment et se détourna ostensiblement de moi. J'étais stupéfaite : je n'avais pas la moindre idée de pourquoi, mais de toute évidence, il avait voulu être insultant. Ce fut tout juste s'il se retint de cracher de dégoût devant moi. Se comporter ainsi simplement parce qu'il jugeait que je n'étais pas habillée comme il faut avec les horribles vêtements qu'il vendait me paraissait excessif.

Quand nous sortîmes, le vendeur marmonna quelque chose que je ne compris pas, mais je perçus le mot « rapace ». Ralph et Helga semblèrent ne rien entendre, ou firent comme s'ils n'avaient pas entendu. Je ne dis rien.

Juste après avoir quitté le magasin, nous prîmes un nouveau tournant et nous engageâmes dans une longue rue qui descendait en pente douce. Je m'arrêtai net et dis : « Qu'est-ce que c'est ?

– De quoi ? »

Je montrai du doigt la masse immobile, grise et compacte, mouchetée de blanc, qui s'étendait à la fin de la rue, plusieurs mètres plus bas. « C'est de l'eau ? »

Ils se dévisagèrent, puis, sur un ton qui impliquait que n'importe quel idiot savait au moins cela, Ralph condescendit à me dire : « C'est l'océan. »

J'avais toujours voulu voir un océan, puisqu'ils sont encore plus rares que les magasins dans le Vaisseau. « On peut aller voir ?

– Bien sûr, dit Ralph. Pourquoi pas ? »

Nous arrivâmes d'abord sur un large dock de pierre bordé d'entrepôts d'où partaient deux grands bras qui renfermaient une grande étendue d'eau. Sur les côtés, des quais en bois sur pilotis s'étendaient comme des doigts au-dessus des eaux du port. À proximité se trouvaient des bateaux de toutes tailles. Tout près, il y avait les géants à deux grands mâts, assez grands pour avoir d'autres plus petits bateaux montés à leur bord. Il y avait des bateaux petits ou moyens amarrés à tous les quais.

Même dans le port, l'eau était si agitée qu'elle frappait bruyamment les quais et les piliers en bois en formant une multitude de crêtes blanches. Il y avait des oiseaux blancs, gris, bruns et noirs, ou de toutes ces couleurs mêlées ; ils tournoyaient au-dessus de nos têtes en criant et plongeaient parfois dans l'eau. L'air était imprégné d'une forte odeur – de poisson, je crois. Au-delà du port, l'eau se soulevait en de véritables montagnes, ridiculisant les crêtes blanches du port, et s'étendait à perte de vue, jusqu'à se fondre, tout au loin, avec un ciel aussi gris qu'elle.

J'aurais pu faire des remarques sur tout ce que je voyais, sur les odeurs, sur les hommes qui travaillaient, mais j'étais à peu près sûre que tout ce que je dirais ferait rire Ralph et Helga, et je commençais à me méfier d'eux, je voulais éviter de trop me dévoiler. Je les voyais de moins en moins comme des alliés, comme lorsque nous avions fui George. Nous marchâmes le long de l'eau, puis nous nous engageâmes sur un des quais sur pilotis. Ralph nous mena à un embranchement et nous fîmes halte.

Il désigna une petite embarcation arrimée le long du quai en bois. Elle ne devait guère faire plus de quatre mètres de long, son mât était pourtant si grand qu'il dépassait largement le haut du quai. Une bôme y était rattachée. La coque était simplement peinte en blanc, avec un large liséré noir et l'étrange nom de *Guacamole* peint dessus.

« Qu'est-ce que t'en penses ? me demanda-t-il.

– C'est un très joli vaisseau.

– Ce n'est pas un vaisseau. C'est un bateau, un dériveur. Il est à nous, à Helga et à moi. On fait tout le temps de la voile. Tu veux faire un tour dessus ? »

Helga le regarda, visiblement contente. « Oh ! On peut ?

– Si elle veut venir. C'est à elle de décider. Autrement, il faudra rester avec elle, comme papa nous l'a demandé.

– Allez, dis oui ! » me supplia Helga.

Je regardai l'eau, essayant de prendre une décision. L'océan paraissait très agité, et le bateau me paraissait très petit. Je n'avais pas du tout envie d'y aller.

« On restera à l'intérieur du port, dit Helga.

– Ce n'est pas dangereux », ajouta Ralph en me regardant.

Ne voulant pas leur donner l'impression que j'avais peur, je haussai les épaules et m'engageai sur l'échelle en bois qui descendait jusqu'à l'arrière du bateau. L'échelle était à moins d'un mètre au-dessus du quai à son point le plus haut, je la saisis et commençai à descendre. Cela faisait beaucoup d'échelles en peu de temps ; un peu trop à mon goût. Ralph et Helga me suivirent.

Le bateau dansait sur les vagues qui venaient se briser contre le dock et le quai. J'attendis qu'il se soit soulevé le plus possible pour y monter. Je faillis glisser, mais je réussis à maintenir mon équilibre et je me déplaçai prudemment vers l'avant du bateau, me tenant à ce que je pouvais lorsque c'était nécessaire. Une fois près du mât, je m'assis sur le banc qui coupait le bateau dans sa largeur. Helga sauta sur le bateau alors que je m'asseyais, suivie de près par Ralph.

Je clignai rapidement des yeux lorsqu'un peu d'eau vint mouiller ma joue. « Nous n'allons pas nous faire mouiller ? » demandai-je.

Ils ne m'entendirent pas, et je dus répéter ma question en parlant plus fort.

« Ce ne sont que des embruns, dit Helga. On se fera un petit peu mouiller, mais pas trop. C'est inévitable !

– Et puis, ça te lavera, ajouta Ralph. Je sais qu'il n'y a pas beaucoup d'eau dans ton Vaisseau. »

Il y avait autre chose qui m'irritait chez eux : ils avaient tout un tas de préjugés sur le Vaisseau et voulaient absolument en faire étalage. Ralph était le plus acharné des deux parce qu'il était très dogmatique. Au début, je croyais qu'il disait tout cela par malice, puis je compris qu'il le croyait vraiment – comme cette histoire de se promener nus, par exemple. Certes, ce n'était pas entièrement faux : certains habitants du Vaisseau se mettent nus chez eux, dans leur appartement, mais j'aimerais bien voir quelqu'un essayer de jouer au foot en étant complètement nu. Ce qu'il disait n'était donc pas exact, mais il ne m'aurait pas écoutée de toute façon. Il affirmait haut et fort ces clichés et s'attendait à ce que tout le monde soit d'accord avec lui.

Au début, il avait dit que ça ne devait pas être drôle de vivre entassés dans des baraquements, ou quelque chose de ce genre, et avait continué en précisant que je devais vraiment apprécier tout l'espace qu'il y avait ici. J'avais essayé de lui expliquer que si ça avait bien été le cas au tout début, ce n'était plus comme ça sur le Vaisseau ; puis, par honnêteté, je fis l'erreur de mentionner les dortoirs, qui peuvent être vus de cette manière, mais cela ne fit que tout embrouiller. Finalement, Ralph déclara que tout le monde savait cela et j'abandonnai l'idée d'expliquer quoi que ce soit.

Helga était un petit peu plus supportable, car elle se contentait de poser des questions.

« C'est vrai que vous ne mangez pas d'aliments dans le Vaisseau ?

– Je ne comprends pas ce que tu veux dire.

– Eh bien, il paraît que vous ne faites pas pousser d'aliments comme nous, et que vous mangez de la terre, ou je ne sais quoi.

– Non », répondis-je simplement.

Ou encore : « C'est vrai que vous tuez les bébés qui ne sont pas bien formés ?

– Vous le faites, vous ?

– Oh, non ! Mais tout le monde dit que vous le faites. »

Ce qui m'exaspérait le plus dans les remarques de Ralph du genre « ça te lavera », c'était que, sur le Vaisseau, nous nous rappelions combien les anciens colons étaient crasseux. De fait, Ralph ne semblait nullement gêné par les horribles odeurs qui émanaient de tout le port, ce qui prouvait que son odorat était quelque peu déficient, mais je n'appréciais vraiment pas le ton insouciant qui sous-entendait l'évidence de ses affirmations.

Ralph et Helga eurent vite fait de hisser la voile, tandis que je regardais, puis Helga vint vers moi, détacha la proue et s'assit. Ralph détacha la poupe et nous nous éloignâmes du bord. Il avait un petit gouvernail en bois pour nous diriger et tenait la bôme par une corde. Il lâcha un peu la bôme et le vent l'emplit avec un *clac* nettement audible.

Nous étions partis de la courbure droite du port, avec le vent derrière nous, et le traversions dans toute sa longueur. Le claquement des vagues et les projections d'eau étaient assez embêtants, et ce jour gris était vraiment triste, mais je voyais bien l'attrait. Une fois habituée et par beau temps, ce pouvait être très agréable.

De manière peu indulgente, cependant, je ne pus m'empêcher de penser que nous contrôlions nettement mieux le temps au Troisième Niveau, qu'il ne le faisait ici. Quand nous voulions de la pluie, tout le monde était prévenu à l'avance. On appuyait sur un bouton, et il pleuvait jusqu'à ce qu'on en ait assez, puis ça s'arrêtait. En tout cas, nous n'avions pas cet air moite et chaud comme ici.

Pendant que nous filions dans le port, Helga engagea la conversation, sans doute pour être aimable. « Tu as des frères et sœurs ?

– Non, je ne pense pas. On ne m'en a jamais parlé en tout cas.

– Tu le saurais, quand même ! Même des demi-frères ou des demi-sœurs.

– Je n'en suis pas certaine, mais on m'a jamais rien dit. Mes parents sont mariés depuis si longtemps que, si j'avais un frère, il serait adulte, ou bien mort depuis longtemps. » Cela semble étonnant, mais la question de savoir si j'avais ou non des frères et sœurs ne m'était jamais venue à l'esprit. C'était une question intéressante, pourtant je ne lui accordais qu'assez peu d'intérêt, encore maintenant.

Helga me regarda avec une certaine stupéfaction. « Mariés ? Je croyais que vous ne vous mariez pas comme les autres gens ? Je pensais que vous viviez simplement avec qui vous vouliez.

– Mes parents sont mariés depuis plus de cinquante ans. En années terrestres.

– Cinquante ans ? Ça, ce n'est pas possible ! Je viens de voir ton père, et il n'est pas plus vieux que le mien.

– Eh bien, quel âge a ton père ?

– Attends un moment… dit-elle en comptant sur ses doigts. Dans les cinquante ans.

– Eh bien, mon père a quatre-vingt-un ans, déclarai-je. En années terrestres. »

Elle me regarda avec une expression d'incrédulité totale. « Tu mens !

– Et ma mère en a soixante-quatre. Ou soixante-cinq, je me souviens plus bien. »

Helga me jeta un regard dégoûté, et me tourna le dos.

C'était pourtant la vérité, et, si elle ne voulait pas le croire, tant pis pour elle. Je ne dirais pas qu'il est de règle que les gens restent mariés aussi longtemps. J'ai eu l'impression que, en général, les gens commencent à se lasser l'un de l'autre au bout de vingt ou trente ans, puis se séparent. Certains ne tiennent pas à des liens aussi durables que le mariage et se contentent de vivre ensemble. D'autres encore ne se sont jamais rencontrés et ont pourtant des enfants ensemble, parce que l'eugéniste du Vaisseau l'a recommandé. Helga avait dû entendre une version déformée de ces faits.

Mes parents formaient un drôle de couple. Ils étaient mariés depuis cinquante ans, ce qui n'étaient pas commun, et ils vivaient séparés depuis huit ans. J'avais quatre ans quand ma mère saisit une occasion qu'elle attendait depuis longtemps : elle quitta la maison pour aller faire des études d'art sous la direction de Lemuel Carpentier. Je suppose que, lorsqu'on est mariés depuis cinquante ans et qu'on a apparemment l'intention de continuer encore autant par la suite, une petite interruption de huit ans ne compte guère.

À vrai dire, je ne voyais pas très bien pourquoi mes parents étaient ensemble. J'aimais et je respectais mon père, mais je n'aimais pas du tout ma mère. Je voudrais pouvoir dire que c'est uniquement parce que nous ne nous comprenions pas, ce qui était d'ailleurs partiellement vrai. Je jugeais son « art » effroyablement mauvais. Une des rares fois où je suis allée lui rendre visite chez elle, j'ai regardé une de ses sculptures et je lui ai demandé de m'en parler.

« Ça s'appelle *L'Oiseau* », me dit-elle.

Je voyais bien que c'était censé être un oiseau. Maman avait travaillé d'après une photo, et c'était très ressemblant. Pourtant, l'animal était tellement figé et conventionnel qu'il manquait totalement de vie. Lorsque je le lui dis, elle n'apprécia pas du tout ma remarque, et nous nous disputâmes ; puis elle finit par me mettre dehors.

S'il y avait une part d'incompréhension, ce n'était pas tout. Elle m'avait clairement fait comprendre qu'elle m'avait eue par devoir, et non parce qu'elle le désirait vraiment. J'avais la ferme conviction qu'elle attendait mon départ pour l'Épreuve pour revenir habiter avec papa. Non, je ne l'aimais pas.

Quand nous fûmes arrivés à l'autre extrémité du port, nous ne revînmes pas en ligne droite comme je l'avais pensé, Ralph nous fit aller de biais vers l'entrée du port. En naviguant ainsi, de biais par rapport aux vagues, le remous se fit de plus en plus intense. Nous étions soulevés en l'air avant de redescendre soudainement dans les creux ; au bout de quelques minutes, je commençai à me sentir mal. C'était un autre genre de malaise que celui dont j'avais souffert plus tôt ce jour-là. J'avais vraiment la nausée et ma tête tourbillonnait.

« On ne pourrait pas revenir tout droit ? demandai-je à Helga. Je commence à me sentir mal.

– C'est le chemin le plus direct. On ne peut pas avancer face au vent. Il faut louvoyer, de façon à avoir le vent de côté.

– Mais on va si lentement », dis-je. Ce qui me soulevait l'estomac, c'était surtout la lenteur avec laquelle nous abordions les vagues, tantôt élevés dans les airs puis lâchés de l'autre côté.

Tirant sur la corde attachée à la bôme, Ralph fit pivoter la voile de l'autre côté du bateau et donna en même temps un coup de gouvernail. Le bateau vira de bord et, lentement, revint vers le quai en une autre ligne oblique. À ce moment-là, j'étais vraiment en piteux état.

« Allons, me dit gaiement Helga, ne vomis pas. On arrive bientôt. » Puis, élevant la voix : « Dis donc, Ralph, tu l'as eu longtemps. C'est à mon tour.

– D'accord », dit Ralph, visiblement à contrecœur.

Se baissant pour éviter la voile, Helga alla vers la poupe et prit le gouvernail et la corde des mains de Ralph. « Elle est malade, dit-elle en me désignant de la tête.

– Ah ! » fit Ralph en venant s'asseoir à côté de moi.

Après m'avoir dévisagée un moment, il déclara : « Il faut un bout de temps pour avoir le pied marin. Après quelques temps sur l'océan, on finit toujours par s'habituer ».

Jusqu'à la fin de cette bordée et pendant la moitié de la suivante, il ne dit rien, se contentant d'observer Helga avec une certaine nostalgie. Je commençais à soupçonner que faire de la voile (à condition bien entendu de ne pas avoir la nausée) était bien plus amusant pour celui qui maniait le bateau que pour les passagers. Helga et Ralph, en tout cas, semblaient s'amuser beaucoup plus quand ils tenaient le gouvernail que quand ils restaient assis à la proue. Peut-être était-ce parce qu'ils se croyaient alors obligés de faire l'effort de me parler.

« Hum, fit Ralph. Comment crois-tu que nos pères s'entendent ? »

J'avalai ma salive, essayant de calmer mon estomac. « Je n'en sais rien. Je ne sais même pas de quels échanges ils devaient discuter. »

Il me regarda avec surprise. « Tu ne sais même pas ça ? Nous exploitons des mines alluviales pour produire du minerai de tungstène uniquement pour vous, et nous l'amenons jusqu'ici, et tu ne le sais même pas !

– Mais pourquoi… » Je m'interrompis, m'agrippai au bord du bateau (au plat-bord), et me concentrai fort pour garder mon calme alors que nous plongions dans un creux particulièrement profond. « Pourquoi n'exploitez-vous pas ces gisements de je ne sais plus quoi pour votre propre usage ?

– Parce que nous ne savons pas réduire le minerai, dit-il non sans amertume. Vous, les gens du Vaisseau, vous ne voulez pas nous dire comment on fait. Quand nous faisons du commerce avec vous, tout ce que vous nous donnez en échange, ce sont de petites bribes de connaissances et d'informations ».

Nous commencions alors la dernière bordée, nous étions sur le point d'entamer la dernière ligne droite avant le quai.

« Pourquoi pas ? dis-je. On a préservé ces connaissances pendant toutes ces années, depuis la destruction de la Terre. Si on vous donnait tout d'un coup, que nous resterait-il à échanger ?

– Mon père dit que vous êtes des parasites. Vous vous laissez vivre pendant que nous travaillons dur. Vous êtes des rapaces, et ça veut bien dire ce que ça veut dire.

– On n'est pas des parasites !

– S'il y avait une justice, c'est nous qui devrions vivre comme des rois, pas vous !

– Si on vit comme des rois, pourquoi tu as dit tout à l'heure qu'on vit entassés dans des baraquements ? »

Il resta un moment sans savoir quoi répondre, puis déclara : « Parce que ça vous plaît de vivre comme des porcs, voilà pourquoi. Qu'est-ce que tu veux que j'y fasse, moi, si vous aimez vivre comme des porcs ?

– S'il y a des porcs par ici, c'est vous, bande de bouseux, répondis-je.

– Qu'est-ce que tu as dit ?

– Bouseux !

– Rapace ! Un petit bain te fera du bien ! » Il posa sa main à plat sur ma poitrine et poussa très fort. Malgré notre dispute, il me prit par surprise et je tombai par-dessus bord.

La rencontre avec l'eau fut un véritable choc. Elle était plus froide que l'air, même si, une fois la surprise passée, cela n'était pas désagréable. Complètement submergée, ma bouche se remplit d'eau. Elle avait mauvais goût, sale et amer. Je remontai à la surface en crachant et toussant, et vis le bateau s'éloigner. J'aperçus Helga tournée vers moi, une expression de surprise sur le visage. Je fis du sur-place, le temps de recracher de mes poumons l'eau que j'avais avalée, et d'évacuer par le nez celle qui était passée par le mauvais tuyau. Il me fallut un bon moment avant de pouvoir respirer normalement. Certes, le choc et la difficulté à respirer m'avaient remis l'estomac en place, mais si j'avais eu le choix, j'aurais préféré une méthode moins brutale.

Helga avait ramené la voile et tourné la barre. Le *Guacamole* se balançait au gré des vagues et dérivait. Elle se leva, me regardant : « Tu as besoin d'aide ? me cria-t-elle.

– Non, je peux nager », lui répondis-je. De toute façon, je n'étais pas loin du quai.

Mes vêtements étaient légers, et seules mes larges manches toutes mouillées me gênaient un peu dans, mais cela n'entravait pas mes mouvements outre mesure. Jusque-là, je n'avais jamais nagé que dans une piscine, je m'aperçus heureusement que ce n'était pas vraiment difficile de rester au sommet des vagues. Je devais simplement faire attention à ne pas avaler davantage de cette eau amère. Je n'étais pas une bonne nageuse, mais comme l'eau me portait bien, avec un peu de persévérance je pouvais arriver où je voulais.

En fait, nous étions déjà proches des docks quand je passai pardessus bord, assez en tout cas pour me permettre de m'agripper à l'échelle au moment où ils eurent fini d'attacher le *Guacamole*. Je montai jusque sur le quai et, arrivée en haut, mon épuisement me rattrapa et je m'écroulai, comme un tas humide ruisselant de partout sur les planches du quai. À dix mètres au-dessous de moi, je pouvais voir Ralph et Helga abaisser la voile au mât et fixer la bôme.

Quand ils eurent terminé, je me relevai et avançai péniblement vers le haut de l'échelle. La gravité m'avait pris toute mon énergie. Ralph commença à monter, un sourire désolé apparut sur ses lèvres quand il releva la tête vers moi. Lorsqu'il s'apprêta à mettre le pied sur le quai, je saisis le haut de l'échelle des deux mains pour prendre de l'élan, plantai ma sandale sur son ventre et poussai de toutes mes forces.

Il se tenait solidement, mais je l'avais pris par surprise à un moment où il était en déséquilibre. Il lâcha prise, agita vainement les bras pour retrouver son équilibre, avant de se rendre compte qu'il n'y arriverait pas. Il se tortilla pour guider sa chute et, réussissant à la transformer en un vrai plongeon, il fendit l'eau un peu en arrière du bateau. Je me penchai et attendis de le voir émerger de l'eau. Puis, je me tournai vers Helga.

Elle secoua la tête, et me dit d'une voix qui tremblait légèrement : « Je n'ai rien fait ! »

Ralph s'agrippa à la poupe du *Guacamole* et me regarda d'un air furieux.

« J'ai vraiment passé un moment formidable, dis-je. Il faudra vraiment que vous veniez sur le Vaisseau, comme ça je pourrai vous le faire visiter. »

Puis je m'en allai, laissant une traînée d'eau derrière moi. Je rejetai en arrière mes cheveux trempés, tordis mes manches pour ôter le plus d'eau possible et me secouai pour me sécher un peu. Je quittai les docks, sans regarder une seule fois en arrière. Ils n'avaient qu'à se débrouiller tout seuls.

Je remontai la rue par laquelle nous étions arrivés. De temps en temps, un passant me regardait curieusement. Il faut dire que je devais présenter un drôle de spectacle : une étrange petite fille, habillée bizarrement et dégoulinante d'eau. Je ne savais pas exactement où j'étais, ni comment retrouver le vaisseau d'exploration, mais cela ne m'inquiétait pas plus que ça. D'une façon ou d'une autre, au cours des quelques heures que j'avais passées ici, Grainau avait perdu le pouvoir de me faire peur.

De toute manière, il se trouva que savoir retrouver mon chemin n'avait pas d'importance. Je n'étais pas encore arrivée au sommet de la rue que je vis déboucher le monstre, le dinosaure, George Fuhonin. Il me cherchait, bien sûr, et, croyez-le ou non, je fus presque heureuse de le voir.

« Que t'est-il arrivé ? » demanda-t-il.

Je n'étais plus ruisselante d'eau à ce moment-là, mais j'étais encore mouillée et je suis certaine que je devais ressembler à un chaton à demi noyé que l'on avait retiré de l'eau. En plus d'être complètement débraillée.

« Nous sommes allés nager, répondis-je.

– Ah. Bon, retournons vite au vaisseau, tu pourras t'y sécher un peu. »

Je m'efforçai de maintenir la cadence, malgré ses enjambées de géant. Après quelques minutes à marcher en silence, il me demanda : « Tu sais, je n'avais vraiment pas l'intention de t'embarrasser. Je n'ai pas fait exprès.

– Peu importe. La prochaine fois, vérifie bien que les haut-parleurs sont éteints, s'il te plaît.

– D'accord », promit-il.

Arrivés au vaisseau, j'allai aux toilettes et me mis sous l'air chaud du rafraîchisseur. Au bout de quelques minutes, j'étais présentable.

Puis, malgré toutes les mésaventures que mon estomac avait subies, je me rendis compte que j'étais affamée. Après avoir mangé de bon cœur, je me sentis nettement mieux. Rien de tel que d'avoir le ventre bien rempli.

Dehors, la nuit était presque tombée lorsque papa revint, alors qu'on était encore en plein milieu de l'après-midi à l'heure du vaisseau. Comme il faisait de plus en plus sombre, la foule des curieux venus nous épier s'était dispersée – sans doute étaient-ils rentrés chez eux pour dîner. Quand papa revint, il n'y eut ni fanfare ni acclamations cette fois.

J'entendis les chevaux et je sortis sur la rampe. Un des hommes de l'équipage m'accompagna puis descendit jusqu'en bas de la rampe. M. Tubman et papa lui tendirent les rênes de leurs montures avant de se tourner vers M. Gennaro, qui était venu les accompagner et se tenait debout près de son propre cheval. Ils ne m'avaient pas vue, qui les attendait en haut de la rampe.

D'une voix fort anxieuse, M. Gennaro déclara « Êtes-vous certain que cette malheureuse affaire ne changera rien à nos accords ?

– Absolument certain, dit papa en souriant. Vous m'avez présenté des excuses, et je suis certain que ma fille a eu ample réparation en poussant votre fils dans l'eau. Considérons que c'est une affaire classée. Nous viendrons chercher le minerai la semaine prochaine, comme convenu… »

Je n'écoutai pas la suite. Je fis demi-tour et rentrai dans le vaisseau, sentant une agréable chaleur m'envahir. Papa n'était pas fâché.

« C'est quoi ce grand sourire ? me demanda George.

– Oh, ce n'est rien », dis-je.

Deuxième Partie

MON UNIVERS

7

Nous décollâmes peu après l'arrivée de papa à bord du vaisseau. Il s'était installé avec M. Tubman et moi dans les confortables fauteuils au milieu du salon circulaire. Les trois membres de l'équipage jouaient aux cartes, et George Fuhonin était à l'étage supérieur en train de piloter.

J'étais assez contente de moi. Vu sous un certain angle, mon voyage sur Grainau était une belle erreur, mais je n'envisageais pas du tout les choses sous cet angle-là, même si je me rendais vaguement compte avoir commis certaines fautes de tact et de bon sens. Cela importait peu à mes yeux, et même maintenant, je dirais que, objectivement, ce n'était pas important.

Je pense que ma joie était parfaitement justifiée. J'avais fait la découverte extraordinaire que j'étais capable de me mesurer aux bouseux – sans en sortir vainqueur, peut-être, en tout cas en faisant au moins match nul.

Comme la fille qui inventa le feu, comme la fille qui inventa le principe du levier, comme la fille qui eut la première le courage de manger du fromage moisi et inventa le roquefort, j'avais découvert quelque chose de complètement nouveau dans le monde. La confiance en soi, sans doute.

Mes erreurs faisaient partie du passé. Ma confiance en moi venait à peine de naître. Si papa m'avait fait remarquer ces erreurs, elles n'auraient pas été réparées pour autant, et ma confiance toute neuve n'y aurait sans doute pas résisté. Mais papa se contenta de fumer en souriant.

J'étais intriguée par ce que m'avait dit Ralph Gennaro, et je répétai ses commentaires à papa, en lui demandant ce qu'il en pensait.

« Ne t'inquiète pas pour ça, dit-il.

– En général, il ne faut pas écouter ce que disent les bouseux, intervint M. Tubman. Ils manquent de perspective. Ils vivent dans un univers si étroit, si limité, qu'ils ne se rendent pas compte de ce qui se passe vraiment.

– Je préférerais que vous n'utilisiez pas ce mot, Henry, dit papa. Il est aussi inconvenant que le mot que Mia a entendu dans la bouche de ce garçon. Comment était-ce encore, Mia ?

– Rapace ?

– Oui, oui, c'est bien ça. Nous n'avons aucune raison de nous lancer des insultes. Nous vivons d'une certaine façon, et eux d'une autre. Je ne voudrais certainement pas vivre comme eux, mais ce n'est pas une raison pour leur manquer de respect. Je suis certain qu'il y a des gens de valeur parmi eux.

– C'est leur manque de perspective, dit M. Tubman. Je parie qu'en ce moment même Gennaro se plaint d'avoir été roulé.

– C'est bien possible, dit papa.

– Tu ne l'as pas vraiment roulé, papa, dis ? Il semblait content que tu acceptes de conclure un marché.

– Comment sais-tu cela ?

– Je vous ai entendus quand vous êtes revenus.

– Manque de perspective, répéta M. Tubman. Il ne sait pas marchander, et il avait peur que ton père soit fâché après ton aventure. Il a cédé plus aisément qu'il n'aurait dû. Sur le moment, il était content, il est probable qu'il le regrette à présent. »

Papa acquiesça en bourrant de nouveau sa pipe. « Je ne vois pas pourquoi je défendrais ses intérêts à sa place. Selon moi, moins nous en ferons pour les colons, plus tôt ils apprendront à se débrouiller tout seuls. Et ils ne pourront que s'en porter mieux. C'est sur ce point que M. Mbele et moi sommes en désaccord. Il pense qu'il faut faire des exceptions à la règle, traiter les colons mieux que nous nous traitons nous-mêmes. C'est une optique que je ne suis pas prêt à partager.

– Je dois avouer que j'ai appris bien des choses en vous voyant marchander, Miles, dit M. Tubman.

– Je l'espère. Vous ne deviendrez jamais un bon négociateur si vous sous-estimez vos partenaires. Et toi, Mia, ne commets pas l'erreur de sous-estimer un homme comme M. Mbele. Ses principes sont excellents, même si, parfois, il ne voit pas qu'il existe plusieurs possibilités pour arriver au même but. »

Peu après, M. Tubman alla jouer aux cartes avec les membres de l'équipage, et je décidai de monter au poste de pilotage.

Papa leva la tête quand je me redressai et ôta la pipe de sa bouche. Elle s'était éteinte sans qu'il s'en aperçoive. « Tu vas écouter une autre histoire ? demanda-t-il.

– Je ne sais pas, répondis-je. Peut-être bien. » Sur ce, je grimpai les escaliers et restai durant tout le trajet de retour en compagnie de George.

Ainsi, je revins au quartier Géo, et peu à peu, en réfléchissant à ce que j'avais vécu, je me rendis compte de certaines de mes erreurs, et je fus capable d'y faire face sans en être blessée, comme cela aurait pu être le cas auparavant.

Il existe un art subtil qui consiste à ne pas aborder les choses de front, mais à réfléchir calmement, en fumant et en bavardant avec d'autres personnes. Je me sentais toujours aussi bien en revenant au Vaisseau, et mon bien-être dura jusqu'à ce que je m'endorme.

J'étais assise dans un confortable fauteuil, sans être à l'aise pur autant et j'attendais Jimmy Dentremont. Je ne tremblais pas, mais je ressentais un vrai malaise. Je me tenais dans le salon du dortoir de Géo, très semblable à celui où j'avais vécu autrefois. Mon malaise ne provenait pas tellement de cette similitude, mais plutôt du fait que je me sentais étrangère à cet endroit, et cela provoquait de l'inconfort chez moi. Pour dire les choses clairement, je ne contrôlais pas la situation, et cela ne me plaisait pas.

La pièce était agréablement meublée, mais de manière très impersonnelle. L'individualité dans une pièce provient de petites touches personnelles par-ci par-là, des soins et de l'intérêt personnels d'un individu, et plus un lieu est public, moins il sera individuel. Même à la maison, ma chambre était plus personnelle et individualisée que le salon, et notre salon l'était plus que les chambres de ce dortoir (bien que je ne les aie pas vues, mais je me souvenais très bien de ce à quoi elles ressemblaient) et elles étaient bien mieux que la pièce dans laquelle j'attendais. On ne se sent jamais plus isolé que lorsqu'on est un étranger dans une pièce impersonnelle, entouré de personnes qui se connaissent ou qui connaissent le lieu.

Le dortoir se composait d'un salon – où je m'étais installée – d'une cuisine, de salles d'étude en dehors de mon champ de vision et de chambres, situées à l'étage. À mon arrivée, j'avais regardé un peu partout, puis j'avais fini par arrêter une petite fille d'environ huit ans qui habitait ici :

« Jimmy Dentremont est là ?

– Il doit être en haut. »

Près de la porte, il y avait un tableau à sonnettes, pour les personnes comme moi qui ne vivaient pas ici. Je cherchai le nom de Jimmy et sonnai trois coups, deux longs et un court. Comme Jimmy passait de toute façon près de chez moi pour aller chez M. Mbele, il venait généralement me chercher sur le chemin, plutôt que l'inverse. Mais, aujourd'hui, je voulais lui parler.

Son image apparut sur l'écran près de la sonnette, et il dit : « Ah, salut Mia.

– Salut.

– Qu'est-ce que tu fais ici ?

– Je veux te parler. Habille-toi vite et descends.

– D'accord. Juste le temps de mettre quelque chose. » Il raccrocha et son image s'évanouit.

Je pris donc un fauteuil et l'attendis. Cela ne faisait qu'un an qu'il habitait au dortoir. Sa naissance avait été le résultat d'une suggestion de l'eugéniste, ses parents se connaissaient à peine. Malgré cela, sa mère l'avait désiré et élevé seule. À ses onze ans, elle s'était remariée et ce fut Jimmy qui proposa de déménager dans un dortoir.

« Je ne voulais pas les gêner, m'avait-il expliqué. Je vais parfois passer la soirée chez eux, et je vois aussi mon père de temps en temps. »

Peut-être la vie en dortoir ne lui était-elle pas pénible parce qu'il pouvait toujours retourner chez sa mère s'il le désirait. Il considérait cela comme une situation temporaire, qui cesserait lorsqu'il reviendrait de l'Épreuve et qu'il aurait un appartement à lui. Dans tous les cas, je ne parlais pas trop du dortoir avec lui, non pas pour ménager ses susceptibilités, mais plutôt les miennes. C'est ce qu'on appelle avoir du tact, et il paraît que c'est une qualité.

Des enfants jouaient à une sorte de jeu de plateau alors que j'attendais dans mon fauteuil. Je regardai le jeu, je regardai les joueurs en train d'y jouer et je regardai les gens passer devant moi, mais personne ne prêtait attention à moi. Quelques minutes plus tard, Jimmy arriva, et je me levai, prête à partir.

En guise de salutation, je lui dis : « Ce que je voudrais savoir avant tout, c'est si tu viens avec moi vendredi.

– Où ?

– Comment ça "où" !?

– Tu sais bien que je t'accompagnerai n'importe où, Mia. Dis-moi où et je te suis.

– Tu as de la chance que je sois plus petite que toi, sinon je te donnerai un bon coup de poing pour t'apprendre à faire le malin.

– Bon, alors, dis-moi où tu vas.

– Tu ne sais vraiment pas de quoi je veux parler ?

– Non », répondit-il en secouant la tête.

Je sortis la lettre que j'avais reçue la veille et la dépliai. C'était une convocation pour passer un examen médical mercredi et pour me rendre avec les autres à la porte 5, Troisième Niveau, pour notre premier cours de survie, ce vendredi. Je la tendis à Jimmy pour qu'il puisse la lire.

Ce premier cours de survie se tiendrait le vendredi 3 juin 2198. Mon examen médical serait exactement un an et demi avant le jour où l'on nous déposerait sur une planète-colonie pour subir l'Épreuve. Il n'est pas obligatoire d'assister aux cours de survie, mais, dans la pratique, tout le monde profite de l'entraînement proposé. C'est l'un des rares cas dans la vie où l'on peut prendre une décision sans hésiter. Ils ne nous lâchent pas simplement sur une planète pour nous y laisser mourir. Ils nous préparent pendant dix-huit mois avant de nous déposer et de juger de l'entraînement qu'ils nous ont donné.

Il y a une nouvelle classe tous les trois ou quatre mois et la dernière datant de mars dernier, cette convocation ne m'avait pas surprise. Comme Jimmy était lui aussi né en novembre (il me l'avait tout de suite fait remarquer lors de notre rencontre), il devait en principe faire partie de la même classe que moi. Pour parler franchement, je ne voulais pas être seule vendredi.

« Je n'étais pas au courant, dit Jimmy. J'aurais dû en recevoir une aussi. Quand est-elle arrivée ?

– Hier. Je pensais que tu m'appellerais ce matin pour en parler.

– Je ferai bien d'aller vérifier. Attends-moi un instant » Il partit à la recherche de la materne et revint au bout de quelques minutes en tenant sa convocation à la main. « Elle était là, je n'avais pas regardé dans mon casier, et elle avait oublié de me prévenir. »

Cela m'irritait toujours chez Jimmy, mais d'une certaine manière, c'était aussi l'une des raisons pour lesquelles je l'admirais, à moins que ce ne fût de la stupéfaction. Deux fois, au moins, je l'avais appelé et lui avais laissé un message : le premier pour lui demander de me rappeler et le deuxième pour lui dire que je ne pourrai pas venir chez M. Mbele ce jour-là. Il n'en eût aucun des deux, parce qu'il ne pensait jamais à vérifier s'il avait des messages. Cela m'agace, mais j'envie en même temps cette capacité à ne pas s'inquiéter de qui pourrait essayer de le joindre. Jimmy dit simplement qu'il a trop de choses à faire pour s'occuper de ce genre de détails.

Jimmy apprécia aussi l'idée de venir ensemble vendredi. À cette époque du moins, nous n'étions pas encore des amis très proches, il y avait même un certain antagonisme entre nous, mais nous nous connaissions et nous avions M. Mbele en commun. Il paraissait sensé de faire face ensemble à cette nouvelle situation.

Pendant que nous allions chez M. Mbele, je lui dis : « Tu te souviens de ce garçon et de sa sœur dont j'ai parlé chez M. Mbele à mon retour de Grainau ?

– Ceux qui avaient des idées bizarres sur notre façon de vivre ?

– Oui. L'un d'eux disait que nous vivions nus tout le temps. J'ai nié tout ce qu'ils disaient, évidemment. Je me demande ce qu'il aurait pensé s'il t'avait vu à la vidéo, nu comme un vers.

– Ils se seraient sans doute dit qu'ils avaient finalement raison, répondit Jimmy en prenant un ton raisonné.

– Sans doute, mais il n'avait pas raison.

– Je me le demande. J'étais nu, non ?

– Bien sûr, mais tu étais chez toi. Moi aussi, je me promène toute nue à la maison. Il s'imaginait qu'on ne portait jamais de vêtements.

– Eh bien, dit Jimmy avec un large sourire, je me demande bien pourquoi, il n'y a aucune raison, si ? » Il commença à ôter sa chemise. « On pourrait être ce qu'ils pensent que nous sommes, et nous ne nous en porterions pas plus mal, si ?

– Ne sois pas pervers, dis-je.

– Depuis quand la nudité est-elle perverse ?

– Je parlais de ton esprit de contradiction. Vas-tu te mettre à manger de la saleté simplement parce qu'ils pensent que nous le faisons ? Je n'aurais pas dû en parler. Le rapprochement m'a paru ironique, voilà tout.

– *Ironique* », rectifia-t-il, remettant l'accentuation syllabique à sa place.

« Peu importe comment ça se prononce », répondis-je. Voilà ce qui arrive quand on utilise des mots qu'on a lus quelque part, sans les avoir jamais entendus prononcés. De plus, il ne faut pas parler de n'importe quoi à n'importe qui. Je me rendis compte qu'il valait mieux que je ne mentionne plus du tout Grainau dans les conversations. Juste après mon retour, j'avais commis l'erreur de dire ce que je pensais réellement des bouseux devant Jimmy et M. Mbele.

« Ils puent réellement ? » m'avait demandé ce dernier.

Jimmy et moi étions installés sur le divan dans l'appartement de M. Mbele. Sur mon carnet, j'avais pris des notes sur mes lectures, sur des sujets que je désirais aborder, ainsi que quelques titres de livres que M. Mbele m'avait suggérés. Je m'étais rendue compte que j'avais avancé une chose que je ne pouvais défendre, donc je fis marche arrière.

« Je ne sais pas s'ils puent vraiment. Tout le monde le dit. Je voulais simplement dire que ce que j'en ai vu ne m'a pas particulièrement plu.

– Pourquoi ? demanda Jimmy.

– Est-ce une question sérieuse, ou bien est-ce simplement pour me faire parler ?

– Cela m'intéresse aussi, Mia », intervint M. Mbele. Dans son cas, j'étais certaine que la question était sérieuse, qu'il n'essayait pas de m'enfoncer. M. Mbele ne prenait jamais le parti de l'un ou de l'autre.

« Je ne sais pas très bien, dis-je. On ne s'est pas entendus. Dois-je avoir une meilleure raison que ça ?

– Évidemment, dit Jimmy.

– Si c'est ce que tu crois, répondis-je, donne-moi donc une bonne raison pour expliquer ton antagonisme systématique. »

Jimmy, l'air gêné, haussa imperceptiblement les épaules.

« T'en as pas, poursuivis-je. J'ai simplement fait une remarque qui ne te plaisait pas. Eh bien, moi, les bouseux ne m'ont pas plu, et si ça me plaît de dire qu'ils puent, j'en ai parfaitement le droit.

– Sans doute, dit Jimmy.

– Hmmm. Et si ce n'est pas vrai ? Et si ce que tu disais faisait du tort à ceux dont tu parles, si ce n'était qu'une façon de te grandir à leurs dépens ? remarqua M. Mbele.

– Je n'en sais rien.

– Ce serait en tout cas une très mauvaise posture, tu es d'accord ?

– Sans doute.

– Eh bien, mon opinion personnelle est que le fait d'affirmer que les colons puent n'est en réalité qu'un mythe destiné à justifier nos actions et notre prétendue supériorité morale. Ce que tu as dit risque de m'empêcher d'écouter tous tes autres arguments, même s'ils sont justifiés. Ça ne peut rien amener de bon.

Jimmy acquiesça à l'argument. Il continua : « Si j'ai bien compris : on peut tout à fait ne pas apprécier certaines personnes sans raison valable, mais on ne peut pas les insulter. On n'a pas besoin de justifier ce que l'on pense des gens, seulement ce que l'on dit d'eux.

– Cela me paraît exagérément simplifié », dit M. Mbele.

Pour le moment, je n'étais plus dans leur ligne de mire et comme une idée me vint soudainement, j'en profitai pour la partager : « Et les gens que l'on devrait aimer, mais que l'on n'aime pas ? Et ceux que l'on ne devrait pas aimer, mais que l'on aime quand même ?

– Qu'est-ce que ça veut dire ? demanda Jimmy.

– Eh bien… suppose que toi et moi soyons d'accord sur tout. Je te respecte, tu ne m'as jamais rien fait, comme m'insulter tout le temps sans bonne raison, et, pourtant, je ne te supporte pas. Ou bien le contraire : quelqu'un que je devrais détester, le connard parfait, quelqu'un prêt à tout du moment qu'il y voit un avantage, et, pourtant, je l'aime bien. Peut-on séparer la sympathie ou l'antipathie de ce qu'une personne fait ? »

M. Mbele sourit, comme si la tournure que prenait cette conversation l'amusait. « Eh bien, les sépares-tu ?

– Je crois, oui, dis-je.

– Et toi, Jimmy ? »

Jimmy ne répondit pas tout de suite. Je savais pourtant ce qu'il allait dire, car je venais moi-même de trouver la réponse. Tout le monde le fait, sans quoi il n'existerait pas de salauds si charmants que tout le monde les accepte.

« Je crois que oui, moi aussi, finit par dire Jimmy.

– Mais ma question était *devrions-nous* les séparer ? dis-je.

– La vraie question n'est-elle pas plutôt : est-ce que cela changerait quelque chose ?

– Vous voulez dire, si c'est plus fort que nous ?

– Non, dit M. Mbele. Nos émotions influencent-elles ce que nous pensons des gens que nous aimons ou que nous détestons ?

– Comme pour Alicia MacReady ? renchérit Jimmy. Il paraît que tout le monde l'aime. Cela pèsera-t-il sur la décision de l'Assemblée ? »

Alicia MacReady était la femme qui avait conçu un bébé sans autorisation. Son cas avait été porté devant le Conseil, mais, avant qu'il n'ait pu prendre de décision, elle avait opté pour un jugement rendu par l'Assemblée du Vaisseau, pensant qu'ainsi la sentence serait plus clémente. Le Conseil avait donné son aval comme il est susceptible de le faire de toute façon pour les affaires difficiles ou importantes.

L'Assemblée est composée de tous les adultes du Vaisseau. Ils se réunissent tous dans le grand amphithéâtre du Deuxième Niveau et votent. Comme Alicia MacReady était quelqu'un de très populaire (enfin, c'est ce que j'ai entendu car je ne l'avais jamais rencontrée ni même n'avait entendu parler d'elle avant cette affaire), elle voulait faire face à l'Assemblée, dans l'espoir que son amitié serait une carte en plus, impossible à jouer devant le Conseil.

« Un très bon exemple, coupa M. Mbele. Je ne sais pas si cela jouera en sa faveur. Comme vous ne pouvez pas y assister, je vous conseille de suivre les débats sur votre vid, et, peut-être, pourrons-nous discuter de leur décision la prochaine fois. Tout ceci n'est qu'une partie d'un problème bien plus vaste : en quoi consiste un comportement juste ? C'est ce qu'on appelle l'éthique. Un ordinologue… (un coup d'œil vers Jimmy) ou une synthétiseuse… (un coup d'œil vers moi) devraient être parfaitement familiarisés avec ces problèmes. Je vais vous donner quelques titres d'ouvrages à consulter. Prenez votre temps et, quand vous les aurez lus et que vous voudrez en discuter, dites-le-moi. »

C'est ainsi qu'il commença à nous enseigner l'éthique. Il alla vers sa bibliothèque et nous donna un certain nombre de titres et d'auteurs : les épicuriens et les utilitariens, les stoïciens, les philosophes de la puissance, qu'ils soient sophistiques ou non, et les humanistes de tous bords, sans parler de divers systèmes éthiques religieux. Si j'avais su que tout cela serait la conséquence de mon honnête remarque pleine de préjugés, je n'aurais certainement jamais ouvert la bouche. Peut-être y a-t-il une leçon à retenir de tout cela – si oui, je ne l'ai jamais apprise, j'ai toujours la fâcheuse tendance d'ouvrir ma bouche quand il ne faut pas, et à m'attirer tout un tas d'ennuis.

Je vis le docteur Jérôme le mercredi 1er juin. Aussi loin que je me souvienne, il m'examinait une ou deux fois par an. Il était de taille moyenne, avec une certaine tendance à l'embonpoint, et, comme la plupart des médecins, il portait la barbe. La sienne est noire. Quand j'étais bien plus petite, je lui avais demandé pourquoi il avait une barbe, et il m'avait répondu : « Pour me rassurer, ou pour rassurer mes patients. Je ne sais pas très bien. »

Tout en m'examinant, et comme il le faisait à chaque visite, il parla d'une voix grave et constante, ses commentaires étaient destinés autant à lui-même qu'à moi. Cela avait toujours pour effet, que cela fût son intention ou non d'ailleurs, de me mettre en confiance, comme un cavalier rassure un cheval peureux en l'encourageant de la voix. Cela faisait partie de l'attitude professionnelle du docteur Jérôme.

« Bien, bien. Très bien. En bonne forme. Respire à fond. Expire. Bien. Hmmm, hmmm. Oui, c'est bien. »

Évidemment, il ne faut pas toujours croire ce qu'un docteur vous dit ; cacher certains détails fait partie de leur éthique professionnelle, mais je n'avais aucune raison de ne pas le croire lorsqu'il m'affirma que j'étais en parfaite santé. Aucun traitement à suivre avant les cours de survie. J'étais en parfaite santé.

« Cela fait toujours plaisir de te voir, Mia. Si tout le monde était en aussi bonne santé que toi, j'aurais un peu plus de temps libre. »

Il me dit autre chose également, après m'avoir pesée et mesurée : « Tu as grandi de sept centimètres depuis ta dernière visite. C'est très bien. »

Sept centimètres. Je ne savais pas si c'était le fait de la nature ou de papa, mais cela faisait plaisir à entendre.

8

Jimmy et moi descendîmes de la navette à la porte 5 du Troisième Niveau. C'était là que notre groupe devait se rejoindre à deux heures de l'après-midi. Nous étions dix minutes en avance. La porte de la navette s'ouvrit en glissant et nous sortîmes. Une fois dehors, la navette repartit, répondant à un appel venu d'un autre niveau, comme le ferait un ascenseur. Sur la ligne transversale, celle qui séparait les niveaux, à quelques mètres de nous, plusieurs voitures inoccupées attendaient un d'être appelées.

On sortait de la station par une double porte, grande ouverte, au-dessus de laquelle on pouvait lire : ENTRÉE PORTE 5 – TROISIÈME

NIVEAU – PARC. Dans l'encadrement de la porte, je pouvais voir de la lumière, de l'herbe, de la terre, et un certain nombre d'enfants de mon âge, tous de l'autre côté.

« Ils sont là-bas », dit Jimmy.

Le Troisième Niveau est divisé en trois zones bien distinctes. Il y a d'abord la zone consacrée à l'agriculture, produisant de la nourriture, de l'oxygène et du fourrage pour le bétail que nous élevons. Le bœuf est notre seule viande sur pied, les autres proviennent de cultures en cuves, qui se situent également au Troisième Niveau. La deuxième zone constitue le parc. Il y a des arbres, un lac, des fleurs, des prairies, des endroits réservés pour pique-niquer et des allées pour se balader ou faire du cheval. C'est en quelque sorte une planète idéalisée. La dernière zone est une région sauvage qui ressemble beaucoup au parc, mais en plus dangereuse. À en croire les cartes, des animaux sauvages vivent là. Le relief y est plus accentué et la végétation n'y est pas disciplinée. Ce terrain sert à la chasse, à l'aventure et à l'entraînement des futurs adultes. Je n'y étais encore jamais allée jusque-là, je ne connaissais que le parc et l'agro.

« Allons-y, dans ce cas », dis-je à Jimmy.

Nous franchîmes les portes, puis nous passâmes par une sorte de petit tunnel de trois à quatre mètres de long. Une cloison transparente se dilata et nous traversâmes. À l'extérieur, il y avait des arbres et des écuries, un corral aménagé entre les arbres et un bâtiment dont les cloisons de deux mètres laissaient passer un jour de cinquante centimètres au-dessus du sol avant de se terminer d'une toiture à pignons un mètre au-dessus. Des douches et des placards de rangement s'y trouvaient.

Ce n'est qu'au Troisième Niveau que l'on peut vraiment se rendre compte des dimensions du Vaisseau. Partout ailleurs, des murs bouchent la vue, mais ici la vue est illimitée. On voit à des kilomètres, jusqu'au point où la courbure du Vaisseau rencontre le sol. Le toit domine à une bonne centaine de mètres, et il faut une vue perçante pour distinguer les orifices d'arrosage et autres minuscules détails.

Derrière nous, le tube noir de la navette montait de la station vers le plafond, où il disparaissait dans les ténèbres du toit. Le tube de la navette transversale n'était pas visible, car il passait sous le sol de la station.

Il n'était toujours pas l'heure, et les enfants qui étaient déjà arrivés en profitaient pour rester sous les arbres près du corral et regarder les chevaux. Je reconnus Venie Morlock parmi eux. Je n'étais pas surprise puisqu'elle était mon aînée de tout juste un mois, et il y avait longtemps que je m'attendais à ce que nous soyons dans le même groupe d'entraînement.

D'autres continuaient d'arriver derrière nous. Jimmy et moi allâmes nous joindre à ceux qui regardaient les chevaux. J'aurais sans doute pu apprendre à monter à cheval quand j'étais petite, comme j'avais appris à nager, mais je ne sais pas trop pourquoi, je n'en avais rien fait. Sans avoir vraiment peur des chevaux, je me méfiais d'eux. Ce n'était pas le cas de tout le monde : une fille passa le bras à travers la clôture pour caresser une jument rouanne.

Près de nous, un grand garçon aux épaules carrées la regarda en disant : « Je ne supporte pas les enfants et Debbie est vraiment un bébé ».

Un moment plus tard, un coup de sifflet strident retentit. Je regardai ma montre et je vis qu'il était deux heures précises. Deux hommes s'étaient avancés sur le perron du bâtiment des douches. L'un d'eux avait un sifflet. Il était jeune, dans les quarante-cinq ans peut-être, et sa peau était lisse. Il avait l'air particulièrement impatient.

« Venez, dit-il en faisant signe d'un air irrité. Rassemblez-vous par ici. »

De taille moyenne, les cheveux noirs, il tenait une liste à la main. Il paraissait être le genre de personnes qui passe son temps à faire des listes de tout et n'importe quoi. Il y a des gens qui ne sont heureux que lorsqu'ils peuvent prévoir toute leur vie à l'avance et n'ont plus qu'à cocher les éléments sur leur liste.

Nous nous rassemblâmes autour de lui et il fit bruire son papier. L'autre homme était beaucoup plus calme. Il était également de taille moyenne, mais plus mince, plus âgé, nettement plus ridé et habillé de manière plus décontractée.

« Répondez à l'appel de votre nom », dit le plus jeune et il commença à énumérer des noms. D'abord, il lut Allen, Andersson, Briney, Robert (le grand garçon qui n'aimait pas les enfants), puis il termina par Wilson, You et Yung. Il y avait environ trente noms sur sa liste.

« Il en manque deux », dit-il à son compagnon lorsqu'il eut tout coché. « Envoyez-leur une seconde convocation. »

Puis il se tourna vers nous : « Mon nom est Fosnight. Je coordonne tous les programmes de l'Épreuve et de la pré-Épreuve, ce qui inclut les cours de survie. Il y a actuellement six classes à l'entraînement, celle-ci comprise, qui se rencontrent en divers points du Troisième Niveau. Votre classe se réunira régulièrement ici même, porte 5, tous les lundis, mercredis et vendredis après-midi à 12 h 30. La Troisième classe se réunit le mardi, jeudi et samedi. Si ces heures ne coïncident pas avec votre programme scolaire, vos sessions de tutorat, ou quoi que ce soit d'autre, c'est à vous de trouver une solution. Changer vos horaires, de vos autres obligations, bien sûr, pas des cours de survie, ou bien rater l'un ou l'autre. C'est à vous de choisir. C'est à vous de décider si vous voulez venir ou non, mais je vous garantis que vos chances de revenir vivants de l'Épreuve seront infiniment meilleures si vous assistez régulièrement à vos cours de survie. Votre groupe est moins nombreux que d'habitude, donc vous devriez obtenir de bons résultats. Vous avez la chance d'avoir M. Marechal pour vous guider, c'est l'un de nos six meilleurs instructeurs en chef. » Il sourit de sa petite plaisanterie.

M. Fosnight était sec et méthodique, exactement comme s'il cochait chaque point d'une liste mentale. Il se tourna vers M. Marechal et lui tendit le sifflet. « Le sifflet », dit-il. Puis il lui tendit la liste, en précisant : « La liste. » Ensuite, il se tourna vers nous, toujours en groupe devant lui : « Vous avez des questions ? »

Il avait débité son discours si rapidement et brusquement que nous en avions tous le souffle coupé. Personne n'ouvrit la bouche.

« Parfait,dit-il. Au revoir ». Et il s'en alla d'un pas martial, apparemment satisfait d'être parvenu au terme de sa liste et d'avoir accompli une autre tâche ennuyante, mais nécessaire.

M. Marechal regarda le sifflet dans sa main, puis M. Fosnight, qui se dirigeait vers la station. Visiblement, il n'aimait pas beaucoup les sifflets. Il finit par le mettre dans sa poche. Ensuite, il plia la liste et la rangea également. Cela fait, il leva la tête et nous regarda un à un, lentement, comme pour nous jauger. Nous le regardâmes également, observant l'homme qui allait s'occuper de nous pendant un an et demi. Nous n'étions pas en train de le jauger, puisque quand on est un enfant, on suppose à priori que l'adulte connaît son affaire. Si, par la suite, les enfants s'aperçoivent que ce n'est pas le cas, cela risque de mal tourner, mais au début, on lui accorde le bénéfice du doute. Il faut quand même dire que, à première vue, M. Marechal n'en imposait guère.

« Bon, M. Fosnight a omis d'ajouter une chose qu'il dit habituellement, commença-t-il. Je vais le dire à sa place si j'arrive à m'en souvenir plus ou moins. Il existe un nom anthropologique pour désigner L'Épreuve. C'est ce qu'on appelle un "rite de passage". C'est une façon cérémonielle de passer d'un stade de la vie à un autre. Toutes les sociétés en ont. Cela donne une importance particulière au fait de devenir adulte : quand vous revenez de l'Épreuve, vous avez gagné le droit de devenir un adulte. Donc, croyez-moi, l'Épreuve mérite tous vos efforts. »

Il s'arrêta et regarda vers sa droite. Nous suivîmes tous son regard. M. Fosnight revenait vers nous. M. Marechal lui lança un regard interrogateur : « "Rite de passage" ?

– Oui.

– Ne vous inquiétez pas, je viens de le dire pour vous.

– Oh,fit M. Fosnight. Merci dans ce cas ». Sur ce, il se tourna pour repartir vers la station.

Il s'était montré tellement déterminé que, dès qu'il fut hors de vue, nous éclatâmes tous de rire. M. Marechal ne réagit pas pendant un moment, puis dit : « Ça suffit. J'ai aussi deux ou trois choses à vous dire. Les personnes qui viendront vous entraîner et moi-même ferons de notre mieux pour vous permettre de réussir l'Épreuve. Si vous vous concentrez, vous ne devriez pas avoir de problèmes. D'accord ? Pour commencer, je vais affecter à chacun de vous un cheval et vous apprendre les rudiments de l'équitation. »

M. Marechal parlait lentement, et sa maîtrise de la grammaire était loin d'être parfaite, mais il avait cette autorité naturelle qui retient l'attention des gens. Sans consulter la liste qu'il avait rangée dans sa poche, il appela nos noms un à un en nous donnant au fur et à mesure le nom du cheval qui nous était affecté. Je me retrouvais avec un cheval du nom de Nunuche, ce qui fit rire les autres. Jimmy eut droit à Pet, un drôle de nom qui vient du français. Celui de Venitia Morlock s'appelait Latte. Lorsque Rachel Yung, qui était la dernière sur la liste, eut eu le sien, nous nous dirigeâmes vers le corral. M. Marechal se percha sur la palissade.

« À partir de maintenant, ces chevaux sont à vous. Ne vous y attachez pas trop. Ils sont juste un moyen de se déplacer d'un lieu à un autre, exactement comme un hélipack, et d'ailleurs vous vous entraînerez avec les deux. Cependant, il faudra aussi prendre soin des deux – et surtout des chevaux. Un cheval est un animal, cela signifie qu'il fatiguera ou qu'il se cassera plus facilement qu'une machine si l'on ne s'occupe pas de lui. Vous feriez mieux d'en prendre bien soin. »

Un des enfants leva la main. « Oui, Herskovitz ? »

Herskovitz fut quelque peu surpris d'avoir été si vite reconnu. « Si les chevaux sont si nuls, pourquoi on s'embête à apprendre à les monter ? Voilà ma question. »

Parlant encore plus lentement, M. Marechal répondit : « Eh bien, je pense que je pourrais te donner de bonnes raisons, mais, en fin de compte, ça se résume au fait qu'on vous fait subir une épreuve. Cette épreuve suit certaines règles, et l'une d'elles est que vous devez savoir monter à cheval. Ne te fais pas de bile pour ça, fiston. Tu finiras peut-être même par aimer les chevaux. »

De son perchoir sur la palissade, M. Marechal se laissa choir dans le corral. « Maintenant, passons à la leçon d'équitation. La première chose à savoir est comment mettre une selle sur votre monture. »

Un des garçons demanda : « Excusez-moi ! Je sais déjà monter à cheval. Je dois rester quand même ?

– Tu n'es pas obligé, Farmer, répondit M. Marechal. Tu peux t'en aller chaque fois que tu le voudras. Mais je te préviens quand même : avant de sécher un cours, sois diablement sûr que tu sais absolument tout ce que je vais vous montrer, parce que si tu rates un cours volontairement, tu peux être sûr d'une chose, c'est que je ne me répéterai pas pour toi. Si tu n'as pas eu d'autre choix, je me montrerai peut-être généreux, cela dépend de mon humeur. Mais si tu prends du retard par ta faute, il faudra que tu te débrouilles pour rattraper ce que tu as raté. »

Farmer répondit que, dans ce cas, il préférait rester aujourd'hui, juste pour voir.

M. Marechal alla vers l'un des trois chevaux qui attendaient dans le corral, la jument rouanne, et lui mit la bride, lentement, en nous détaillant bien ce qu'il faisait. Puis, il plaça une couverture et une selle à deux sous-ventrières sur le dos de l'animal. Il retira le tout et recommença depuis le début. Quand il eut terminé, il déclara : « Bien. À votre tour, maintenant. Allez prendre votre équipement, puis revenez chercher vos montures. »

Il y eut une ruée vers le bâtiment pour récupérer l'équipement, puis une nouvelle ruée vers les chevaux. Nous nous précipitâmes ensuite pour tenter de repérer un endroit propice pour les seller. Nunuche se révéla être marron, bai comme ils disent, et pas particulièrement grand. En fait, c'était plutôt un poney qu'un cheval, un poney faisant moins d'un mètre quarante au garrot. Apparemment, il s'agit d'un chiffre arbitraire. J'aimais sa taille. Un plus grand animal m'aurait encore plus intimidée. Pourtant, je n'eus pas l'occasion d'être intimidée longtemps, j'eus tout juste le temps de me mettre en ligne avec les autres, nos animaux plus ou moins en rang avec leur équipement sur le côté gauche. Debout devant nous, M. Marechal, nous indiquait ce qu'il fallait faire.

La première fois, ce fut raté. Je pensais avoir tout mis comme il fallait, mais lorsque je m'éloignai pour admirer mon œuvre, la selle glissa. Elle semblait être bien positionnée au début et je regardai mon cheval avec fierté, mais en observant de plus près, je me rendis compte qu'elle était inclinée. Elle semblait être bien mise, mais elle était bel et bien inclinée.

Autant recommencer. Je défis la sous-ventrière – c'est la sangle qui passe sous le ventre du cheval et qui permet d'attacher la selle –, replaçai la selle et l'attachai de nouveau.

M. Marechal allait et venait entre les chevaux, inspectant ce que nous avions fait et donnant des conseils ici et là. Arrivé au mien, il me vit resserrer la sous-ventrière.

« Je vais te montrer quelque chose », me dit-il. S'approchant de Nunuche, il leva le genou et lui donna un bon coup dans le ventre. Le cheval rejeta bruyamment de l'air, et M. Marechal resserra la sous-ventrière d'un coup sec. Le cheval le regarda d'un œil réprobateur alors qu'il le sanglait.

« Si tu n'y prends pas garde, celui-là gonflera le ventre à chaque fois, me dit-il. Il faut que tu lui montres que tu es plus maligne que lui. »

Nous passâmes une bonne heure à seller et à desseller nos montures avant d'en rester là pour la journée. Sur le chemin du retour, je demandai à Jimmy ce qu'il en pensait. Nous partagions la navette avec cinq ou six autres enfants de notre groupe.

« J'aime bien Marechal, dit-il. Je pense qu'il va être bien. »

L'une des filles se mêla à la conversation : « Apparemment, il ne tolère pas les foutaises. Ça me plaît. Ça veut dire qu'on ne va pas perdre notre temps. »

Farmer, celui qui savait déjà monter, était là aussi. « Moi, j'ai perdu mon temps. Je savais déjà tout ce qu'il nous a montré aujourd'hui. C'est ce que j'appelle des foutaises.

– C'est peut-être des foutaises pour toi, dit Jimmy, mais la plupart d'entre nous avons appris quelque chose. Si tu sais déjà tout, ne viens pas. Il te l'a dit. »

Farmer haussa les épaules. « C'est peut-être bien ce que je ferai. »

Dans la navette transversale qui nous ramenait à Géo, je confiai à Jimmy que j'étais moi-même un peu déçue.

« À propos de Marechal ?

– Non, dans l'ensemble. Je m'attendais à autre chose.

– À quoi, plus précisément ?

Je lui jetai un regard en biais. « Tu trouves toujours moyen de me mettre au pied du mur, hein ? »

Il haussa les épaules. « J'aimerais simplement que tu expliques ce que tu veux dire, si tu peux.

– Eh bien, gros malin, ce que je veux dire c'est que tout m'a paru très scolaire et ordinaire. Il doit y avoir un meilleur mot… très plat.

– Tu sais, la Sixième classe est ennuyeuse, tout le monde le dit. Dans trois mois, quand nous aurons appris tous les fondamentaux, ça deviendra plus intéressant. »

Je réfléchis un bon moment avant de répondre : « Non, je ne pense pas. Je parie que ça sera pareil à tous les niveaux, en Sixième ou en Quatrième classe. Ce sera toujours pareil, scolaire.

– Qu'est-ce que tu as tout d'un coup ?

– Rien. Seulement, je ne crois plus à l'aventure.

– Quand as-tu décidé de ça ?

– À l'instant.

– Tout ça parce qu'aujourd'hui ce n'était pas passionnant, parce que c'était "plat". Et aller sur Grainau, ce n'était pas une aventure peut-être ?

– Parce que tu crois que se faire pousser dans une grande mare d'eau sale est une aventure ? » m'exclamai-je avec mépris. « Tu en as déjà vécu, toi, des aventures ?

– Non, mais ça ne veut pas dire que ça n'existe pas.

– Tu en es sûr ? »

Jimmy secoua la tête. « Je me demande ce que tu as pour être d'une humeur pareille ! Tu parlais de paris. Eh bien, moi, je te parie que je réussirai à vivre une aventure, une vraie.

– Et comment ? » le défiai-je.

Il secoua la tête d'un air obstiné. « Okay. Je n'en sais rien pour l'instant. Mais je parie que j'y arriverai.

– D'accord, dis-je. Je tiens le pari. »

Comme toutes les réunions de masse, celle de l'Assemblée exige une certaine organisation, et quelqu'un doit veiller à ce que tout soit en ordre, à ce qu'il y ait assez de chaises, de tables, de microphones, etc. En principe, n'importe qui peut faire ce travail, mais, en fin de compte, la responsabilité en incombe à celui qui préside l'Assemblée, en l'occurrence papa. Et, comme c'était la première fois qu'il présidait depuis qu'il avait été nommé président, je pense qu'il tenait à ce que tout se passe bien.

Le soir où l'Assemblée devait se réunir pour considérer le cas d'Alicia MacReady, papa avait mangé plus tôt avant de se rendre au Deuxième Niveau. Zena Andrus était venue pour me tenir compagnie ce soir-là. J'avais découvert que, dans des circonstances plus habituelles, elle m'était assez sympathique. Elle avait parfois tendance à pleurnicher, mais il y a de pires défauts. Et puis, elle était courageuse.

Alors que nous avions terminé de manger le plat principal et que nous allions passer au dessert, quelqu'un sonna. C'était M. Tubman.

« Vous m'aviez dit de venir à dix-huit heures trente », s'excusa-t-il en voyant que le repas n'était pas terminé.

« Ce n'est rien, Henry, dit papa. J'ai terminé de toute manière. Tu sais où se trouve le dessert, Mia. N'oublie pas de nettoyer et de débarrasser lorsque vous aurez fini.

– Ce n'est pas la peine me le dire.

– Je sais, je sais, répondit-il. Mais il n'y a pas si longtemps c'était encore nécessaire, j'ai gardé l'habitude. »

En dessert, il y avait des parfaits. Pendant que nous les mangions après le départ de papa, Zena me dit : « Pourquoi est-ce que l'Assemblée se réunit, au juste ? Maman et papa y vont, mais ils ne m'ont rien dit.

– Tout le monde en parle, pourtant. Tu devrais être au courant.

– Eh bien, non, rétorqua-t-elle. Tu sais, je ne m'intéresse pas beaucoup à ces trucs, aux Assemblées et ce genre de choses, et je parie que toi non plus avant que ton père devienne président. »

C'était exact, mais je m'y intéressais tout de même un minimum. Je lui expliquai donc ce que je savais.

« Je ne vois pas pourquoi ils en font toute une histoire,dit Zena. Ils pourront toujours se débarrasser du bébé. Elle n'aurait pas pu l'avoir en cachette, de toute manière. Tout ça, c'est beaucoup de bruit pour rien.

– C'est une question de principe. »

Zena haussa les épaules et se concentra de nouveau sur son parfait. C'était déjà son deuxième. Les choses semblaient toujours beaucoup plus simples pour elle que pour moi.

« Tu es obligée de faire ce bruit ? » me demanda Zena après que nous eûmes quitté la table. Elle était assise par terre dans ma chambre, et elle démontait minutieusement une de mes poupées. Il se trouvait que celle-ci était faite pour être démontée, avec le plus grand soin, bien entendu, car elle était vieille et craquelée. C'était une poupée russe qui faisait déjà partie de la famille quand nous étions encore sur Terre. Elle était en bois et se démontait. À l'intérieur se nichait une poupée plus petite que l'on pouvait également démonter. Il y avait ainsi douze poupées contenues les unes dans les autres. C'est le genre de poupées dont on ne se fatigue jamais.

J'étais assise, les jambes croisées sur mon lit, et je soufflais dans mon tin whistle, redécouvert quelques mois auparavant. Je jouais un air très simple, car je n'avais pas encore assez de dextérité pour aborder des morceaux plus compliqués. Mais tout de même, j'avais l'impression que ce n'était pas si mauvais que ça.

« L'homme qui n'a en lui-même aucune musique, et qui n'est pas ému par le doux accord des sons, est… » Je fermai les yeux, essayant de me souvenir de la suite. « … propre aux trahisons, aux perfidies, aux je-ne-sais-plus-quoi.

– On peut savoir ce que ça veut dire ?

– C'est une citation. De Shakespeare.

– Si c'est moi que tu visais, tu te trompes. J'aime beaucoup la musique », déclara Zena.

Je levai mon tin whistle. « Eh bien, ça, c'est de la musique.

– Tu devrais t'exercer toute seule en attendant de savoir mieux jouer. »

Je me redressai d'un bond, posai l'instrument et sautai par-dessus Zena, qui était assise sur le sol, pour m'approcher de la vid.

Zena me jeta un regard noir. « Il faut vraiment regarder ces vieilleries ?

– Jimmy et moi sommes censés regarder, répondis-je.

– Tu parles de Jimmy Dentremont ?

– Oui.

– Tu passes beaucoup de temps avec lui, non ?

– On a le même tuteur et on est dans la même classe de survie, acquiesçai-je.

– Oh ! » Elle commença à remonter les poupées les unes dans les autres. « Tu l'aimes bien ? Il m'a toujours paru assez prétentieux.

– Je ne sais pas. Il est intelligent. Je suppose que je dois l'accepter comme il est. »

Je m'assis par terre, le dos contre le lit. Sur l'écran, on voyait l'Assemblée sur le point de commencer.

« Si ce n'est pas intéressant, on pourra toujours l'éteindre », dis-je.

Nous regardâmes l'Assemblée pendant les deux heures suivantes. Apparemment, tout le monde était déjà au courant des principes et des enjeux. L'accusation et la défense n'avaient plus qu'à exposer leurs arguments, les membres à poser des questions et les témoins à faire leur déposition. À nouveau une salve de questions, puis ils procéderaient au vote. En tant que président, papa ne participait pas à la discussion.

M. Tubman plaidait en faveur du Vaisseau. Un autre membre du Conseil, M. Persson, assurait la défense pour le côté adverse. Les témoins comprenaient l'eugéniste du Vaisseau, un avocat exposant le point de vue légal, Alicia MacReady assurant sa propre défense, et divers témoins de moralité à décharge.

Les membres du Conseil et les témoins étaient assis à une table, dans le bas de l'amphithéâtre. Tous les adultes étaient de droit membres de l'Assemblée et pouvaient prendre la parole s'ils le désiraient. Les débats auraient donc pu durer indéfiniment, mais cela ne fut pas le cas. Le rôle de papa était précisément d'éviter cela. Il dirigeait les débats, appelait les témoins et remettait vivement la conversation sur les rails lorsqu'il le fallait, interrompant ceux qui étaient trop bavards et veillant à ce que les deux parties aient droit à un temps de parole égal. En tant que président, il se devait d'être juste et impartial, et, de ce que je pouvais constater, il l'était ; même si, dans ce cas, je connaissais son opinion et je savais que M. Tubman était son porte-parole.

En fait, Alicia MacReady n'avait aucun argument valable pour sa défense. Elle ne pouvait guère que faire appel à la clémence de l'Assemblée. Quand ce fut son tour de parler, elle fondit en larmes, et papa dut la rappeler à l'ordre.

M. Persson prit la parole pour la défense : « Nous sommes tous d'accord, je pense, pour dire que c'était une action stupide. Qu'ajouter à cela ? Alicia MacReady est une citoyenne du Vaisseau. Elle a survécu à l'Épreuve. Elle a tout autant le droit de vivre ici que n'importe lequel d'entre nous. Certes, elle a commis une bêtise, mais il suffit de la faire avorter. Vous l'avez tous vue vous implorer. Il est évident que la leçon lui aura suffi, et qu'elle ne recommencera jamais. C'était une erreur commise dans un moment de folie, et elle s'en repent sincèrement. Peut-on simplement dire que cette humiliation publique constitue un châtiment suffisant, et en rester là ? »

M. Tubman prit ensuite la parole, d'une voix plus sèche que de coutume, il répondit : « J'aimerais avant tout rectifier certaines affirmations. Si ce que M. Persson a choisi d'appeler une "humiliation publique" constitue un châtiment, c'est un châtiment volontairement choisi par l'accusée – n'en tenez donc pas compte. Le cas de Mlle MacReady aurait pu être réglé devant le Conseil. C'est elle qui a choisi de l'amener jusque devant l'Assemblée. Ensuite, concernant son soi-disant repentir. Il s'agit d'un repentir un peu tardif, qui vient uniquement lorsque le méfait est découvert – n'en tenez pas compte. Une erreur commise dans un moment de folie ? Certainement pas. Il lui a fallu pendant plus d'un mois éviter les traitements anticonceptionnels pour tomber enceinte. Il ne s'agit pas d'un seul moment de folie – n'en tenez pas compte. En plus de ces rectifications, je me dois de vous rappeler qu'il s'agit d'une question de principes. Nous sommes sur une minuscule île flottant précairement dans des mers hostiles. Nous avons créé des règles de vie qui, tant qu'elles sont scrupuleusement observées, nous permettent de survivre. Si elles ne le sont pas, nous périrons. Alicia MacReady a fait un choix. Elle a choisi d'avoir un cinquième enfant malgré l'interdiction de notre eugéniste. C'était un choix entre le Vaisseau et le bébé. Une fois ce choix fait, il entraînait des conséquences inévitables dont Alicia MacReady était consciente. Serait-ce juste, vis-à-vis d'elle et de nous-mêmes, de ne pas faire face à ces conséquences et de ne pas l'aider à y faire face ? Nous ne sommes pas des barbares. Nous ne proposons pas de la tuer, pas plus que l'enfant qu'elle porte. Nous proposons de lui donner ce qu'elle a choisi : le bébé, mais pas le Vaisseau. Je propose que nous la déposions sur la planète colonisée la plus proche, en lui souhaitant bonne chance. »

C'était en fait une manière très douce de prononcer une probable condamnation à mort. Néanmoins, M. Tubman n'avait pas complètement tort : elle l'avait cherché.

Peu après, ils votèrent. 7 923 voix pour son maintien dans le Vaisseau contre 18 401 pour son expulsion.

Alicia MacReady s'évanouit – la réaction d'une hystérique. M. Persson et quelques-uns de ses amis firent cercle autour d'elle, tandis que les membres de l'Assemblée quittaient lentement la grande salle et cette affaire, en mettant la soirée derrière eux.

Je me levai pour éteindre la vid. « Comment aurais-tu voté ? demandai-je.

– Je ne m'y connais pas assez », dit Zena en levant les yeux vers moi. Elle avait à peine suivi les débats. « Ils lui donneront quelque chose quand ils la déposeront sur la planète : un cheval, des armes, ou un hélipack, peut-être ?

– Je ne pense pas.

– C'est rudement sévère, non ?

– Comme l'a dit M. Tubman, nous avons des règles qui doivent être respectées. Ceux qui les transgressent ne peuvent pas rester ici. On lui a déjà fait une faveur en soumettant son cas à l'Assemblée. »

Zena fit la grimace et répliqua : « Et que dira ton père en rentrant, quand il verra que tu n'as pas débarrassé la table ?

– Oh, mince ! m'exclamai-je. J'avais complètement oublié ! »

J'ai tendance à repousser ce genre de petites corvées, même lorsqu'elles ne prennent pas beaucoup de temps. J'avais complètement chassé celle-ci de mon esprit.

Pendant que j'empilais les assiettes pour les jeter dans l'incinérateur, Zena, se tenant derrière moi, me dit : « Pourquoi es-tu tellement à cheval sur les règles ?

– Comment ça ?

– Ben, les règles sont tellement importantes à tes yeux que tu ne tolères pas la moindre erreur. Et maintenant, cette Mlle MacReady va mourir. »

Reposant l'assiette que j'avais à la main, je la regardai. « Je n'ai même pas voté. Je n'ai rien à voir avec leur décision.

– La question n'est pas là », me dit Zena, mais elle se garda bien de m'expliquer où elle était.

Papa rentra une dizaine de minutes plus tard. Je lui demandai si tout s'était passé comme il l'avait pensé, et il me répondit que oui.

« J'ai débarrassé la table, lui dis-je.

– Je n'ai jamais douté que tu le ferais. »

Lors de notre prochaine session, je demandai à M. Mbele si la décision de l'Assemblée l'avait surpris.

« Non, pas réellement, répondit-il. Beaucoup d'habitants du Vaisseau partagent le point de vue de ton père. C'est bien pourquoi il a été élu président. »

9

Il peut sembler un peu anachronique de parler de saisons sur un vaisseau spatial, mais nous l'avons toujours fait. Par exemple, juillet, août et septembre constituent « l'été ». Cela ne me parut bizarre que lorsque, à quinze ou seize ans, je me mis à étudier les facteurs responsables du temps planétaire et, un jour, je me mis vraiment à *réfléchir* à la signification des termes dont nous nous servions quotidiennement. Il était évident qu'ils avaient perdu leurs connotations climatiques et ne désignaient plus que le découpage d'une année – d'ailleurs, le fait que nous utilisons encore les années terrestres est à lui seul un anachronisme, mais cela ne nous empêche pas de les utiliser.

À l'époque où cela me tracassait, j'en parlai à un ami (comme il apparaîtra plusieurs fois dans ces pages, je ne mentionnerai pas son nom ; il a assez d'ennuis comme ça sans avoir en plus une réputation d'idiot) : « Tu te rends compte que le fait que nous nommions le mois de novembre "automne" signifie que la majorité des habitants du Vaisseau sont originaires de la zone tempérée nord de la Terre ?

– Si tu veux t'en assurer, tu n'as qu'à consulter les listes des passagers originaux du Vaisseau à la bibliothèque.

– Tu ne trouves pas ça intéressant ? insistai-je.

– Non. »

Idiot n'est peut-être pas le mot qui convient. Peut-être simplement querelleur.

En tout état de cause, l'été de mes douze ans passa. J'y repense comme à une période si fertile en événements que je serais bien incapable de choisir un ordre dans lequel les présenter. Je pourrais en inventer un, mais comme aucun d'entre eux n'a vraiment d'importance, je n'en ferais rien. Pendant cet été, par exemple, j'eus mes premières règles. C'est important dans la mesure où cela prouvait que je grandissais, rien de plus. Et puis, il y eut les leçons de danse. Aussi curieux que cela puisse paraître, elles faisaient partie de nos cours de survie.

M. Marechal nous dit : « Ce n'est pas censé être amusant et ce n'est pas censé être drôle. C'est terriblement sérieux. Vous trébuchez sur vos propres pieds. Vous ne savez pas quoi faire de vos mains. Lorsqu'une situation exige que vous fassiez instantanément un geste précis, l'adresse de vos mouvements devient primordiale. Votre corps doit travailler pour vous, non contre vous. Bon sang, non seulement je vais vous apprendre à danser, mais je vous apprendrai aussi à broder ! »

Non seulement nous suivirent des leçons de broderie, de danse, de combat à mains nues et d'initiation à l'emploi des armes, mais M. Marechal fut notre seul et unique instructeur dans tous ces cours. Il nous montra des films où des gens sortaient des pistolets avant de les lâcher soudainement, où des cavaliers tombaient de cheval (cela, je l'avais fait plusieurs fois), où des personnes semblaient absolument déprimées. D'autres films étaient tournés sur un circuit d'obstacles où, par exemple, le sol se dérobait soudain sous vos pieds si l'on ne faisait pas attention. Il fallait alors se rattraper à une corde ou simplement atterrir sans rien se casser. À la fin de l'été, lorsque nous passâmes de la Sixième à la Cinquième classe, nous abordâmes nous-mêmes les courses d'obstacles. Leur but principal n'était pas de nous enseigner une technique précise, mais de nous entraîner à réagir vite et intelligemment devant des situations difficiles. On nous enseignait également des techniques individuelles, mais ce n'était pas le but premier de ces cours.

En résumé, je m'étais trompée en pensant que les cours de survie seraient ennuyeux d'un bout à l'autre. C'était sérieux, parfois scolaire, mais toujours intelligent et intéressant. Certes, ce n'était pas une aventure, mais j'avais eu assez d'aventures récemment pour ne pas regretter que les cours de survie n'en soient pas une.

Je me fis également un tas de nouveaux amis en classe, et nous commençâmes à traîner beaucoup ensemble, ce qui me permit de côtoyer de moins en moins d'enfants comme Zena Andrus. Je revis une fois Mary Carpentier, mais on s'aperçut vite que n'avions plus grand-chose à nous dire et aucune de nous ne rappela jamais l'autre.

Le plus important était que, parmi les trente et un membres de la classe, se forma un groupe central, un noyau de six. Ce n'était pas simplement de l'amitié, puisque certains de mes meilleurs amis n'en faisaient pas partie, alors que Venie Morlock, elle, y était. C'était simplement… le groupe. Ce qui nous rapprocha à l'origine fut une « non-aventure ». Sur l'incitation de Jimmy, j'emmenai quelques enfants au Sixième Niveau, et nous passâmes la journée à l'explorer. En dehors de moi, il y avait Venie, Jimmy, Helen Pak, Riggy Allen et Attila Szabody. Attila, Helen et, je pense, Jimmy étaient vraiment mes amis. Riggy était un très bon ami d'Attila ; Helen et Riggy voyaient quelque chose chez Venie. Ce fut ainsi que le groupe vint à se former et notre excursion au Sixième Niveau – une aventure pour certains d'entre nous ; des heures amusantes pour moi – nous unit encore davantage. Nous restions généralement ensemble une ou deux heures après chaque cours de survie, et parfois pendant le week-end. Quelques autres se joignaient au groupe de temps en temps, mais ils ne faisaient que passer.

Un jour, après un cours de survie, nous étions cinq au snack de la salle commune du quartier Lev, au Cinquième Niveau. Par la navette c'était tout près de la porte 5, et cela constituait un lieu de rendez-vous idéal pour nous tous. Nous n'avions qu'à prendre une correspondance avec la navette et on pouvait tous facilement rentrer chez nous. Nous ne connaissions personne à Lev et nous n'arrivions pas à nous repérer, mais nous avions trouvé notre place, notre coin habituel et, après quelques temps, nous ne nous y sentions plus comme des intrus.

Celui qui manquait était Jimmy. Depuis une semaine, il disparaissait d'un endroit à l'autre après la classe, marmonnant et ricanant dans sa barbe comme s'il avait je ne sais quels projets secrets dont il ne soufflait mot à personne ; ce qui le réjouissaient apparemment beaucoup.

Je griffonnais sur une feuille de papier, réfléchissant à une idée que j'avais en tête. Nous étions assis à une table, devant quelques friandises et boissons, en quantité raisonnable. Nous occupions surtout l'espace, bavardant tous ensemble. C'était notre table habituelle, une table rouge, dans le coin gauche de la zone des moins de quatorze ans.

Nous discutions d'organiser un match de football le samedi matin dans le quartier Roth, où habitait Attila, au Quatrième Niveau. Notre problème étant qu'il fallait qu'on réussisse à réunir un nombre de joueurs suffisant. Je réfléchissais au fait que j'avais parcouru un bon bout de chemin depuis l'époque, pas si lointaine, où il suffisait d'un simple appel sur le système de haut-parleurs du quartier pour me faire venir. Je n'étais plus aussi casanière que j'avais pu l'être.

« Jimmy jouera ? » s'enquit Attila. C'était le plus grand et le plus fort d'entre nous, alors qu'il était, en fait, un garçon très calme. Il parlait peu, mais écoutait attentivement, et, de temps en temps, il nous interrompait en glissant un commentaire qui nous surprenait tous. C'était d'autant plus surprenant qu'à le voir on ne l'aurait pas cru particulièrement intelligent ni cultivé.

« Mia pourra lui demander, suggéra Helen.

– D'accord, dis-je. Je lui dirai de vous appeler. À moins qu'il ne soit trop occupé à faire je ne sais quoi, je pense qu'il aimerait jouer. C'est un bon milieu de terrain. » Je me replongeai dans mon griffonnage.

« Qu'est-ce que tu nous fais ? » demanda Riggy en m'arrachant le papier. Riggy est un garçon que je qualifierais d'ennuyeux. Je ne l'aime pas particulièrement. C'est le genre d'enfant à ne pas avoir de boussole intérieure, à faire la première chose qui lui passe par la tête, que ce soit complètement idiot ou non, et seulement ensuite, lorsque c'est nécessaire, à s'excuser mille et une fois. Il n'était pas bête ou maladroit, ni même incompétent, il était totalement dépourvu de tout sens des proportions.

« On peut savoir ce que c'est ? » demanda-t-il de nouveau en montrant la feuille de papier. Du même côté de la table que lui, Venie et Helen regardèrent par-dessus son épaule.

Il m'avait fallu plusieurs essais, mais j'avais dessiné de mon mieux et il me semble que l'on reconnaissait tout de même ce que j'avais fait : un poing tenant une longue et belle flèche. Je ne suis pas très créative et j'avais dû prendre ma main pour modèle de temps en temps pour pouvoir obtenir un dessin plus ou moins précis. Pour la flèche, je m'étais débrouillée tant bien que mal, sans modèle.

J'essayai de reprendre la feuille, mais Riggy la tenait hors de ma portée. « Hum, hum », fit-il en la passant à Venie. Elle regarda le dessin en fronçant les sourcils, tout en s'assurant que la feuille fût toujours hors de ma portée.

J'haussai les épaules et dit : « Le dessin a une signification, dis-je, si vous voulez tout savoir. C'est une sorte de jeu de mots visuel qui se base sur la langue anglaise.

– Un rébus ?suggéra Attila.

– On peut dire ça.

– Fais voir. » Il prit la feuille des mains de Venie.

« Je ne comprends pas, dit cette dernière. Une main tenant une flèche.

– Un poing, corrigea Riggy. La main est fermée. »

De guerre lasse, j'expliquai : « C'est mon nom. Havero : "*have arrow*" comme dans "tenir une flèche".

– Oh non, dit Venie. Pas très brillant.

– Je ne trouve pas. C'est plutôt une bonne idée, rétorqua Helen.

– "Un minois assez laid, mais qui est à moi" », citai-je vivement.

Venie me lança un regard plein de dégoût. « Tu aimes vraiment frimer toi, hein ? Qu'est-ce que c'est censé vouloir dire ?

– Mia est en train de lire Shakespeare avec son tuteur, expliqua Helen. C'est tout. Elle a mémorisé des passages.

Riggy reprit le dessin et le regarda de nouveau. « C'est vrai que c'est une bonne idée. Je me demande ce que ça donnerait avec mon nom. »

Nous essayâmes, tour à tour, sur chaque nom, mais les résultats n'étaient pas terribles. Pour Helen Pac, dont le nom ressemblait au mot anglais « *pack* » que l'on pouvait traduire approximativement par « sac », nous dessinâmes un sac, mais ce n'était pas vraiment adéquat. Pour Allen et Szabody, nous n'eûmes aucune idée.

« J'en ai trouvé un ! » s'exclama Riggy après plusieurs minutes de concentration à cacher ce sur quoi il travaillait. De manière triomphale, il leva une feuille de papier avec une suite de serrures dessinée dessus. « En anglais, "plus de serrures", vous comprenez ? »

Nous avions compris, mais l'idée ne nous plaisait pas. Il avait couvert toute la feuille avec des gribouillis, ce qui rendait l'idée vraiment confuse.

Je m'étais également concentrée sur le nom de Morlock. Je dessinai une espèce de troglodyte.

« Qu'est-ce que c'est ? demanda Attila.

– C'est aussi pour Morlock. »

Venie n'avait pas l'air contente, et Riggy s'empressa de me demander : « Comment tu vois Morlock là-dedans ?

– Ça vient d'un vieux roman de Wells, *La Machine à explorer le temps*, dans lequel il y a des monstres souterrains qui s'appellent les Morlocks.

– C'est toi qui inventes, m'accusa Venie.

– Pas du tout. Tu n'as qu'à lire le livre, comme je l'ai fait à Alfing. Tu demandes un fac-similé, c'est très simple. »

Venie examina de nouveau le dessin. « Okay, j'irai voir. Peut-être même que je m'en servirai. »

Pour un peu, sa réaction me fit presque l'apprécier, car ça n'avait pas été très sympathique de ma part de penser à ces troglodytes. Si mon nom avait été Morlock, j'aurais utilisé les personnages du roman de Wells sans hésiter, mais je ne m'attendais pas à ce que Venie accepte l'idée. Cela prouvait… pas encore une certaine objectivité de sa part, mais un certain détachement que je n'aurais pas cru déceler chez elle.

« Tiens, voilà Jim », déclara Attila juste à ce moment.

En effet, Jimmy Dentremont arrivait en se faufilant entre les tables. Il prit une chaise libre au passage et s'installa à côté de moi.

« Salut, dit-il simplement.

– Où étais-tu ? » demanda Helen, exprimant ce que nous pensions tous. Helen est une fille assez surprenante. Elle est blonde avec des yeux orientaux, plissés – une combinaison plutôt étonnante.

Jimmy hausa les épaules et pointa du doigt nos dessins. « Qu'est-ce que c'est tout ça ? » demanda-t-il.

Nous lui expliquâmes.

« Ah. C'est facile. Dans mon cas, je n'aurais pas de mal à trouver. » Il prit un crayon et dessina deux montagnes entre lesquelles il esquissa un petit bonhomme.

Je le regardai sans comprendre, tout comme les autres.

« Mon nom signifie "entre les montagnes" vous savez, expliqua-t-il.

– Ah bon ? s'étonna Riggy.

– Oui, un "mont", c'est comme une montagne.

– Oh, je ne savais pas, dis-je.

– Moi non plus à l'origine, j'ai simplement regardé dans un dictionnaire.

– Tiens, tiens, répliqua Attila. Je me demande si mon nom signifie quelque chose lui aussi, en hongrois. »

Jimmy s'éclaircit la gorge, regarda tout autour de nous avant de se tourner vers moi : « Mia, tu te souviens du pari que nous avions fait ?

– Sur la possibilité de vivre une aventure ?

– Oui. Eh bien, j'ai trouvé. Voilà ce que je faisais ces derniers jours. »

Helen demanda immédiatement de quoi il s'agissait, et je dus attendre qu'il eût fini de raconter pour lui demander exactement ce qui m'attendait.

« Si c'était un pari, quel était l'enjeu ? » demanda Riggy.

Jimmy me lança un regard interrogateur avant de lui répondre : « À vrai dire, nous ne l'avions pas fixé. Dans mon esprit, c'était surtout que si je trouvais une aventure à vivre, Mia devait m'accompagner. »

Tous les regards se tournèrent vers moi : « Très bien, dis-je. Ça me paraît juste.

– Parfait, dit Jimmy. Voilà de quoi il s'agit : nous allons sortir du Vaisseau. Aller à l'extérieur du Vaisseau.

– Ce n'est pas dangereux ? s'enquit Helen.

– C'est une aventure, rétorqua Jimmy. Les aventures sont censées être dangereuses, pleines de périls et tout ça.

– C'est vraiment dangereux dehors ? demandai-je.

– Je n'en sais rien, admit Jimmy. Je ne sais pas à quoi ressemble l'extérieur. J'ai essayé de me renseigner, mais je n'ai rien trouvé. Le découvrir fait précisément partie de l'aventure. D'ailleurs, même si c'est facile dans l'ensemble, il y a des parties qui seront plus difficiles. Il nous faut des combinaisons pour sortir, et on doit trouver un moyen de nous rendre à l'extérieur. Ça, ça ne sera pas facile.

– Je veux venir avec vous », intervint Riggy.

Jimmy secoua la tête. « Non, rien que Mia et moi. Mais nous aurons besoin d'aide. Donc si vous voulez nous aider, vous êtes les bienvenus. »

Après s'être tour à tour consultés du regard autour de la table, nos amis acquiescèrent à l'idée. Nous formions un groupe, après tout, et l'occasion de faire quelque chose d'intéressant était trop tentante.

Précédés de quelques mètres par Jimmy, nous suivîmes tous les six un passage du Premier Niveau. Il y a quelque chose d'excitant à faire partie d'un groupe qui poursuit un même but, même si c'est mélodramatique, même si c'est du vide à quatre-vingt-dix pour cent, c'était chouette. Cela me plaisait énormément, et aux autres aussi. Je me retenais difficilement de jeter des coups d'œil derrière moi pour voir si nous étions suivis, tout ça parce que cela semblait faire partie du jeu.

Jimmy se retourna à moitié et montra le passage devant nous, puis un tournant à gauche. « C'est ici. »

En descendant quelques marches, on arrivait à un petit vestibule et à une porte noire, sans ornement ni inscription. C'est très rare sur le Vaisseau où tout le monde s'efforce de rendre son cadre de vie coloré, gai et personnel. Le Vaisseau est donc un endroit plutôt coloré. Une porte noire aussi nue et rébarbative que celle-ci ne pouvait être faite que pour décourager les passants d'entrer.

« Le sas qui mène à l'extérieur est dans la pièce derrière cette porte », nous expliqua Jimmy.

Il n'y avait ni bouton, ni poignée, ni verrou, ni serrure visible, rien qu'un petit trou destiné à introduire une clef électronique. Une fois introduite, ce genre de clefs émet un signal irrégulier d'une fréquence particulière qui ouvre la porte.

Attila et Jimmy s'y connaissaient un peu en électronique. Ils examinèrent soigneusement la porte.

« C'est une serrure symbolique », dit Attila au bout d'un moment.

– Qu'est-ce que c'est ? » demandai-je. Nous nous étions réunis en demi-cercle autour des deux garçons et de la porte.

« Cette serrure sert simplement à maintenir la porte fermée et à rappeler aux gens qu'elle doit le rester, et c'est tout. Je suis certain que je pourrai l'ouvrir au bout d'un ou deux essais.

– Tu penses que tu pourras l'ouvrir d'ici samedi prochain ? demanda Jimmy.

– Absolument !

– Alors, fixons le départ pour ce jour-là. Helen ? Tu fais équipe avec Attila. Tu feras le guet pour vérifier qu'il ne se fasse pas prendre la main dans le sac et que tout soit fichu. »

Puis, il se tourna vers moi et les deux autres. « Allez, venez. Nous allons essayer de trouver des combinaisons.

– J'aimerais venir aussi, dit Helen. Je ne voudrais pas tout rater ! »

Un fait intéressant me frappa : de nous tous, Jimmy était le plus petit, et pourtant il n'avait aucun mal à dominer le groupe quand il le voulait. Ce doit être vrai ce qu'on dit sur la disposition naturelle au commandement.

« Il faut que quelqu'un fasse le guet, dit-il. De toute façon, tu seras là quand nous sortirons. La seule chose que tu rateras, c'est quand on empruntera les combinaisons. »

Pour aller vers la Recyclerie, qui était notre but, il nous fallait traverser l'Ingénierie. Cela nous évitait un long détour. Nous devions faire vraiment beaucoup de bruits, car, alors que nous traversions le couloir principal des bureaux, une vieille femme surgit soudain de l'un d'eux derrière nous.

« Attendez un moment, vous ! » s'écria-t-elle.

Nous nous retournâmes vers elle. Elle était âgée, petite, trapue, les cheveux blancs, et elle avait visiblement dépassé la centaine. Peut-être était-elle aussi vieille que M. Mbele. Elle avait aussi l'air particulièrement aigrie.

« Qu'est-ce qui vous prend de faire tout ce bruit ici ? Vous ne savez peut-être pas, mais notre travail est important par ici »

Mal à l'aise, Jimmy expliqua que nous avions simplement pris ce raccourci pour aller à la Recyclerie et que nous ne pensions déranger personne.

« Ce n'est pas une autoroute ! poursuivit-elle. Si vous n'avez rien à faire à l'Ingénierie, vous ne devriez pas être ici. Vous ne savez pas le bien que ça fait de marcher un peu, les enfants. Et qu'allez-vous faire à la Recyclerie ? »

Jimmy et moi nous tenions juste derrière Venie et Riggy, mais sa question s'adressait à Jimmy.

« C'est pour un travail que nous avons à faire à l'école, répondit-il.

– Exactement », je renchéris.

Son regard glissa vers Venie et Riggy. « Et vous deux ? »

Au lieu de donner la réponse qui s'imposait, Riggy dit : « On est venus les accompagner.

– Fort bien, dit la vieille dame sèchement. Vous deux, là, vous pouvez passer, mais ne revenez pas. Quant à vous deux, retournez sagement chez vous. »

Venie et Riggy nous jetèrent un regard impuissant, mais ils firent demi-tour et revinrent à contrecœur sur leurs pas. En fait, la vieille dame n'avait aucun droit de leur interdire de passer, mais elle était si autoritaire et son ton avait été si incontestable qu'aucun de nous n'osa dire quoi que ce soit. Jimmy et moi nous hâtâmes de partir avant qu'elle ne change d'avis. Elle resta plantée là pour s'assurer que nous lui obéissions. Il y a des gens qui aiment être désagréables, cela leur donne un sentiment de supériorité.

La Recyclerie avait une odeur vraiment particulière. En fait, la Recyclerie et la Réparation sont de petites enclaves prises dans l'Ingénierie. Dans l'Ingénierie, il y a un tas de bureaux, d'énormes machines et d'importants projets en voie de réalisation. La Recyclerie et la Réparation se trouvent tout en bas de l'échelle, elles n'ont pas autant de personnels, ni les mêmes ressources ni la même organisation. La Recyclerie consiste principalement en une grande salle désordonnée, bourrée d'allées, d'étagères, de bancs et de tables ; le tout régnant dans un agréable désordre. On avait l'impression que l'on pouvait fouiller pendant des semaines voire des mois en faisant toujours de nouvelles découvertes passionnantes. Et par-dessus tout, il y avait cette odeur, l'odeur la plus intrigante et mystérieuse que je connaisse. L'odeur seule était suffisante pour avoir envie de passer tout son temps libre dans cette salle.

Nous jetâmes un coup d'œil avec prudence. Deux techniciens travaillaient et s'agitaient.

« Viens, me souffla Jimmy. Je sais qu'ils ont des combinaisons ici. Elles sont sans doute enfermées quelque part. Il va falloir fouiller partout. »

Nous engageant chacun dans une allée différente, nous commençâmes à regarder tout autour de nous, en essayant de prendre un air aussi naturel que possible. J'étais en train d'examiner un tas de jouets cassés lorsque Jimmy me prit par le coude, me faisant sursauter.

« Désolé ! me fit-il. Je les ai trouvées. Elles sont deux allées plus loin et elles sont en libre accès. Elles sont simplement suspendues à un cintre.

– Comment sais-tu qu'on peut les utiliser sans danger ? » Je retournai une poupée cassée avec mon pied. « Si elles sont comme ça, autant abandonner.

– Non, non, elles ne sont pas là pour être réparées, insista Jimmy. Ce sont celles qu'ils mettent quand ils doivent sortir. Elles sont encore scellées de la dernière expédition à l'extérieur. Le seul problème est de savoir comment les sortir d'ici sans être vus. Oh, attention ! »

Je me retournai. Au début de l'allée, un jeune technicien souriant, aux cheveux gris souris, venait vers nous.

« Eh bien, qu'est-ce que je peux faire pour vous, les enfants ?

– Je m'appelle Mia Havero, dis-je. Et voici Jimmy Dentremont.

– Salut, renchérit-il. Moi c'est Mitchell. » Il attendit, les sourcils levés.

Je sortis deux bouts de papier pliés de ma poche et, avec hésitation, je déclarai :« Je ne sais pas si vous pourrez nous aider. Ce n'est peut-être pas le bon endroit.

Jimmy ne dit rien et me regarda faire.

« Nous verrons bien. Qu'est-ce que c'est ? »

Je lui montrai les dessins que Jimmy et moi avions faits à Lev, et que j'avais récupérés. Je lui expliquai le rapport avec nos noms.

« Évidemment, ce sont des brouillons, expliquai-je. Nous voudrions les dessiner mieux, puis en faire des pin's pour les épingler à nos vêtements.

– Hmmm,dit M. Mitchell. Oui, ça me paraît faisable. Ce n'est pas exactement notre domaine, mais c'est une bonne idée. Je pense pouvoir vous aider. Que penseriez-vous de pin's en céramique ?

– Ce serait formidable ! s'exclama Jimmy. On pourrait venir les faire un samedi matin ?

– Le samedi, il n'y a généralement qu'un seul technicien de garde, mais je suppose que…

– On pourrait venir samedi prochain ? dis-je. Demain, on a un match de foot assez important, on ne peut vraiment pas le rater.

– Oui, ça ira, dit M. Mitchell. Je m'arrangerai même pour être de garde ce jour-là, comme ça je pourrai vous aider. »

Après l'avoir remercié, nous repartîmes. En chemin, Jimmy me dit : « Eh bien, on peut dire que tu sais mentir. Comment t'est venue l'idée ?

– Laquelle ?

– Le match.

– Je ne l'ai pas inventée, m'amusai-je. J'étais censée te le dire : on organise un match demain.

– Ah ! dit Jimmy. En fait, tu n'es peut-être pas aussi bonne menteuse que ça. »

10

Le match de football au quartier Roth se termina par 5 buts à 3. Attila, Venie et moi étions dans l'équipe perdante.

Pendant la semaine qui suivit, nous fîmes nos préparatifs. Après quelques heures, Attila avait si bien travaillé sur la porte qu'il lui suffisait presque de la regarder pour qu'elle s'ouvre – à en croire Helen, du moins. Attila prit un air réjoui et ne la contredit pas.

Notre plan pour emprunter les combinaisons était également en bonne voie. Jimmy dessina une carte indiquant à Venie et Riggy où elles étaient rangées.

« Samedi, il y n'aura qu'un technicien, précisa-t-il, et il sera occupé à nous aider, Mia et moi. Il vous suffira de vous faufiler sans vous faire remarquer. Ensuite, nous vous rejoindrons dès que possible dans la chambre du sas. »

Comme j'avais du temps libre, contrairement à Jimmy, j'emmenai Venie et Riggy à la Recyclerie pour leur montrer les lieux en vitesse. M. Mitchell était dans le fond, et je m'arrangeai pour qu'il ne nous aperçoive pas. Nous entrâmes très vite ; je leur montrai où les combinaisons étaient rangées, et nous ressortîmes tout aussi vite, le tout en à peine vingt secondes. Sur le trajet du retour, toutefois, la vieille dame nous arrêta à l'Ingénierie et nous fit de nouveau un sermon. Elle avait placé son bureau de façon à pouvoir voir quiconque passait dans le couloir – sans doute dans l'unique but d'exterminer ceux qui n'avaient rien à y faire. Son nom, bien en évidence sur son bureau, était Keithley. Elle faisait plus que m'effrayer. Elle me terrorisait. Dès qu'elle eut le dos tourné, nous décampâmes tous les trois.

« Surtout, ne passez pas ici quand vous aurez les combinaisons, leur dis-je. Pensez à ce qui se passerait si jamais elle vous arrêtait. »

Riggy pâlit et secoua la tête.

« Je ne vois pas pourquoi elle nous a arrêtés. Nous ne faisions pas de bruit cette fois ! » protesta Venie. Elle promit néanmoins de faire un détour quand ils auraient les combinaisons.

La vie est parfois injuste, je suppose.

En vérité, il n'y avait pas que la vieille dame qui me faisait peur. L'idée de sortir du Vaisseau ne me plaisait pas tellement et plus j'y pensais, moins je l'aimais. Le Vaisseau va plus vite que la lumière (cette bonne vieille barrière d'Einstein) en devenant discontinu (les équations de discontinuité de Kaufmann et Chambers). Je sais que l'idée de se tenir à l'extérieur du Vaisseau et de regarder le néant dans les yeux excitait Jimmy, mais ce n'était pas mon cas. Apparemment, c'est dans ma nature d'avoir des doutes, et ils m'assaillirent tous en même durant cette semaine. Comme il était trop tard pour changer d'avis sans passer pour une idiote, je n'en dis rien aux autres, mais je commençais vraiment à regretter d'avoir prononcé le mot « aventure ».

Peut-être Riggy avait-il raison : si l'on veut agir sur le coup d'une impulsion, il faut le faire immédiatement pendant que l'idée est encore claire et fraîche, sans se donner le temps d'y réfléchir.

« Alors qui a gagné cette partie de foot ? » nous demanda M. Mitchell en nous guidant à travers un dédale d'objets à réparer, en voie de réparation, réparés, et que sais-je encore.

– L'équipe de Jimmy, dis-je. La mienne a perdu. C'est vraiment gentil à vous de nous aider.

– Oh, non, ce n'est rien. Nous y voilà. Voici le four à céramique où l'on cuit les pièces terminées. Du cuivre… pour la base, puis une couche d'émail et on ajoute de la peinture là-dessus. On peut faire un ou deux essais, pour commencer. »

Tout en parlant, il pointa du doigt chacun des éléments ; il semblait sincèrement content de nous aider. En partie, sans doute, parce que c'est agréable d'aider des enfants pleins d'enthousiasme et parce que j'étais une petite fille plutôt mignonne, mais aussi parce qu'il aurait le plaisir d'utiliser le four et de faire des bijoux. Pour moi, les pin's n'étaient qu'une excuse, même si l'idée de les créer m'intriguait et que le processus m'intéressait. Je ne suis pas une bricoleuse pour autant. Jimmy et M. Mitchell l'étaient, eux ; ils faisaient partie de ceux qui aiment toucher à tout pour voir ce que ça donnera, et ils s'entendaient très bien.

Nous commençâmes par découper la forme de l'écusson dans le cuivre, puis par améliorer nos dessins, avant de prévoir les couleurs que nous utiliserions. Peu à peu, je me vis reléguée à l'arrière-plan ; Jimmy organisait et faisait tout le travail sur les bijoux, pendant que M. Mitchell, penché par-dessus son épaule, le conseillait. Cette configuration se mit en place après le premier essai, qui n'avait pas été particulièrement concluant, surtout le mien.

La première fois que j'avais vu Jimmy Dentremont, il était en train de bricoler, ou si ce n'était pas le cas, c'est ainsi que je m'en souviens de toute manière. Il était doué pour cela, d'ailleurs, et couplé avec son enthousiasme, sa légère myopie mentale et son désir de dominer, il se laissait parfois emporter. Ce n'était pas la première fois qu'il me reléguait au second plan. Je n'aimais pas particulièrement ça. Cela faisait partie des choses qui me faisaient douter, en dehors de notre partenariat obligatoire, si je *l'aimais* bien ou pas.

Aujourd'hui, cela m'importait relativement peu, car nous poursuivions un but plus important, et ça n'entraîna chez moi qu'une légère irritation. Mais, quand même, il n'était pas très agréable d'avoir à se hausser sur la pointe des pieds rien que pour voir ce qui se passait. Au moins, puisque je n'avais rien d'autre à faire à part observer, j'en vis plus que Jimmy ou que M. Mitchell.

Lorsque la seconde série de pièces fut dans le four, je poussai Jimmy du coude, et dis : « Je crois qu'il doit être l'heure du déjeuner, M. Mitchell. »

« Hmmm ? » répondit à peine Jimmy, trop occupé à surveiller son four. En fait, il était encore un peu tôt pour déjeuner, et Jimmy était assez perspicace pour s'en rendre compte. Il était surtout tellement occupé par ce que nous faisions qu'il en oubliait la raison de notre présence ici. Je lui donnai un autre coup de coude pour lui rafraîchir la mémoire.

« Nous pourrions aller manger et revenir après pour voir ce que ça a donné », proposai-je.

Jimmy eut le bon sens d'acquiescer.

M. Mitchell sembla un peu surpris, surtout parce que lui et Jimmy avaient travaillé côte à côte, ne pensant à rien d'autre, et que soudain Jimmy laissait tout tomber et se montrait pressé de s'en aller. Il finit par déclarer : « Oh, d'accord. Très bien ».

Lorsque nous nous fûmes un peu éloignés dans le couloir, Jimmy me souffla : « La semaine dernière, ce que j'ai dit sur toi et les mensonges… oublie. Mon dieu qu'elle est nulle ton excuse : "aller déjeuner".

– Ah oui ? Tu n'as apparemment rien trouvé de mieux », dis-je, pincée. J'accélérai le pas de manière déterminée, assez en tout cas pour que Jimmy remarque ma cadence. Je partis devant et il dut courir pour me rattraper. C'était mon rythme qui sous-entendait « je peux aussi m'impliquer, je ne suis pas qu'une figurante, merci bien. »

« Qu'est-ce qui te prend ? demanda Jimmy. Je ne voulais pas te vexer.

– Ce n'est pas ça, dis-je.

– Quoi, alors ?

– Rien. » Puis j'ajoutai : « Ils ont pris les combinaisons il y a plus d'une demi-heure. Venie m'a fait signe en partant. Vous aviez tous les deux la tête dans vos pin's.

– J'espère qu'ils ont pris les plus petites », dit Jimmy.

Soudain, je mis ma main sur son épaule et le forçai à s'arrêter. « Attends deux secondes. Nous ferions mieux de revenir en arrière pour faire le tour. » Je fis un geste vers le couloir en face de nous. « Je ne veux pas me faire de nouveau engueuler par cette vieille sorcière. »

Jimmy prit une expression malicieuse et me dévisagea. Cette expression lui va particulièrement bien, avec ses cheveux roux et ses oreilles proéminentes.

« Tentons le coup, dit-il. Allons-y en courant, et, si elle sort, on ne s'arrête pas. »

C'était sans doute un bon jour pour être impulsive. Le couloir s'étendait devant nous comme un défi. La porte du bureau de Mme Keithley était ouverte, et nous étions suffisamment loin pour prendre de l'élan avant qu'elle ne nous voie. Nous avions environ trente mètres à parcourir, ensuite un tournant à gauche nous cacherait à sa vue et nous laisserait hors de portée.

« D'accord ! » Me sentant comme la petite Susy Dangerfield et ses cheveux blonds, traversant les rangs des braves et hostiles Iroquois, je commençai à sprinter. Jimmy se maintint à ma hauteur, sur ma gauche et nous fonçâmes. Quand nous passâmes devant le bureau de la vieille dame, je jetai un coup d'œil à l'intérieur du bureau, mais je ne la vis pas.

Jimmy me dépassa d'une bonne enjambée au moment où nous arrivions au tournant.

« Hé ! ralentis ! haletai-je. Elle n'est même pas là. »

Il se retourna vers moi tout en prenant le tournant et, sans avoir eu le temps de ralentir, entra en collision avec quelqu'un. Jimmy rebondit contre le mur, sans tomber. Je réussis à m'arrêter dans un beau dérapage et regardai à mes pieds. C'était Mme Keithley, avec ses cheveux blancs et tout, assise sur le derrière avec une expression de dignité outragée. Elle leva la tête vers moi.

« Bonjour, dis-je. Belle journée, n'est-ce pas ? » Je l'enjambai et continuai mon chemin d'un pas lent et digne le long du couloir.

Jimmy mit un moment à reprendre ses esprits, puis, il fit ce qui s'imposait et déclara poliment à la chère vieille dame : « Enchanté de vous revoir », avant de me suivre. Lorsque Jimmy m'eut rejointe, je risquai un coup d'œil derrière nous. Puis nous nous remîmes à courir tandis qu'elle nous regardait, muette de stupéfaction.

Une fois à bout de souffle et hors de vue, nous nous arrêtâmes et nous jetâmes, haletants, sur l'escalier au bout du couloir. Puis nous éclatâmes de rire, en partie par soulagement et en partie aussi parce que toute cette situation était particulièrement drôle.

Lorsque j'eus enfin retrouvé mon souffle et mon calme, je regardai Jimmy avec sérieux : « Je ne sais pas pour toi, mais personnellement, je crois que je prendrai le chemin le plus long à partir de maintenant.

– Oui, ça me paraît assez évident, commenta Jimmy.

– Oui, bon, Je ne suis pas très courageuse.

– Oh, aucun reproche. Moi aussi, je serai prudent. »

Helen nous attendait dans le couloir, devant la chambre du sas. Après s'être assurée que personne n'arrivait d'un côté ou de l'autre, elle s'avança vers la porte et frappa d'une manière très spécifique. Il s'agissait clairement d'un signal, et non d'un simple coup frappé par un passant lambda avec un désir inexplicable de toquer aux portes noires. La porte s'ouvrit instantanément et nous nous entassâmes tous à l'intérieur. Att se tenait derrière la porte, il la referma précipitamment dès que nous fûmes tous complètement entrés.

C'était une petite pièce aux murs nus de couleur verte. La porte du sas faisait directement face à celle que nous venions d'emprunter. Les combinaisons étaient suspendues à des crochets apparemment destinés à cet usage.

Jimmy regarda tout cela avec satisfaction. « Bien, dit-il. Très bien. Allons, Mia, enfilons les combinaisons. »

Je regardai Venie, Helen, puis Att, et demandai : « Où est Riggy ? »

Ce fut Att qui me répondit : « Je n'ai pas réussi à l'en dissuader. Il avait amené une combinaison de plus. Vous savez qu'il avait très envie d'aller dehors, lui aussi. Eh bien, il l'a fait. »

Jimmy paraissait très mécontent : « Tu n'aurais pas pu l'en empêcher, Venie ? Tu aurais pu vérifier qu'il ne prenne pas une combi supplémentaire.

– Si tu voulais qu'une seule combinaison pour vous deux, j'aurais pu l'empêcher d'en prendre une troisième, effectivement, dit Venie sur la défensive. Et il a dit qu'il avait autant le droit de sortir que vous.

– Vous savez comment il est, ajouta Att. On lui a dit que c'était une mauvaise idée, mais il n'a rien voulu entendre.

– Mince,dis-je.

– Il a dit qu'il voulait vous faire une "surprise", renchérit Helen.

– Apparemment, constata Jimmy, non sans aigreur. Bon ! Dépêchons-nous de terminer cette aventure. »

Il était clairement contrarié, mais il essayait tant bien que mal de nous le cacher. Ou peut-être essayait-il de montrer juste ce qu'il fallait de ses sentiments pour pouvoir prouver à quel point il était sympa. Il m'arrivait également d'avoir recours à ce stratagème.

Nous revêtîmes les combinaisons. Elles ressemblaient à peu près autant aux anciennes combinaisons pressurisées que l'on décrit dans les vieux romans que le Vaisseau à ce stupide voilier dans lequel j'avais eu le mal de mer. (Soit dit en passant, il me semble curieux que plus personne n'écrive de roman dans le Vaisseau – plus depuis très très longtemps. Tous ceux que je lis datent d'avant les Guerres de Population. Je ne sais même plus pourquoi j'aimais les lire, d'ailleurs. La plupart n'étaient objectivement pas très bons. Peut-être par désir d'évasion…) En tout état de cause, nos combinaisons étaient une application du principe de discontinuité sur lequel était également fondé le fonctionnement du Vaisseau. Pour utiliser une analogie (inexacte donc), souvenez-vous de cette vieille expression : retourner quelque chose comme un gant, c'est-à-dire mettre l'intérieur à l'extérieur. En ce qui concerne le Vaisseau en tout cas, l'effet de discontinuité retourne l'univers comme un gant pour mieux le contrôler. Un effet strictement local, mais qui rend le processus de se déplacer d'un point à un autre incommensurablement plus facile. Pour les combinaisons, l'effet de discontinuité fonctionne d'une façon quelque peu différente : elles constituent plutôt un petit univers clos et indépendant. Si j'en crois mes lectures, à l'origine elles avaient été inventées pour le combat ; elles faisaient partie d'un effort constant pour rendre les soldats invulnérables. Elles étaient donc légères et intégraient un système de renouvellement d'air, de production de chaleur et de climatisation, en plus d'être à l'épreuve d'absolument toutes les armes, des rayons laser aux projectiles en passant par l'épouvantable batterie des gaz de guerre. Il se trouva, bien entendu, que ces combinaisons furent bien plus utiles pour construire (des vaisseaux, notamment) que pour combattre. Sur le plan militaire, cela avait été un fiasco, bien sûr (tous ceux qui avaient combattu sur Terre dans une de ces combinaisons étaient morts depuis longtemps), mais dans leur usage pacifique, elles avaient été particulièrement utiles, et l'étaient d'ailleurs toujours, comme vous pouvez le constater.

Ouvrir le sas sur l'extérieur spatial était la simplicité même. On commence par appuyer sur un bouton de priorité, pour ne pas être gêné par quelqu'un arrivant de l'autre côté. Pour sortir, on laisse l'air entrer dans le sas avant d'y entrer nous-même, puis on chasse l'air et on sort à l'extérieur. Pour rentrer, c'est le processus inverse : on purge tout l'air du sas (s'il y en a), on entre dans le sas pour le remplir à nouveau d'air. Comme Riggy avait purgé toute l'air du sas en sortant juste avant nous, nous verrouillâmes les commandes (ce qui assurait également la fermeture absolue de la porte extérieure) et nous laissâmes l'air entrer dans le sas.

Alors que nous entrions, Att déclara : « Ne soyez pas trop fâchés contre Riggy. Attendez au moins de vous retrouver tous en sécurité ici. »

Jimmy fit un signe de la tête, et nous entrâmes dans le sas, pendant que les autres nous souhaitaient bonne chance. Pour être tout à fait honnête, dans l'état où étaient mes nerfs, ces souhaits ne me parurent nullement superflus. Pour cette même raison, je restai quasiment entièrement silencieuse, ce qui ne me ressemblait guère. La porte se referma derrière nous, et la petite pièce si vide et joyeuse ainsi que nos amis disparurent à nos regards.

Jimmy pressa le bouton et, pendant que l'air s'échappait en sifflant autour de nous, il me dit : « Quand Riggy apparaîtra pour nous faire "bouh !" ou je ne sais quelle autre farce stupide, fais semblant de ne pas le voir. Ignore-le totalement.

– D'accord », dis-je, car l'attitude de Riggy ne me plaisait pas du tout.

Le sas entièrement vidé de son air, Jimmy ouvrit la porte sous nos pieds. Comme nous étions au Premier Niveau, qui se trouvait être « en bas » selon le système d'orientation interne du Vaisseau, il fallait « descendre » encore davantage pour sortir. Jimmy se déplaça vers l'échelle. Elle me rappelait quelque chose, mais je ne savais pas quoi exactement.

« Passe devant », me dit-il.

Empoignant les premiers échelons, je commençai à descendre. Puis, je me souvins alors de deux autres échelles, celle du Sixième Niveau et celle qui menait au bateau. Oui. Foutues échelles. Arrivée à la moitié du tube, qui ne faisait guère que deux ou trois mètres de long, je fus soudain prise de vertige et mon estomac se souleva désagréablement. Je me rendis compte que j'étais étonnamment plus légère et que je me tenais sur la tête. La gravité interne du Vaisseau ne jouait plus à partir de ce point, et seule existait celle, bien plus faible, du petit astéroïde. De plus, le « bas » de l'espace était à l'opposé du « bas » à l'intérieur du Vaisseau, et j'étais en train de faire la transition de l'un à l'autre. J'avais donc la tête en bas tandis que mes pieds dépassaient du tube ; en faisant un minimum d'effort et grâce à la très faible gravité, je réussis à m'en sortir. Je me redressai d'un mouvement qui me donna davantage le vertige et je regardai autour de moi. Au-dessus de moi, il y avait un gris argenté vif et éblouissant, ponctué de points et de traînées d'un noir si profond qu'il en paraissait presque violet. Le regarder me faisait mal aux yeux et cela me fit penser à un négatif photo, même si ce gris avait une qualité vibrante qu'aucune photographie ne pourrait jamais égaler. C'était si douloureux qu'on avait envie de plisser les yeux et de se détourner, mais il n'y avait rien d'autre à voir. La surface rocheuse du Vaisseau avait également cette tonalité argentée inquiétante, en plus mate. Les rochers semblaient stériles, complètement morts, comme si personne n'y avait jamais mis les pieds ou ne reviendrait plus jamais. Un terrain de jeux du « jamais », à quelques mètres seulement du monde chaleureux, vivant et réel auquel j'étais accoutumée, une tout autre dimension.

Comme pour confirmer cette autre dimension, les jambes de Jimmy apparurent soudainement du trou à côté de moi alors qu'il descendait. Je l'aidai. Il s'assit à mes côtés sur le bord du tube, comme pour recouvrer ses sens et, tout comme je venais de le faire, il regarda autour de lui.

Près de nous, sans doute pour marquer la localisation du sas, se dressait un pylône de trois mètres de haut, sur lequel était inscrit un numéro d'identification accompagné d'un petit panneau de commandes et d'un écriteau portant une inscription absurde – sans doute une plaisanterie faite par un homme mort depuis longtemps – qui proclamait en majuscules maladroitement tracées à la main : DÉFENSE DE MARCHER SUR LA PELOUSE ! Je fus parcouru d'un frisson en la lisant. Je ne saurais dire si c'était le fait qu'il s'agissait d'une inscription probablement très ancienne, l'atmosphère étrange qui nous entourait, le tournis dont je souffrais ou un mélange des trois.

Nous regardions silencieusement autour de nous lorsque Jimmy me demanda : « Qu'est-ce que c'est ? »

Il me montrait une ligne de tubes géants émergeant du chaos rocailleux, au loin, au-delà du pylône, semblables à des canons pointés sur l'univers. Ils ne devaient pas être tellement éloignés, au vu de l'irrégularité de la surface du Vaisseau et de la proximité de l'horizon.

« Sans doute les tubes d'éjection des vaisseaux d'exploration, dis-je. Je ne pensais pas que nous étions aussi près de la baie d'exploration.

– Ce doit être ça », me répondit Jimmy.

La distorsion qui affectait tout ce qui nous entourait agissait également sur Jimmy. « Tu n'as pas bonne mine », dis-je, en observant son visage à travers son casque.

– Je ne me sens pas bien. J'ai la nausée. Toi non plus, tu n'as pas l'air bien.

– C'est la lumière », répliquai-je, mais ce n'était pas vrai. Le vertige me donnait envie de vomir et je priai pour que ça n'arrive pas ici, dans la combinaison. Je finis par demander : « Où est Riggy ? Il aurait dû se montrer depuis le temps.

– Il y a d'autres sas. Il en a peut-être emprunté un pour qu'on se mette à le chercher pour rien, répondit Jimmy en regardant lentement autour de nous.

– Peut-être, mais on devrait quand même le chercher je pense.

– Peut-être qu'il se cache ? C'est peut-être ça, sa surprise. »

Dans tout ce désordre rocailleux, il aurait été vraiment difficile de le retrouver s'il avait vraiment décidé de se cacher. Il n'aurait été qu'une bosse parmi d'autres.

Nous ne tardâmes pas à connaître la réponse à nos questions.

« Qu'est-ce que c'était ? s'exclama Jimmy.

– Quoi ? » Le bruit se répéta, et cette fois, je l'entendis : une sorte de rot horrible. J'avais pourtant réglé au minimum le son de ma combinaison, mais même ainsi, le bruit vrillait mes oreilles. Mon estomac se souleva et je dus faire un effort surhumain pour ne pas vomir à mon tour. Ma tête se mit à tourner de plus belle.

« Où es-tu, Riggy ? appela Jimmy.

– Je ne le vois nulle part. »

Riggy ne répondit pas, mais on l'entendit vomir bruyamment de nouveau. On peut dire que je le trouvais de moins en moins sympathique. Jimmy s'accroupit pour prendre son élan et fit un bon dans les airs. À cause de la faible gravité, il monta à une hauteur phénoménale, quinze mètres, peut-être plus. Il redescendit lentement et se posa en douceur. « Je ne l'ai pas vu, Mia. Rien du tout. Écoute, fais une cinquantaine de pas vers le tube du milieu là-bas pour tenter de le trouver. J'en ferai autant dans la direction opposée. On décrit chacun un demi-cercle dans le sens des aiguilles d'une montre. »

J'avançai en trébuchant sur les roches vers les énormes tubes, faisant des bons de manière irrégulière et glissant quelquefois. Les borborygmes que Riggy continuait d'émettre en vomissant ne m'aidaient pas du tout. J'aurais bien voulu couper le son, mais cela m'aurait empêchée d'entendre Jimmy. Arrivée à peu près à la distance convenue, je commençai à décrire mon demi-cercle.

« Tu es prête, Mia ? me demanda Jimmy.

– J'ai déjà commencé.

– Riggy, reprit la voix de Jimmy. Si tu ne veux pas être abandonné ici, tu ferais mieux de te lever et de faire du mieux que tu peux pour qu'on te trouve ! »

À ce moment-là, tout ce que je voulais faire se résumait à fermer les yeux pour ne plus voir cette couleur argentée, m'asseoir, et soulager ma tête qui continuait de tourner (mes yeux commençaient à me faire mal et mes oreilles à bourdonner), tout en me concentrant pour calmer les nausées. Cela me faisait penser à mon équipée en voilier, mais en bien pire. Je continuai à marcher automatiquement, mes pieds n'allaient pas exactement où je voulais et mon demi-cercle était plutôt approximatif. J'essayai en même temps de me repérer, de chercher Riggy et d'avancer, sans rien faire vraiment correctement. Je suis intimement convaincue que l'arme ultime consisterait en un petit objet qu'il suffirait de pointer sur son adversaire pour lui faire perdre complètement le sens de l'équilibre. Il ne pourrait que s'effondrer par terre pour vomir. Le concept d'héroïsme deviendrait alors complètement obsolète.

Malgré la faible gravité, j'avais du mal à me mouvoir. En sautant d'un rocher à l'autre, il m'arrivait de glisser, de m'emmêler les pieds et d'atterrir la tête la première dans un creux que j'avais pris pour une roche. Sous une gravité normale, et sans la protection d'une combinaison, je me serais sans doute assez gravement blessée. En réalité, je ne faisais que tomber. On pouvait certainement faire des bonds fantastiques ici, à condition de s'entraîner un peu au préalable, et surtout de ne pas souffrir de ce vertige déstabilisant, sinon cela n'en valait pas la peine. Je restai immobile, roulée en boule contre un rocher qui ressemblait de façon frappante à une sculpture particulièrement hideuse qu'avait faite ma mère – un buste tordu de Lemuel Carpentier en personne. Seul le nez avait des proportions à peu près correctes, et malheureusement, ce n'était pas son plus bel attribut. Il n'avait pas apprécié. Comme l'immobilité ne soulageait nullement mon mal de tête, je me forçai à me remettre debout.

Ce fut alors que j'aperçus Riggy. Il était agenouillé, ou bien debout. Il se tenait derrière une formation rocheuse conique qui nous l'avait caché jusqu'ici. Il vomissait toujours.

« Je l'ai trouvé ! » annonçai-je à Jimmy, puis, comme cela n'avait plus d'importance, je coupai la réception pour soulager mon estomac.

Je regardai à peine Riggy. Je ne voulais surtout pas le voir. Je l'aidai à se mettre debout, et je m'aperçus que, en faisant bien attention où je mettais les pieds, je pouvais le porter sans trop de mal. Je ne pensais qu'à une chose : atteindre le pylône. Enfin, Jimmy arriva et m'aida.

Nous déposâmes Riggy près du sas et Jimmy actionna les commandes fixées sur le pylône pour que nous puissions à nouveau entrer dans le Vaisseau.

« Entre d'abord, dis-je à Jimmy, et je le pousserai vers toi à l'intérieur. »

Il entra, la tête la première dans le trou, et disparut rapidement. J'attendis une minute, puis je poussai Riggy à l'intérieur en le tenant par les chevilles. Pendant un moment, j'eus exactement la sensation que l'on a lorsqu'on essaie de rapprocher les mêmes pôles de deux aimants : Riggy, inerte, flottait dans une sorte de no man's land. Puis, Jimmy l'attrapa et il disparut. Je le suivis.

Lorsque nous fûmes tous trois dans le sas, Jimmy le laissa s'emplir d'air. Dès que les pressions se furent égalisées, la porte intérieure s'ouvrit. J'avais déjà ôté le casque de ma combinaison. Juste à temps d'ailleurs, car, une fois la porte ouverte, je n'avais pas fait deux pas que je vomissais tout le contenu de mon estomac. C'était, dans un sens, un soulagement considérable.

Jimmy et moi étions restés dehors vingt minutes, Riggy, quarante. Nous recouvrîmes notre équilibre en quelques minutes, mais Riggy ne pouvait rien faire d'autre que de rester assis, misérable, la tête dans les mains.

Lorsque je vomis, Venie regarda par terre, puis déclara : « Faudra que tu nettoies parce que moi, je ne le ferai pas. » Elle en avait apparemment assez de faire la sale besogne dans cette aventure, et je ne pouvais pas vraiment lui en vouloir. Je n'en avais pas la force de toute façon. Je me contentai de rester assise, les yeux fermés, et d'apprécier le fait d'être à nouveau dans le monde réel, Venie y compris.

Jimmy, Riggy et moi étions assis et les autres commencèrent à nous bombarder de questions. Jimmy leur raconta ce que nous avions vu.

Riggy proposa d'une voix faible : « Si quelqu'un veut y aller, je lui passe ma combinaison.

– Personne ne pourrait l'utiliser dans l'état où elle est », fit très justement remarquer Helen. Même s'il avait arrêté d'être nauséeux, Riggy et l'intérieur de sa combinaison n'étaient pas beaux à voir.

« Bien, dit Jimmy. On ferait mieux de les remettre en état, puis d'aller les rapporter. »

Nous aidâmes Riggy à enlever sa combinaison, et Venie fut chargée de le raccompagner chez lui. Helen et Att la nettoyèrent pendant que Jimmy et moi nous occupions du sas. Je ne sais pas comment Jimmy fit pour résister à la nausée durant tout ce temps. Une constitution de fer, comme on dit.

Lorsque tout fut nettoyé, nous chargeâmes Helen et Att de refermer la pièce du sas avant de rentrer chez eux. Je ne m'étais jamais rendu compte que les aventures exigeaient tant d'efforts, tant de préparation et tant de nettoyage à la fin. C'est une partie des aventures qu'on ne voit pas dans les romans. Qui achète la nourriture et la prépare, qui fait la vaisselle, garde le bébé, étrille les chevaux, nettoie les fusils, enterre les corps, raccommode les vêtements, noue la corde à l'endroit exact où le héros en aura besoin, sonne du clairon, polit les médailles, ou meurt de manière admirable, tout ça pour que le héros puisse vivre son destin de héros ? Et qui le finance ? Cela ne signifie pas que je ne crois pas aux héros, seulement, ou bien ce sont des parasites, ou bien ils passent la majeure partie de leur temps à préparer leurs petites aventures, et non à y prendre plaisir.

Le fait de nettoyer nous-mêmes les dégâts, sans compter la tournure fâcheuse que les événements avaient prise, nous avait ôté toute envie de jouer aux héros. Portant négligemment les combinaisons sous le bras, Jimmy et moi prîmes congé d'Att et d'Helen, et nous nous mîmes en route vers la Recyclerie. Les choses s'étaient si mal passées que la suite était sans doute prévisible. En chemin, nous tombâmes sur George Fuhonin. Ce fut encore une fois une surprise inévitable au détour d'une allée, bien que cette fois, aucun de nous ne lui rentra dedans. Nous fîmes tout simplement irruption si près de lui que nous n'avions aucun moyen de dissimuler les combinaisons ou de nous cacher.

« Salut, Mia ! dit-il en me voyant apparaître.

– Salut, répondis-je. Que faites-vous ici ? »

Jimmy leva la tête vers le géant avec une telle surprise que je précisai : « C'est George Fuhonin. Il pilote un vaisseau d'exploration. » À voix basse, j'ajoutai : « C'est le pilote de papa.

– Ah », fit simplement Jimmy.

– C'est justement vous que je cherchais, dit George en s'approchant davantage. Je pense, du moins. J'assure le service de surveillance, aujourd'hui, et j'ai reçu une plainte de Mme Keithley, à l'Ingénierie, contre deux petits jeunes, un rouquin avec des oreilles en chou-fleur – ça doit être vous, ajouta-t-il en désignant Jimmy – et une jeune fille brune très mal élevée. Je n'essaye même pas de deviner qui correspond à cette description, continua-t-il en me fixant malicieusement. Il vaudrait sans doute mieux aller dans un endroit où l'on pourrait parler et vous pourrez en profiter pour m'expliquer ce que vous faites avec ces combinaisons.

– Nous allions les rapporter », dis-je.

George nous regarda d'un air perplexe.

Je vous passerai les détails des conséquences qui s'ensuivirent. M. Mitchell fut sincèrement blessé de voir que nous nous étions servis de lui. Je le vis bien à son air, lorsqu'il nous donna les pin's, qui étaient d'ailleurs très bien réussis.

Cela se passait dans le bureau de papa. Il avait convoqué une petite réunion avec M. Mitchell, Mlle Brancusik, la materne de Jimmy au dortoir, et M. Mbele. Ils étaient assis d'un côté de la pièce et Jimmy et moi leur faisions face de l'autre côté. Mme Keithley n'était pas là, Dieu merci ! L'atmosphère était assez désagréable comme ça.

On parla d'elle toutefois : on nous demanda de l'éviter rigoureusement à l'avenir. Je voyais bien que M. Mitchell avait été blessé par nos actions, sans comprendre réellement pourquoi. On nous mit alors les points sur les « i ». J'avais uniquement considéré les choses de mon point de vue : il était un obstacle à notre plan et il aurait pu nous empêcher de l'exécuter si nous lui avions simplement demander les combinaisons. Je n'avais pas du tout considéré son point de vue à lui. Que nous nous étions servis de lui comme on se sert d'un mouchoir jetable. J'ai toujours eu tendance à penser davantage aux choses qu'aux gens, et j'ai du mal parfois à me mettre à leur place. Lorsque j'eus compris, je n'étais pas très fière de ce que j'avais fait et je pense que c'était exactement ce que papa voulait.

On ne nous demanda pas qui avait utilisé la troisième combinaison, mais on nous fit bien comprendre à quel point nous rendre à l'extérieur du vaisseau avait été dangereux et stupide.

« Vous pensez sans doute que je devrais être heureux de vous voir faire preuve de tant d'initiative, nous dit papa. Bien au contraire, et ce qui me préoccupe avant tout, c'est que votre sens de l'équilibre aurait pu être affecté de façon permanente si vous étiez restés dehors trop longtemps. Vous risquiez de ne plus pouvoir vous déplacer sans souffrir de vertiges. »

J'eus la nausée rien qu'à cette pensée.

Pour terminer, papa fixa ma punition : pendant un mois, interdiction de sortir. Pendant un mois, après le travail avec M. Mbele ou les cours de survie, je devais rentrer immédiatement à la maison et ne plus en sortir. Mlle Brancusik infligea immédiatement la même sanction à Jimmy.

Ce fut peut-être le mois le plus dur de ma vie. Rester cloîtrée dans ma chambre sans pouvoir en sortir. Rester assise à la maison alors que les autres étaient libres d'aller et venir, de jouer au foot, de danser le soir, ou bien de traîner tous ensemble dans la salle commune et que Jimmy et moi devions pointer chez nous. D'un autre côté, ce ne fut pas une expérience entièrement négative. Par exemple, cela me donna le temps de réfléchir à mes défauts. Je n'y pensais pas exactement en ces termes, certes, mais je résolus fermement de ne pas être plus stupide qu'il n'était strictement nécessaire de l'être – ce qui, en fait, revenait au même. Et aussi, puisque nous étions tous deux enfermés chez nous, Jimmy et moi discutâmes longuement à la vid, ce qui nous permit de mieux nous connaître.

Une fois notre mois de pénitence terminé, la première chose que nous fîmes fut d'aller à la Recyclerie, (en prenant bien soin d'éviter Mme Keithley) afin de présenter nos excuses à M. Mitchell. Ce fut l'une des choses les plus difficiles que j'ai faite de toute ma vie. Je ne mis mon pin's que lorsque je fus de nouveau en bons termes avec lui. Pas avant.

11

À l'automne, la Première classe partit pour l'Épreuve, et notre groupe fut automatiquement promu de la Sixième à la Cinquième, tandis qu'un nouveau groupe commençait l'entraînement. Au cours de ces mois d'automne, alors que nous approchions de la fin de nos six mois d'entraînement, nous fêtâmes l'un après l'autre nos treize ans. Non seulement j'étais l'une des plus petites de la classe – cela m'importait peu, d'ailleurs, puisqu'être la mignonne petite Mia Havero aux cheveux brun n'était pas désagréable –, mais en plus je fus la dernière à atteindre mes treize ans. Ce fut, comme toujours, le samedi 29 novembre. L'un des avantages d'un calendrier fixe comme le nôtre est que vous pouvez toujours au moins compter sur ça.

Pour mon anniversaire, ma mère se déplaça spécialement pour venir nous voir – enfin, disons qu'elle passa la journée avec papa. Elle me fit cadeau d'une de ses sculptures, et je la remerciai poliment. Sans trop savoir pourquoi, elle n'apprécia pas mes remerciements, et pourtant je les avais prononcés avec beaucoup de gentillesse, je vous assure, mais elle quitta la pièce.

Papa, qui n'était pas toujours aussi occupé ou préoccupé qu'on pourrait le croire, avait préparé quelque chose qui m'étonna. Il avait demandé à la bibliothèque d'effectuer des recherches dans toutes leurs archives, et on lui avait envoyé pas moins de cinq enregistrements de tin whistle. Croyez-moi ou non, mais il y eut un temps dans ma vie où je pensais sincèrement que moi seul disposais des livres d'Andrew Johnson, que personne ne les connaissait même, et ce fut un véritable choc quand j'appris la vérité. Les enregistrements de tin whistle que papa me tendit ne me donnèrent pas cette impression de perdre quelque chose qui m'appartenait exclusivement, mais même dans mes rêves, je n'aurais jamais imaginé que quelqu'un ait pu enregistrer un tin whistle. Je remerciai papa et l'embrassai sur la joue. Plus jeune, je n'avais jamais réussi à être aussi démonstrative, mais comme bien d'autres choses, cela semblait plus facile depuis que nous étions à Géo.

Cependant, la plus grande surprise vint de Jimmy D. Il m'invita à aller au théâtre avec lui. Il le fit avec une certaine timidité, ce qui m'étonna de sa part. J'avais toujours pensé qu'il me considérait au mieux comme un frère d'armes, en tout cas certainement pas comme une fille.

La pièce se jouait dans l'amphi qui servait aux réunions de l'Assemblée, et nous allâmes vraiment la voir sur place, au lieu de la suivre à la vid. C'était *l'École de la médisance,* de Richard B. Sheridan. Malgré mes mains toutes moites, ce qui ne m'était jamais arrivé à la maison et ce que je ne pouvais qu'attribuer au fait d'être particulièrement enchantée d'être là, la pièce me plut énormément.

Mon excitation dura toute la soirée. En me raccompagnant, Jimmy prit ma main et en toucha la paume avec un doigt.

« Ta main est moite », me dit-il.

Je levai la tête vers lui et fis un signe d'assentiment.

« La mienne aussi », dit-il, et il me la montra. Elle l'était, effectivement.

Alors, Jimmy m'embrassa. En dépit de tout ce que l'on dit, je fus surprise. Je n'aurais pas cru qu'il en aurait envie, bien que j'en avais l'espoir. Cela me prouvait que j'étais capable d'éveiller une passion secrète. C'était la première fois que l'on m'embrassait de cette façon. Mon cœur se mit à battre, et mes mains devinrent encore plus moites. J'ai oublié bien des choses, mais je me souviendrai toujours de cet anniversaire.

Jimmy et moi avions dû mettre quelque chose de nous-mêmes dans ce baiser, car, par la suite, ce fut comme si un accord tacite existait entre nous. Au lieu de nous chamailler tout le temps, nous ne nous battions que quand nous étions vraiment en colère. On ne se dispute pas en public avec quelqu'un que l'on embrasse en privé – pas moi, en tout cas. Je n'en parlai à personne, bien entendu. Je ne voulais pas qu'ils pensent que je changeais.

Puisque j'avais treize ans désormais, l'Épreuve était dans moins d'un an. Bizarrement, cette idée ne m'impressionnait plus autant qu'avant. L'Épreuve ne me paraissait plus aussi mortelle, et je savais pourtant pertinemment que tous n'en revenaient pas, loin de là. Les cours de survie me donnaient une confiance folle, ne serait-ce que parce que nous affrontions des dangers connus, mesurables ; l'inconnu, l'innommable, l'imprévisible font toujours davantage peur que le connu. De plus en plus, l'Épreuve ressemblait à un séjour de trente jours chez les bouseux, rien de plus, et plus vite on commencerait, plus vite ce serait terminé. Parfois, j'étais l'une des seules à être certaine de cela. Les moments où j'étais le moins certaine que l'Épreuve ne serait qu'une partie de plaisir suivaient les après-midis que nous passions à regarder sur l'écran divers spécimens zoologiques abondamment pourvus de crocs se précipiter sur des créatures trois fois plus grandes qu'eux et les déchiqueter à belles dents, bam ! En cours de survie, nous apprenions aussi quantité de choses étranges qui, pour une bonne part, semblaient n'avoir aucun rapport avec l'Épreuve : la danse, la broderie, le parachutage. L'important était qu'une fois qu'on se découvrait capable de faire tout un tas de choses bizarres et exigeantes, et parfois même de les faire bien, il semblait alors facile de faire face à l'inconnu. Lorsqu'on vous demande de construire une cabane en rondins, personne ne contredit l'instructeur en lui disant qu'on n'aurait pas besoin de savoir cela pour l'Épreuve. On le fait. On s'aperçoit qu'on en est parfaitement capable, et on apprend même deux ou trois choses qui pourraient se révéler utiles.

En décembre, quarante-deux gosses qui avaient exactement un an de plus que nous furent éparpillés sur l'hémisphère occidental de la Nouvelle-Dalmatie. On les déposa un à un, avec leur équipement et leurs chevaux, sans même leur dire où ils étaient ni sur quelle planète, et on leur souhaita bonne chance. Ce même mois de décembre, une semaine plus tard, trente et un d'entre nous allèrent faire une excursion de trois jours sur le terrain avec M. Marechal et un assistant nommé Pizarro, toujours sur la planète Nouvelle-Dalmatie. La différence était, bien entendu, que nous savions où nous étions, ce que nous y découvririons, combien de temps nous y resterions, et d'autres petits détails insignifiants de ce genre.

Nous avions quatre lourds chevaux de trait avec nous. Tous les enfants vinrent à la baie d'exploration avec de bonnes chaussures aux pieds, des vêtements solides et des sacs à dos. C'était l'équipement qu'on nous avait distribué lors de nos premiers cours de survie. C'était ma deuxième paire de chaussures, cependant, les précédentes étaient déjà trop petites, et on avait dû me fournir une deuxième paire ; mes vêtements commençaient eux aussi à être un peu justes. En montant à bord, je surpris M. Pizarro et M. Marechal à nous compter. Il le faisait discrètement : en principe, la classe de survie n'étant pas obligatoire et reposant seulement sur le volontariat, il n'y avait aucun contrôle. Cette fois-ci, ils tenaient à savoir combien nous étions, car, si cinq ou six d'entre nous ne revenaient pas, il y aurait quand même des gens pour s'en inquiéter.

M. Pizarro était notre pilote. Lorsque tout le monde fut à bord – absolument tout le monde, les trente-et-un enfants étaient venus, y compris Robert Briney, qui s'était sorti du lit pour venir malgré une côte fêlée (fruit d'une chute de cheval) –, on leva la rampe et nous partîmes. Beaucoup des enfants bavardaient ou racontaient des blagues pour dissiper leur anxiété. M. Marechal fut assez tolérant pour ne pas leur imposer le silence.

Je choisis un siège contre la cloison qui séparait l'allée principale du compartiment où on nous avait installés. Dans un groupe aussi important que l'était celui-ci, je me sentais mal à l'aise. Quand je suis avec quelques amis seulement, je participe, mais sinon je préfère m'isoler. De plus, j'avais du travail à faire. Jimmy et Att vinrent me rejoindre.

« Qu'est-ce que tu écris ? » me demanda Att.

Je reposai mon carnet de notes. « Des notes sur l'éthique. J'organise mes idées pour un essai que Jimmy et moi devons rendre à M. Mbele.

– Comment le présentes-tu ? » me demanda Jimmy.

Je lui pris la main et en caressai doucement le dos. « Je ne te demande pas comment *toi* tu fais le tien. Tu verras quand j'aurai fini », lui répondis-je.

Le grand Att approcha un siège libre et s'assit : « En quoi ça consiste exactement ? »

Jimmy m'ébouriffa légèrement les cheveux avant de déclarer : « Rien de particulier. On doit traiter de l'éthique, en général. »

Je dégageai ma tête et changeai de sujet : « Tu as l'air nerveux, Att.

– Un peu, oui. Je ne suis jamais allé sur une planète. Je ne sais pas comment tu fais pour être si calme, à rester assise et écrire.

– Griffonner, corrigea Jimmy.

– Ce n'est pas nouveau pour moi, dis-je. Je suis déjà allée sur une planète.

– Son père l'emmène parfois », expliqua Jimmy.

Quelques minutes plus tard, Jimmy et Att sortirent un échiquier de poche et engagèrent une partie. Je me replongeai dans mes notes. J'avais terminé ma partie sur l'utilitarisme avant même notre arrivée.

L'éthique est la branche de la philosophie qui se concentre sur la manière dont l'humain se conduit, sur les questions de bien et de mal. Presque tous les systèmes éthiques (et il y en a beaucoup ; même des érudits appartenant à la même école diffèrent sur nombre de points et doivent être étudiés séparément) peuvent être considérés comme une description et une prescription. Est-ce ainsi que les gens agissent vraiment ? Est-ce ainsi qu'ils devraient agir ?

Les questions d'évolution historique mises à part, la définition la plus prisée de l'utilitarisme est « le plus grand bien pour le plus grand nombre », ce qui se rapproche beaucoup de la doctrine de son proche parent, la philosophie économique du communisme, qui, dans un sens, est ce que nous vivons dans le Vaisseau. L'expression la plus courante du bien-être selon l'utilitarisme est « la présence de plaisir et l'absence de douleur ».

En pratique, et quoiqu'en disent les utilitaristes, leur doctrine ne résiste pas à l'épreuve des faits. Les gens agissent vraiment et régulièrement de manière autodestructrice – ils savent ce qui est agréable, et choisissent volontairement ce qui est douloureux. La seule façon de concilier la théorie de l'utilitarisme et la réalité est de déformer le sens des mots « plaisir » et « douleur ». De plus, la notion même de plaisir est loin d'être objective : c'est une question d'apprentissage, voire de manipulation. La norme est trop soumise aux changements pour être pertinente.

La prescription faite par l'utilitarisme ne me plaît guère plus que sa description. Considérer le plaisir et la douleur comme des quantités permettant de mesurer le bien me paraît trop mécanique ; dans une telle équation, les gens deviennent une simple variable qu'il faut ajuster. Pragmatiquement, il paraît sensé de dire : *sauver cent vies au prix d'une seule ? Bien sûr, allons-y !* L'utilitariste répondrait ainsi dans tous les cas, *inévitablement*. Mais qui lui donne le droit de décider cela ? Et si cette seule vie n'a aucune possibilité de choix, si elle est aveuglément sacrifiée pour sauver, disons, la vie de cent bouseux dont elle ignore jusqu'à l'existence ? Disons que le choix serait entre Jimmy ou papa et une centaine de bouseux. Je ne ferais pas un choix utilitariste, et je ne pense pas qu'on pourrait aisément me convaincre que la réponse *doit* dépendre du nombre de kilos de chair humaine. Les gens ne sont pas des objets.

Nous nous posâmes entre de grands arbres, dans la claire lumière du matin. L'air était vif et pur. C'était le début de l'été, et tout était en fleurs. La gravité était inférieure à la normale, suffisamment pour qu'on le remarque, pas assez pour que cela devienne gênant. Nous étions dans une vallée, près d'un fleuve tranquille. Si de notre côté, le terrain était doucement vallonné et couvert de grands arbres émergeant d'un sol robuste, sur l'autre rive s'élevait une falaise de vingt mètres de haut, aux bords rugueux, sur laquelle quelques arbustes s'accrochaient entre des protubérances rocheuses.

Je pris mon sac par les courroies, le balançai sur mon épaule et allai rejoindre les autres dehors en empruntant la rampe, dans le clair soleil et le vent frais. Dans mon sac, j'avais des vêtements et une paire de chaussures de rechange, une brosse à dents manuelle, une brosse à cheveux, un sac de couchage et diverses bricoles. Nous possédions également des bulles-tentes, mais on nous avait dit de ne pas les emporter. J'avais une chemise légère à même la peau et une autre, plus épaisse par-dessus ; comme cette dernière commençait à être étroite aux alentours de la poitrine et des épaules, et n'avait qu'une petite poche, je glissai mon carnet de notes entre les deux chemises. Tant que ma chemise restait boutonnée et ne sortait pas de mon short, il ne risquait rien. La lumière me fit plisser les yeux.

Les arbres s'élevaient sereinement vers le ciel, comme si rien ne pouvait jamais les perturber ; le fleuve coulait silencieusement. Un peu plus loin, il décrivait une boucle et disparaissait. En traversant les feuillages, les rayons de soleil recouvraient les chemins de taches d'ombre et de lumière et magnifiaient les grains de poussière qui voletaient tout autour. Le pépiement aigu d'un oiseau était le seul contrepoint au bruit que nous faisions. La plupart des enfants n'avaient jamais été sur une planète ; c'était pour eux une première fois douce et plaisante. Parfois, le vent soufflait légèrement et jouait avec mes manches et mes cheveux, avant de retomber. Quand nous fûmes tous dehors, on fit sortir les chevaux, avec les harnais, les cordes et les chaînes.

M. Marechal nous demanda de nous rassembler.

« Nous formerons deux groupes : les quinze premiers iront sous la direction de M. Pizarro. Jusqu'à Mathur, donc. À partir de Morlock, vous êtes avec moi. Aujourd'hui, nous allons construire des cabanes – et nous continuerons demain si ce n'est pas terminé. M. Pizarro pense que son groupe ira plus vite que nous. C'est ce que nous verrons. »

Ce n'était pas très subtil, mais, comme cela me plaisait, je m'abstins de ricaner. Jimmy, Riggy, Robert Briney ainsi que Farmer et Herskovitz étaient tous dans mon groupe. Venie, Helen et Att étaient dans l'autre groupe, avec M. Marechal. Jimmy me tira par la manche, et nous suivîmes M. Pizarro, nous éloignant de M. Marechal pour trouver un endroit à l'écart. Il s'installa sur une pierre et nous fit signe de nous asseoir par terre autour de lui. M. Pizarro était un homme jeune, au visage mince orné d'une moustache rousse taillée en brosse.

« Bien. Nous allons construire une cabane en rondins, de quatre mètres cinquante sur six. Il nous faudra environ soixante rondins. Je tiens à ce que vous appreniez tous à abattre un arbre, mais les garçons feront la plus grande partie de ce travail. Voilà à quoi devra ressembler la cabane. »

Il traça un dessin dans la poussière avec un bout de bois. « C'est ce que nous pourrons faire de mieux en si peu de temps. Il faudra un plancher, une porte et des fenêtres. Évidemment, ce ne sera pas la meilleure des cabanes ; quelqu'un peut-il me dire pourquoi ? »

Un garçon leva la main et M. Pizarro lui fit signe de parler : « Eh bien, comme nous allons simplement couper les arbres, le bois sera vert. Les rondins ne seront pas uniformes, ce qui formera des interstices dans les parois.

– Exactement, dit M. Pizarro. Nous ferons donc ces murs du mieux que nous pouvons. »

Après nous avoir donné encore quelques conseils, M. Pizarro nous fit descendre de la colline jusqu'à un espace plat et dégagé, près du fleuve. Les contours de la cabane avaient déjà été tracés sur le sol, et on avait creusé deux fosses pour scier les troncs. Le groupe de M. Marechal était déjà là.

« M. Marechal et moi sommes venus samedi dernier pour dégager l'endroit, marquer les arbres et creuser les fosses, uniquement pour que cela aille plus vite. Quand vous abattrez un arbre, essayez de comprendre pourquoi nous avons choisi celuici plutôt qu'un autre. »

Puis il répartit les tâches : abattre les arbres, s'occuper des chevaux, transporter les fûts, débiter les fûts, et ainsi de suite. Jack Fernandez-Fragoso et moi fûmes chargés de l'apprêt des sols ainsi que de la préparation du repas. M. Pizarro nous esquissa un rapide croquis de ce que nous devions faire, puis il alla s'occuper des autres pour que tout le monde commence le travail. M. Marechal avait également laissé deux enfants à l'autre cabane ; après avoir regardé comment ils s'y prenaient, nous nous mîmes au travail.

Les rondins latéraux, la plus grande base de la cabane, sont les plus importants parce que toute la cabane repose sur eux. Ils doivent être solidement fixés. La meilleure technique consiste à les enterrer à moitié.

Armés de pelles, Jack, et moi commençâmes à creuser des tranchées peu profondes, guidés par les contours de la cabane. Nous avions des piquets et des ficelles pour rester bien droits, à niveau, et garder la même profondeur tout du long. Physiquement, ce n'était pas tellement difficile – nous utilisions des outils manuels depuis plusieurs mois désormais et les ampoules ne se formaient plus aussi facilement qu'auparavant. Ce qui était particulièrement douloureux était le fait de devoir toujours se concentrer pour respecter les dimensions. Lorsque nous eûmes terminé, nous nous mîmes à aplanir le sol de la future cabane. De tous côtés nous parvenait le bruit des cognées et des voix et, de temps à autre, celui de la chute d'un arbre.

Avant que nous ayons terminé le sol, M. Pizarro, les deux chevaux et les deux rondins de base étaient tous là. Les rondins étaient traînés le long du fleuve. Notre rythme fut presque parfait : on termina notre travail presqu'au même moment que ceux qui débitaient les fûts. Puis, Jack et moi observâmes comment les quarts supérieurs des rondins étaient coupés. Aux extrémités, on poserait des tenons tout à fait similaires à ceux des rondins qui formaient la base des murs de la cabane, ceux qui gisaient déjà sur le sol. Ensuite, on disposerait les rondins en rangs alternés : côté long de la cabane, côté court, et ainsi de suite ; les tenons permettant aux rondins de bien tenir sur les précédents.

Jack et moi allâmes ramasser du bois pour faire cuire le repas. Lorsqu'il fut prêt, les quatre rondins qui formaient les fondations étaient en place. Les longs étaient à demi enfoncés dans le sol tandis que les courts étaient posés à même le sol. D'autres rondins commençaient à s'amonceler près de la fosse. Le groupe de M. Marechal en était à peu près au même point que nous près des cabanes, mais nous ignorions où en étaient les bûcherons.

Jack et moi mangeâmes avant tout le monde, puis nous servîmes les autres. J'allai m'asseoir près de Jimmy et Riggy alors qu'ils mangeaient. Jimmy avait abattu des arbres et Riggy coupé des pieux. Nous nous réjouissions de l'heure libre à laquelle nous avions droit après déjeuner. Il n'y a rien de tel que le travail physique pour vous donner des raisons de penser, même si ce n'est que pour passer le temps. Cela me donna de nouvelles idées pour mon essai sur l'éthique, notamment au sujet du stoïcisme. Pendant que les deux garçons se reposaient, je sortis mon carnet et les notai.

À mon avis, l'ennui avec le stoïcisme c'est son caractère soporifique. En affirmant le *statu quo*, il coupe court à toute ambition, à toute transformation. De même que le christianisme il y a des centaines d'années, il affirme que les rois sont rois et que les esclaves sont des esclaves. À mes yeux, c'est une philosophie bien plus attrayante pour les rois que pour les esclaves.

C'est comme la question de la prédétermination et du libre arbitre. Que vos actions soient prédéterminées ou non, il vous faut agir comme si vous disposiez du libre arbitre. S'il y a prédétermination, vous n'aurez rien perdu à essayer le libre arbitre. Si, en revanche, il n'existe pas de prédétermination, mais que vous agissez comme si c'était le cas, vous ne tenterez jamais rien. Vous serez simplement un être passif, qui subit les événements.

Je ne suis pas un être passif. J'ai changé, et je pense que j'y suis pour quelque chose. Tant qu'il me restera un peu d'espoir, je ne deviendrai pas une stoïcienne.

En début d'après-midi, Jimmy et moi suivîmes M. Pizarro pour abattre mon arbre. Nous suivions la piste dégagée par les fûts que l'on avait traînés le long du fleuve. Le soleil était très vif, et l'air s'était un peu réchauffé. Même si cela ne ressemblait pas du tout à l'atmosphère du Vaisseau, je ne pouvais pas m'empêcher de trouver cela fort agréable. Au bout de quelques centaines de mètres, nous quittâmes le fleuve pour monter dans les sous-bois. Il n'y avait que peu d'arbustes, et le sol était jonché de feuilles mortes qui formaient un tapis brun-roux.

Les garçons chargés de couper les arbres commençaient à revenir. Plusieurs fûts débités en rondins attendaient d'être enlevés. « Voilà ton arbre », me dit M. Pizarro en me désignant un haut tronc gris marqué d'un cercle blanc. Tout autour de nous, le bruit sec des haches et le crissement des scies commencèrent à se faire entendre.

Je fis le tour de mon arbre et l'examinai. Puis, comme on nous l'avait expliqué et montré, je choisis la direction dans laquelle je voulais le faire tomber. Je voulais éviter qu'il tombe sur quelqu'un, et je désirais un endroit où il serait facile de le tronçonner et de l'enlever.

Puis, écartant bien les jambes, je levai ma hache et fis une entaille de direction : il s'agit d'une légère entaille effectuée du côté où l'on veut que l'arbre tombe. La hache frappa l'arbre et imprima une fente. Je recommençai et un gros éclat s'envola. Une fois l'entaille de direction bien visible, j'arrêtai pour reprendre mon souffle.

« Très bien, commenta M. Pizzaro. Quand tu auras fini, appelle Sonja. Tu sais ce que tu as à faire cet après-midi, non ?

– Oui », dis-je.

Il hocha la tête et s'en alla, satisfait. Il allait de l'un à l'autre des différents postes, supervisant ce que nous faisions tout en faisant lui-même une bonne partie du travail le plus dur. Il pouvait arriver derrière vous à l'improviste et disparaître la seconde suivante. Le matin, il était même venu goûter la soupe pendant que je la faisais. Alors qu'il partait, quelqu'un cria : « Attention ! » et nous levâmes tous les yeux.

Un arbre était prêt à tomber. Il y avait un ravin entre nous et son arbre devait aussi y tomber, une dizaine de mètres plus près du fleuve que le mien. M. Pizarro remonta la colline pour s'éloigner, et le garçon, voyant que le champ était libre, donna une poussée à l'arbre, puis se recula. Il n'était pas entièrement coupé, mais l'entaille de direction sous la fente principale accompagnée de la poussée furent suffisantes pour briser ce qui restait. L'arbre trembla d'abord, puis, avec une lenteur majestueuse, s'inclina. Dans le silence – toutes les haches s'étaient tues –, on entendit le bois craquer, les branches se briser, puis un immense coup sourd quand il frappa le sol en soulevant un nuage de poussière. Les haches se remirent au travail.

Je contournai mon arbre et l'attaquai pour de bon. Je m'arrêtais de temps en temps pour reprendre mon souffle et pour donner des coups de pied dans des copeaux parfumés humides. Finalement, mon arbre commença à frémir, et je sus qu'il était prêt à tomber.

« Attention ! criai-je. Écartez-vous ! »

M'étant assurée qu'il n'y avait personne aux alentours de l'arbre, je le poussai et reculai. Mon pied glissa sur les copeaux humides et je me retrouvai brutalement assise sur le derrière, les yeux levés vers mon arbre. Au début, je crus ne pas avoir poussé assez fort et qu'il ne tomberait jamais, puis je le vis vaciller lentement, s'éloignant de moi. Il tomba et l'extrémité, arrachée net de la souche, rebondit et vint frapper le sol, à moins d'un mètre de moi. La cime de l'arbre, qui s'élevait si haut au-dessus de moi quelque secondes auparavant, reposait maintenant vingt mètres plus bas, dans le ravin, où l'arbre avait fini par s'immobiliser après avoir glissé sur quelques mètres.

Je le regardai avec satisfaction, puis me relevai, époussetai mon short, pris ma hache et redescendis vers la cabane. Au passage, je fis signe à Jimmy.

Dans notre groupe, il y avait huit garçons et sept filles. Cinq de ces dernières avaient coupé leur arbre dans la matinée. Désormais, il ne restait plus que Sonja. Quand j'arrivai, elle faisait une porte, en équipe avec Riggy. Les scieurs nous fournissaient maintenant des morceaux de bois plus petits, il s'agissait en réalité de rondins coupés en deux, une partie étant plate et l'autre toujours arrondie. Ces morceaux étaient destinés au toit, aux portes, aux volets et au sol de la cabane. Pour les portes, les soutiens coupés dans la matinée étaient cloués à la partie plate des rondins d'environ un mètre quatre-vingt. Je donnai ma hache à Sonja et lui dis d'aller rejoindre M. Pizarro, je regardai un moment les scieurs en plein travail, puis j'attaquai ma tâche de l'après-midi. Les scieurs travaillent à deux, l'un descend dans la fosse, l'autre se tient au bord, et ils scient le tronc placé entre eux. Le seul désavantage est que celui qui est en bas reçoit toute la sciure dans les cheveux ; il suffit d'alterner de temps en temps pour qu'il n'y ait pas de jaloux.

Mon travail de l'après-midi consistait à boucher les fentes de la cabane avec la mousse et la boue que m'apportait Juanita, la responsable mousse-et-boue. Le temps que j'abatte mon arbre, les deux garçons qui s'occupaient des murs travaillaient déjà au troisième étage de rondins. Ils avaient disposé des patins en bois et ils enroulaient désormais les rondins dans de la corde pour ensuite les tirer sur les patins et les mettre en place. Je remplis joyeusement ma mission, bouchant tous les interstices avec de la mousse et de la boue, tout en réfléchissant à l'éthique. Lentement, au fur et à mesure que la cabane prenait forme, l'après-midi passa.

Lorsque Riggy eut terminé les portes et les volets, M. Pizarro arriva et ils arrêtèrent de dresser les murs pendant un moment. À ce moment-là, ils étaient déjà bien hauts, m'entourant de tous côtés, et je devais monter sur un billot pour atteindre les interstices du haut, exactement à l'endroit où la lumière passait encore de manière oblique pour venir éclairer le sol ombragé.

Poussé par les autres, M. Pizarro grimpa par-dessus leurs murs en construction et m'emprunta mon billot. Riggy et lui entreprirent de découper la fenêtre, sciant à même les rondins. Ils firent deux entailles pour chaque fenêtre et enlevèrent les bouts de rondins en trop. Il devint alors plus facile d'entrer et de sortir ; heureusement, car il était de plus en plus malaisé de placer les rondins en hauteur. Riggy entra, et au lieu d'être à deux pour monter les rondins, ils furent désormais trois, plus M. Pizarro et moi-même lorsque Juanita n'apportait pas la mousse et la boue assez vite et qu'ils avaient besoin d'un coup de main.

Lorsque deux rangées supplémentaires furent en place, ils découpèrent la porte comme ils l'avaient fait pour la fenêtre et, soudain, cette boîte de rondins devint presque une maison. Tous ceux qui étaient dans les bois revinrent, et je sortis par le trou qui deviendrait une porte. J'accompagnai Juanita pour aller une dernière fois chercher de la boue, pendant qu'ils mettaient un dernier rondin en place au-dessus de la porte. À notre retour, tout le monde nous aida à boucher les dernières fentes à l'extérieur de la cabane. Nous nous amusions vraiment et, à la fin, nous nous mîmes à nous bombarder avec la boue qui restait. J'en envoyai une bonne poignée à Jimmy, qui me retourna la faveur. Nous étions tous en train de courir partout en nous lançant des boules de boue tandis que M. Pizarro, ayant prudemment reculé de quelques pas, nous observait.

Quand la bataille se termina faute de munitions, il nous dit : « Et maintenant, qu'allez-vous faire ? Vous n'avez qu'un seul change. »

Jimmy regarda le fleuve, le désigna d'un geste éloquent en déclarant : « Voilà ce qu'on va faire. »

Il s'assit, ôta ses chaussures, et, tout habillé, fonça vers la rive. Il traversa l'eau boueuse avant de plonger dans l'eau profonde. En un claquement de doigt, j'ôtai mes chaussures, posai le carnet à côté d'elles et me précipitai à la suite de Jimmy. L'eau était claire et assez froide, et le courant n'était pas fort du tout, l'idéal pour nager. C'était bien mieux que ma toute première expérience aquatique sur une planète. Nous barbotions en faisant des bruits de poissons sous le soleil déclinant de la fin d'après-midi ; nous nous envoyions de l'eau ; un véritable bonheur d'autrefois. Le groupe de M. Marechal vint bientôt nous rejoindre. Ils n'étaient pas couverts de boue, bien qu'ils soient tous plus ou moins salis de poussière ou de sciure après les travaux de la journée, mais l'occasion était trop belle pour la négliger. Nous restâmes dans l'eau jusqu'à ce qu'on nous en fasse sortir avec nos vêtements trempés.

Nos professeurs daignèrent faire une concession aux bons usages de la civilisation : nous allâmes porter nos vêtements au vaisseau pour les faire sécher rapidement. Mis à part ce détail, le reste de notre week-end – travail manuel, repas frugaux, nuit à la belle étoile – fut digne de Thoreau, qui, selon moi, était un charmant garçon qui confondait vacances rustiques et vie. On nous permit au moins cette légère transgression.

Après dîner, habillée de vêtements secs, le ventre bien remplie et toute rayonnante, quoique rompue de fatigue, j'accompagnai Jimmy pour jeter un coup d'œil à la cabane de l'autre groupe. Elle en était à peu près au même stade que la nôtre – murs terminés et calfeutrés, porte et fenêtre découpées –, mais elle avait un aspect curieux. Un des murs en longueur était plus haut que l'autre, et plus haut que les nôtres. Cela lui donnait un aspect inachevé, curieusement bossu.

On nous avait bien distribué des bulles-tentes (elles tiennent dans la poche et sont à toute épreuve, ou presque), mais on nous avait demandé de ne pas les ramener. Nous passâmes donc la nuit dans nos sacs de couchage, au grand air, près du feu. Nous tirâmes au sort pour les tours de garde et je fus désignée. J'eus la chance cependant d'avoir la seconde heure. Je restai éveillée pour prendre la relève de Stu Herskovitz, qui n'avait rien remarqué de particulier, et, une heure durant, avait fait la ronde autour de notre camp. Je ne vis rien d'autre que des gens se préparant à dormir. Je passai toute mon heure de garde à bailler, puis je réveillai Vishwa Mathur pour aller moi-même me coucher.

Au matin, le ciel était nuageux, et il resta gris et froid tout au long du petit-déjeuner. Ensuite, les nuages blanchirent et s'éparpillèrent, et bientôt, le ciel fut de nouveau clair et bleu.

Après avoir dressé les pignons du toit, nous posâmes la porte et les volets. Ensuite, nous y mettant tous, nous mimes les trois rondins du toit : la poutre faîtière tout en haut et deux autres rondins en-dessous, des deux côtés, pour former la pente du toit. Lorsque nous eûmes terminé, l'un d'entre nous regarda la cabane du groupe de Marechal et comprit ce qu'ils faisaient. Ils montaient un toit à une seule pente, qui partait du mur le plus haut pour finir sur le plus bas. « Ce n'est pas juste ! leur criai-je. C'est un abri que vous faites, pas une cabane !

– Ah, ah, ah ! Tant pis pour vous ! » répondit Venie. Nous les huâmes.

Puis, nous posâmes les bâtons que Riggy et Sonja avaient collectés la veille sur les plaques de bois formant la toiture. J'étais à l'intérieur de la cabane, où j'aidais à poser le plancher. Les rondins fendus en deux étaient posés face plate au-dessus de façon à former un sol plus ou moins plat. Si nous avions eu le temps, nous aurions pu polir leur surface, mais nous étions pris de court. Il en résultat un sol sur lequel je ne conseillerais pas de marcher pieds nus sauf si vous aimez particulièrement les échardes. En dehors de ce détail, c'était un plancher solide. Jimmy était sur le toit, posant les plaques de bois, bourrant les interstices de mousse et disposant les piliers. Une partie de la mousse tombait à l'intérieur alors qu'ils travaillaient, mais le toit se formait vite au-dessus de nos têtes et quand il fut terminé, il parut aussi solide que notre plancher.

Le groupe de Marechal avait clairement gagné : ils finirent presque une heure avant nous et ils vinrent nous regarder travailler et commenter ce que nous faisions. Nous eûmes quand même fini avant midi. J'allai alors regarder de plus près à quoi ressemblait leur cabane avec quelques camarades curieux. Honnêtement, je dois dire que je préférais la nôtre : de meilleures finitions.

L'après-midi fut réservé à la détente : une petite randonnée sans difficulté, suivie par un bain – en maillots, cette fois. Ensuite, je repris mon carnet et notai quelques réflexions sur l'éthique – sur la philosophie de la puissance, un sujet facile.

En dernière analyse, la philosophie de la puissance affirme que l'on peut faire n'importe quoi, à condition de ne pas se faire prendre. Dans le cas contraire, c'est que vous aviez tort.

On ne peut pas répondre grand-chose à cela, en fait. C'est un système fermé, dont la logique interne est inattaquable. Il ne tient compte d'aucune autorité extérieure et ne s'embarrasse pas de définitions complexes.

Je ne l'aime pas. D'abord, ce ne sont pas des normes particulièrement discriminantes. Il semble n'y avoir aucune différence possible entre ce qui est éthiquement « bien » et ce qui est éthiquement « mieux ». Plus important encore, les stoïciens s'enferment dans un grand nombre de règles éthiques pour que leurs actions aient le moins de conséquences possibles. Les partisans de la philosophie de la puissance, eux, affirment tout simplement que les conséquences de nos actions n'ont aucune importance – c'est la philosophie d'un gosse de deux ans qui pique une crise de rage.

Cette nuit-là, nous dormîmes dans la cabane avec la porte fermée. C'était assez réconfortant de dormir dans un abri solide que l'on avait nous-même construit. Par ailleurs, le sol était bien plus dur que dehors. Ou peut-être étais-je moins fatiguée que la veille.

Le lendemain était le dernier jour de notre excursion, et pour marquer l'événement, nous sautâmes de la falaise de l'autre côté du fleuve. Ensuite, après avoir nettoyé le campement, nous rentrâmes.

La matinée était brumeuse et bien que le brouillard se levât, le ciel resta gris et bas toute la journée. Nous formâmes un groupe unique, cette fois, M. Marechal en tête et M. Pizarro fermant la marche, chargé de cordes. En regardant le fleuve, notre cabane était sur la gauche et celle de l'autre groupe sur la droite. Pour aller couper des arbres dans la forêt, nous étions allés en amont et le groupe de M. Marechal en aval. Nous allâmes tous en aval, longeant les berges, dépassant le début de la piste frayée par le transport des rondins et suivant la longue boucle où le fleuve disparaissait à la vue du campement. C'était une triste journée, mais nous étions tous de bonne humeur et nous discutions tout en marchant. Notre groupe de six était de nouveau réuni.

Nous suivîmes le fleuve sur deux kilomètres environ. Parfois, la végétation nous obligeait à faire un crochet vers l'intérieur des terres, mais nous avancions quand même à une bonne allure. Nous arrivâmes enfin à un endroit où la rive était sablonneuse. De l'autre côté, la falaise effritée et le banc de sable de la berge étaient aisément accessibles.

« Il va falloir traverser à la nage », dit M. Marechal. Il pataugea dans l'eau jusqu'à la taille, faisant un quart du chemin.

Ensuite, nous pénétrâmes tous dans l'eau, sous le regard vigilant de M. Marechal et de M. Pizarro. L'eau était froide et avoir nos vêtements trempés n'était pas aussi drôle que la première fois. Ils sont très résistants et sèchent rapidement, pourtant, croyez-moi, il est bien moins agréable de les faire sécher sur soi que de les porter secs. Arrivée sur l'autre rive, je dégoulinais et claquais des dents.

Quand nous fûmes tous arrivés sur la rive herbeuse, M. Pizarro et M. Marechal nous rejoignirent en nageant tant bien que mal. Nous grimpâmes à travers les buissons et les éboulis. Lorsqu'enfin nous arrivâmes en haut, je n'étais pas tout à fait sèche, mais au moins je ne frissonnais plus.

Le haut de la falaise était également couvert d'arbres. Le plus extraordinaire était de découvrir, de là-haut, l'immense tapis vert foncé et mouvant qui s'étendait à perte de vue sur l'autre rive. Nous

nous engageâmes ensuite dans la forêt pour n'en sortir qu'une fois arrivés à la falaise, face à notre campement.

Comme je n'aimais pas spécialement me tenir debout au bord de la falaise, je m'en approchai à genoux pour regarder le fleuve qui s'écoulait en bas. Il me parut très loin : une chute assez importante pour tuer qui que ce soit, à cette hauteur toute mesure précise semble inutile. À la base de la falaise, il semblait y avoir tout juste assez de place pour se tenir debout. Comme on nous l'avait expliqué, on allait attacher les cordes à un tronc d'arbre en haut de la falaise, s'enrouler la corde autour de la taille avant de descendre un à un. En regardant le fleuve tout en bas, je dois avouer que l'idée ne me disait rien qui vaille. Après m'être prudemment éloignée du bord, je me relevai.

« Alors,demanda M. Marechal, qui veut essayer en premier ? »

Jimmy répondit : « Mia et moi ! »

M. Marechal me regarda, et j'acquiesçai d'un oui timide. Je n'aimais pas l'idée de le faire, mais on devait tous y passer et j'allais devoir le faire de toute façon. Alors, autant y aller les premiers et mettre ça derrière nous.

Les cordes étaient fixées aux arbres, puis enroulées autour de nos tailles et autour d'une corde principale avant d'être de nouveau passées autour de nous. M. Pizarro et M. Marechal montrèrent à tout le monde comment il fallait s'y prendre. Les extrémités des cordes pendaient entre nos jambes et au-dessus du bord de la falaise, se balançant juste au-dessus du fleuve. En pratique, nous étions accrochés à une boucle amovible qui glissait librement sur la corde et la faisait descendre vers la rivière.

Au signal, nous nous mîmes dos au fleuve, la corde bien tendue entre nous et les arbres. Après un dernier coup d'œil au fleuve et un soupir, je filai une petite longueur de corde et posai les pieds contre la paroi rocheuse. Ensuite, je lâchai davantage de corde et fis un saut, revenant les pieds contre la paroi, mon corps pendant dans la boucle accrochée à l'arbre sur la falaise. Je fus presque surprise de voir que ce système était efficace. La fois suivante, je poussai de nouveau avec mes pieds et descendis de deux mètres d'un coup.

Ce n'était pas bien difficile, et plutôt amusant. Je regardai Jimmy et éclatai de rire. Et soudain, bien plus tôt que je ne l'aurais cru, je me retrouvai en bas. Il y avait plus de place qu'il n'y paraissait d'en haut, entre un mètre et un mètre cinquante de profondeur. Jimmy atterrit à côté de moi presque au même moment.

Après nous être débarrassés des cordes, nous leur fîmes signe qu'ils pouvaient les remonter.

« C'est facile ! leur cria Jimmy.

– C'est drôle ! » ajoutai-je.

Pendant qu'ils remontaient les cordes vers le haut de la falaise et que nous les regardions s'envoler, Jimmy me dit : « Ça ne sert à rien de rester ici. Traversons le fleuve. »

Nous nageâmes pour atteindre l'autre rive et regarder les deux suivants descendre en rappel le long de la falaise. Nous nous assîmes sur le tout dernier détail qui avait été ajouté à la cabane : une marche de perron.

Alors que nous les regardions, je déclarai : « À propos, merci de m'avoir portée volontaire.

– Je sais, répondit Jimmy. Tu es une aventurière, bien que tu ne veuilles pas l'avouer. Ce n'est pas toi qui rampais dans les conduits d'aération ?

– Ce n'est pas pareil, dis-je. Ça, c'était mon idée à moi. »

12

À la fin du mois de décembre, juste à temps pour les fêtes de fin d'année, les enfants qui avaient subi l'Épreuve en Nouvelle-Dalmatie revinrent. Sur les quarante-deux qui étaient partis, sept ne s'étaient pas manifestés pour la Récupération et n'étaient pas revenus. L'un d'eux était Jack Brophy, que j'avais un peu connu à Alfing. En y réfléchissant, je ne pus m'empêcher de me demander si je reviendrais sur le Vaisseau dans un an. Je ne m'attardai pas trop sur cette pensée, cependant. Les fêtes de fin d'année ont vite fait de vous faire oublier les choses désagréables ; de plus, je fis une découverte qui me donna pas mal à penser, et me montra ma mère sous un jour nouveau.

Les fêtes de fin d'année durent cinq ou six jours ; cinq en 2198, qui n'était pas une année bissextile. Dans l'un des vieux livres que je lis, j'avais découvert qu'avant la réforme du calendrier, le jour supplémentaire des années bissextiles était ajouté au mois de février. Cela faisait partie d'une astuce mnémotechnique pour se souvenir du nombre de jours de chaque mois. Si je devais l'adapter à notre calendrier, cela donnerait : "Trente jours s'écoulent en janvier, février, mars, avril, mai, juin, juillet, août, septembre, octobre, novembre et décembre". J'ai d'ailleurs une mémoire de collectionneuse compulsive, et je sais même ce qu'est une collectionneuse compulsive.

Papa me chargea de préparer notre appartement pour les fêtes. Jimmy et moi allâmes au magasin général du Deuxième Niveau où je choisis une énorme piñata en forme de poulet géant que nous peignîmes en rouge, vert et jaune. Il y avait aussi une piñata dans le dortoir de Jimmy, bien entendu, mais le caractère impersonnel du dortoir ôtait tout son charme à l'atmosphère de fête, et je m'étais arrangée avec papa pour que Jimmy passe les fêtes chez nous. Grâce à notre coopération, Jimmy et moi fîmes étinceler l'appartement et nous préparâmes tout pour les réceptions du Deuxième Jour (nous recevions notre groupe de six et quelques autres amis), ainsi que pour la grande réception du Nouvel An, où la maison était plus ou moins ouverte à quiconque voulait venir. Papa n'était que trop heureux que nous nous en soyons chargés : il n'aimait pas particulièrement ce genre de préparatifs, et cela lui faisait une obligation de moins sur sa longue liste.

À Alfing, j'avais certes eu des amis, mais je les ramenais rarement à la maison. Désormais, à Géo, il y avait toujours quelqu'un, ne serait-ce que Jimmy, qui vivait dans le quartier. Papa avait ses propres routines quotidiennes – en un sens, il vivait dans un monde à part – et l'on aurait pu penser que la présence permanente d'enfants étrangers l'aurait gêné. Je suis certaine que cela le dérangeait, mais il ne dit jamais rien. En fait, il alla même jusqu'à approuver ouvertement Jimmy.

« C'est un brave garçon, m'avait-il dit. Je suis heureux que tu le voies souvent. »

Cela ne me surprit pas tellement, car j'avais la très nette impression que c'était en partie à cause de Jimmy que nous avions emménagé à Géo. Ce n'était certainement pas par accident que nous étions tous deux élèves de M. Mbele. J'avais même l'impression (qui fut partiellement confirmée) qu'une discussion avec l'eugéniste du Vaisseau aurait prouvé que notre rencontre n'était nullement accidentelle. Cela ne me gênait pas, surtout qu'à certains moments, j'aimais vraiment beaucoup Jimmy, mais qu'à d'autres, il suffisait que je le regarde pour me sentir toute drôle.

Cette confirmation partielle ainsi qu'une autre découverte furent le fruit de mes recherches dans les Archives du Vaisseau. Chaque salle commune dispose d'une bibliothèque et j'aime beaucoup m'y rendre car il y a une véritable satisfaction à prendre un vrai livre entre ses doigts, que ce soit dans leur taille, leur forme ou la sensation même de leur toucher. Il y a un fort plaisir de découverte à en choisir un au hasard dans les rayons, simplement parce que son aspect me plaît. Cependant, pour une simple question d'espace limité, il est impossible d'avoir une bibliothèque contenant physiquement tous les livres disponibles à l'intérieur du Vaisseau. Aussi, en général, regarde-t-on les titres et le sommaire sur la vid, et si l'on en a vraiment besoin, on peut alors commander un fac-similé, une copie physique. Il existe bien entendu des choses que les gens ne consultent que rarement, seulement lorsqu'ils ont de bonnes raisons, comme les Archives du Vaisseau. Bien que je ne fusse poussée que par la curiosité, j'étais prête à chercher et à profiter de la position de papa dans l'administration du Vaisseau pour qu'on me permette de consulter les Archives.

« En es-tu certaine ? me demanda le bibliothécaire. Ce n'est guère passionnant, tu sais, et, de plus, je ne sais pas si tu en as vraiment le droit… »

Je jure de ne pas lui avoir exactement dit que papa, Miles Havero, président de l'Assemblée du Vaisseau, m'en avait donné l'autorisation, et qu'il était tout à fait prêt à lui confirmer en long, en large et en travers s'il insistait ; pourtant, si vous parlez au bibliothécaire, il est possible qu'il ait eu l'impression de m'entendre dire ça. Dans tous les cas, je pus consulter les Archives.

Comme je l'ai déjà dit, je découvris une recommandation eugénique datant d'il y a vingt ans qui me fit réfléchir. Néanmoins, ce fut en regardant de plus près les Archives me concernant, ou plutôt, concernant mon papa et ma mère que je fis une découverte qui m'ébranla rudement : j'avais un frère !

Ce fut un véritable choc. J'éteignis la vid pour faire disparaître le document, et j'allai me rouler en boule sur le lit. Je restai longtemps dans cette position, à réfléchir. Je n'avais aucun idée des raisons pour lesquelles on m'avait caché cette information. Je me souvenais que quelqu'un, je ne savais plus ni où ni quand, m'avait interrogée ou m'avait taquinée au sujet d'éventuels frères et sœurs, mais depuis je ne m'en étais jamais préoccupé sérieusement.

Je finis par revenir à la vid et pour me renseigner plus amplement sur mon frère. Son nom était Joe, ou plutôt José. Il était né près de quarante ans avant moi, et il était mort depuis plus de quinze ans.

Je continuai à fouiller et en appris davantage. Apparemment, il avait été, tout comme moi, préoccupé par l'absence de talent littéraire dans le Vaisseau. Il avait même écrit un roman – c'est une chose que je ne ferai jamais, surtout après avoir lu le sien. Il n'était pas seulement mauvais, c'était bien pire que ça. Et cela me donna des raisons de penser que le cadre du Vaisseau ne se prête pas à l'exercice du roman.

Dans d'autres domaines, Joe était heureusement plus compétent. Il était considéré comme une sommité dans le domaine de la physique. Sa mort avait été la conséquence d'un accident stupide et absurde duquel il n'était pas responsable. Quand on l'avait découvert, il était trop tard pour le réanimer. Ma mère avait apparemment été très touchée par sa mort.

Maintenant que j'avais appris tout cela, je ne savais trop que faire. Finalement, profitant d'un moment de calme, j'en parlai à papa, sur un ton aussi détaché que possible.

Il parut surpris. « Mais tu savais tout sur Joe, me dit-il. Cela fait longtemps que tu ne m'as pas interrogé à son sujet, mais je t'ai raconté cette histoire au moins vingt fois !

– Je n'ai appris son existence qu'il y a huit jours.

– Mia, me dit-il avec gravité. Quand tu avais trois ans, tu me demandais toujours de te parler de lui.

– Je ne m'en souviens absolument pas. Tu peux m'en parler maintenant ? »

Il le fit, longuement. Il me raconta même à quel point nous nous ressemblions beaucoup, physiquement et psychologiquement.

Je n'en parlai pas à maman, parce que je ne savais pas vraiment quoi lui dire. Je ne sais d'ailleurs jamais quoi lui dire. En dehors de papa, la seule personne à qui j'en parlai fut Jimmy. Il fit un commentaire plutôt perspicace, que cela fût exact ou non. Il me dit que je ne m'en souvenais peut-être pas parce que je ne le voulais pas, jusqu'à maintenant du moins, et que ma « découverte » de l'existence de mon frère n'était pas aussi accidentelle que je le pensais. Pour tout dire, sur le moment, cela me mit très en colère et ce fut exactement pour cette raison que, plus tard, je me dis que c'était peut-être bien la vérité. Le résultat fut que Jimmy et moi ne nous adressâmes pas la parole pendant deux jours entiers.

Réfléchir à la psychologie me permit de m'interroger sur ma relation avec ma mère ; sa façon de maintenir toujours ses distances et d'être malheureuse dès que je me montrais gentille avec elle. Je parvins à la conclusion que ce n'était peut-être pas moi, l'individu Mia, le problème, mais le fait même de mon existence physique. Je gardais cette idée dans un coin de mon esprit, et je ne dirai pas que je l'aimais davantage, mais cela rendit en tout cas nos relations plus agréables.

Une autre chose changea au cours de cet hiver : ce que je voulais faire dans ma vie, ou du moins ce que croyais vouloir faire. Ce fut une conséquence directe de la dissertation que Jimmy et moi rédigeâmes sur l'éthique.

Comme tous les vendredis soir, nous étions réunis chez M. Mbele, et nous parlions de nos conclusions en buvant les traditionnels rafraîchissements que Mme Mbele nous avait servis. C'était une femme très aimable, dont la présence était toujours appréciée. Elle était très gentille.

Dans ma dissertation, je comparais et discutais une demi-douzaine de systèmes éthiques, en examinant plus particulièrement leurs défauts. Je concluais en disant que j'avais été surprise de constater que tous ces systèmes avaient été créés *a posteriori.* Les gens agissent selon leurs dispositions, puis, comme ils aiment ensuite avoir raison, ils inventent des systèmes justifiant ces dispositions. Personnellement, tout en admettant très attirants des principes tels que : « agir de sorte à considérer l'homme, que ce soit vous ou les autres, comme une fin, et non seulement comme un moyen », je n'avais pas découvert de système convenant exactement à ma disposition.

Jimmy, lui, avait suivi une tactique totalement différente pour rédiger sa dissertation. Au lieu de critiquer divers systèmes éthiques, il tentait d'en formuler un nouveau. C'était un système humaniste, non dénué de rapports avec certains de ceux que j'avais examinés. Jimmy commençait par affirmer que la véritable humanité était une conquête, et non un héritage qui allait de soi. On aurait, certes, pu formuler certaines critiques à l'encontre de ce qu'il disait, mais son système avait un avantage indéniable : il parlait d'une certaine attitude à l'égard de la vie en général, plutôt que de principes rigides. Il est trop facile de concevoir des exceptions aux principes.

En l'écoutant, je devins de plus en plus soucieuse, non en raison de ce qu'il disait, et qui correspondait d'ailleurs parfaitement à ce que je connaissais de lui, mais à cause de la forme même de sa dissertation. C'était moi, théoriquement, qui avais l'intention de devenir synthétiseuse, de bâtir des châteaux avec des pierres et du mortier. Seulement, ce n'était pas du tout ce que j'avais fait. Et je me rendis compte que je n'avais jamais fait ça, nulle part ailleurs :

fabriquer des pin's ou construire des cabanes, assembler des choses, rien de tout cela n'était vraiment dans mes cordes et j'aurais dû m'en apercevoir depuis longtemps.

Je ne suis pas une bâtisseuse, pensai-je. *Je ne suis pas une bricoleuse.* Ce fut une révélation éclatante et subite.

Lorsque Jimmy eut terminé, M. Mbele prit la parole : « Essayons d'en discuter. As-tu des commentaires à faire ? Mia ?

– Allons-y » dis-je, avant de me tourner vers Jimmy : « Pourquoi veux-tu devenir ordinologue ? »

Il haussa les épaules. « Et toi, pourquoi veux-tu devenir synthétiseuse ?

Je secouai la tête. « Je suis sérieuse. Réponds-moi. »

– Je ne vois pas le rapport avec l'éthique ni avec ce que je viens de dire.

– Il n'y a aucun rapport avec l'éthique. En revanche, il y a un rapport avec ta dissertation. Tu ne t'es pas écouté.

– Pourrais-tu t'expliquer plus clairement ? intervint M. Mbele. Je ne suis pas certain de t'avoir bien comprise.

– Au bout d'un moment, dis-je, je n'écoutais plus les divers arguments de Jimmy, parce que je réfléchissais à la structure même de sa dissertation, et à la mienne. Structure que nous avons-nous-même choisie. Ce qui m'a frappée, c'est que, si Jimmy voulait vraiment devenir ordinologue, il aurait fait comme moi, un essai critique. Et, inversement, si j'étais réellement faite pour devenir synthétiseuse, j'aurais fait comme lui, un essai créatif. Et pourtant, chacun de nous a fait l'opposé.

– Je vois, constata M. Mbele. En fait, ce que tu dis me paraît fort sensé.

– Mais je veux devenir ordinologue, dit Jimmy.

– C'est à cause de ton grand-père », rétorquai-je.

M. Mbele acquiesça presque immédiatement, mais Jimmy s'était fixé ce but depuis trop longtemps et il n'allait pas changer d'avis aussi facilement. Il fallut un moment pour qu'il admette la pertinence de mon propos : il n'a pas l'esprit critique, c'était précisément là que se logeait le problème. Pour moi, il était tout à fait clair que je voulais devenir ordinologue et M. Mbele l'accepta sans difficulté. C'était plus facile pour moi de changer, car, quand je pensais à mon avenir, je mettais toujours le terme synthétiseuse entre parenthèses suivi d'un point d'interrogation. Ce changement d'orientation était évident dans mon cas, et désormais quand je pensais à l'avenir, il n'y avait aucune parenthèse ou point d'interrogation derrière l'ordinologie, surtout depuis que M. Mbele m'eut dit que j'avais tout ce qu'il fallait pour réussir dans cette voie.

Lorsque Jimmy se fut accoutumé à cette idée, il modifia lui aussi ses projets. Parce que, après tout, il était créatif.

« C'est toujours toi qui découvres un tas de trucs fous à faire, lui dis-je. Et c'est moi qui examine quels sont leurs défauts.

– D'accord, dit Jimmy. Tu seras l'ordinologue, et moi le synthétiseur. »

Je l'embrassai sur la joue. « Merveilleux ! Ainsi, nous pourrons toujours faire équipe. »

Peut-être ce changement subit d'orientation faisait-il partie du passage à l'âge adulte. Tout semblait l'être à cette époque. Les changements se voyaient à de nombreux signes. L'un se manifesta le jour où j'allai avec Helen Pak choisir des vêtements au magasin central.

La stimulation joue un rôle important dans notre vie ; si la vie était trop facile, nous deviendrons de vrais légumes. En conséquence, certaines choses sont rendues plus difficiles qu'elles ne devraient l'être. Par exemple, on ne peut pas faire de shopping à la vid, il faut nous rendre sur place.

Helen et moi n'étions pas descendues au magasin parce que nos vêtements étaient usés, mais parce qu'ils étaient devenus trop petits. Depuis un an, je n'avais cessé de grandir, même si je n'avais pas rattrapé les autres, parce qu'eux aussi avaient continué à grandir. Je devais à présent porter un soutien-gorge, ce qui était nouveau et particulièrement inconfortable, et mes goûts vestimentaires ne se limitaient plus aux chemises claires, aux shorts et aux sandales. Helen y était pour quelque chose. Elle avait l'œil pour les vêtements et insistait pour que je me mette davantage en valeur.

« Tu es jolie, me disait-elle, mais qui s'en apercevra si tu t'habilles aussi mal ? »

Personnellement, cela m'était indifférent – j'aurais tout aussi bien pu vivre de manière complètement naturelle – et je ne tenais pas tellement à me faire remarquer dans le monde entier. Néanmoins, il y avait quelques personnes aux yeux desquelles je voulais paraître attirante, et je me mis entre les mains d'Helen. Et mince, le résultat fut convaincant ! Entre autres choses, elle me fit porter du rose, une couleur qui allait merveilleusement bien avec mes cheveux noirs, et que je n'aurais pas eu l'idée de choisir. Ce fut une agréable surprise.

« Tu comprends, me dit Helen. Il s'agit de mettre en valeur tes points forts. » Elle était très humble sur le sujet, mais elle avait toutes les raisons du monde d'être fière. Même papa le remarqua, et Jimmy aussi. Ce dernier ne me fit pas le moindre compliment, bien entendu – mais papa, si.

Nous étions donc dans le magasin, à parcourir les portants, à essayer de nouvelles choses, à les rejeter ou les approuver en prenant la pose et en gloussant. Je trouvai même quelque chose qui allait à ravir à Helen, avec ses cheveux blonds et ses yeux orientaux. Généralement, c'est elle qui sait ce qui lui va bien, cela me fit plaisir d'avoir déniché un vêtement qui lui plaisait.

Nous étions en train de fouiller dans les rayons lorsque je vis soudain quelqu'un que je connaissais. Je dis à Helen : « Attends-moi une minute » et fis un signe de la main.

C'était Zena Andrus, qui n'était plus aussi rondouillarde qu'elle avait pu l'être. Elle avait l'air particulièrement excitée et paraissait chercher quelqu'un. Elle me salua et vint vers moi.

« Salut, Mia. As-tu vu ma mère ?

– Non, dis-je. Il s'est passé quelque chose ?

– Oh, non. Rien de grave ! Je viens de recevoir ma convocation. Je commence les cours de survie la semaine prochaine.

– Oh, c'est super », dis-je.

Après qu'elle fut repartie à la recherche de sa mère. Helen et moi nous regardâmes. Comme le temps passe vite. Hier à peine, c'était nous.

13

Le point culminant de nos cours de survie arriva lorsque, ayant été promus en Première classe, nous allâmes à la chasse au tigre au Troisième Niveau. Comme bien d'autres choses, cet exercice était fait dans le but de nous donner confiance en nous. Il n'y a rien de tel que de chasser un tigre à mains nues, ou presque, pour donner confiance en soi. À condition d'en sortir vivant.

Maintenant que j'y pense, nous en sommes bel et bien sortis vivant, c'était donc peut-être bel et bien le but.

Descendre au Troisième Niveau avec notre paquetage était devenu la routine à ce moment-là. Jimmy et moi étions dans la navette qui partait de Géo. Je n'étais pas de très bonne humeur, comme toujours avant ce genre d'expédition, et je jouais de manière morose sur mon tin whistle.

« Tu ne vas quand même pas l'amener ? me demanda Jimmy.

– Et pourquoi pas ?

– J'admets que tu joues assez bien maintenant, mais avec des airs comme ça, tu vas déprimer tout le monde.

– C'est moi qui m'occupe du divertissement du soir aujourd'hui. » Nous avions institué cette idée après notre deuxième expédition pour rendre nos soirées au grand air plus gaies.

« Tu ne vas pas jouer quand même ?

– Non. J'allais raconter une histoire. Mais tu me donnes presque envie de changer mon programme.

– Tu as peur ? » Il ne parlait pas du feu de camp.

« Je ne peux pas vraiment dire que j'ai hâte de jeter des pierres à un tigre, mais je vais m'y faire. Et toi ?

– J'ai toujours peur avant. C'est pour ça que j'aime bavarder ou faire une partie d'échecs. »

Nous rejoignîmes les autres à la porte 5, comme d'habitude, et allâmes chercher nos hélipacks. M. Marechal était là, avec deux chiens, et M. Pizzaro l'accompagnait de nouveau aussi. Il s'était laissé pousser la barbe pour aller avec sa moustache broussailleuse. Ils faisaient monter les chiens dans un transporteur et chargeaient des provisions. Avant notre départ, M. Marechal nous fit mettre en rangs et nous inspecta.

« Il est bien clair, commença-t-il, que personne n'est obligé de venir. »

Nous hochâmes tous la tête, mais personne n'esquissa le moindre geste vers la sortie.

« Tout le monde a son couteau ?

– Oui », clamâmes-nous en chœur. C'était la seule et unique arme que nous emportions.

« Je veux que les choses soient claires : au moins l'un d'entre vous sera blessé, peut-être même tué. Vous allez traquer un tigre, l'animal le plus cruel et le plus sauvage que vous serez amenés à rencontrer pendant l'Épreuve. Durant l'Épreuve, j'espère que vous aurez assez de bon sens pour éviter tout animal de ce type. Aujourd'hui, pourtant, nous allons en dépister un, le traquer et le tuer à mains nues. Vous y parviendrez, parce que vous êtes encore plus cruels et sauvages que lui, ensemble, en tout cas. Je peux vous assurer que l'un d'entre vous au moins sera blessé, mais qu'en fin de compte, le tigre sera mort. Et je vous garantis qu'à votre plus grande surprise, ce sera une énorme satisfaction pour vous. D'accord ? »

Les zones sauvages du Troisième Niveau sont similaires à ce qui existe de pire sur les planètes. Le terrain n'est peut-être pas aussi mouvementé, mais la faune est largement aussi dangereuse, et c'est cela qui importe. Pour cette excursion finale, nous allions délibérément traquer l'animal le plus féroce vivant à bord du Vaisseau, sans même les bulles-tentes et les pistolets soniques dont nous disposerions pour l'Épreuve. Il ne s'agissait pas seulement de nous donner un aperçu de ce qui pourrait nous attendre là-bas, mais de nous montrer la différence entre ce qu'est un réel danger et ce qui ne l'est pas, et en particulier, que la mort était une chose bien réelle. On peut considérer ce test comme étant cruel, c'est vrai, mais, je le répète, son but consistait à nous donner confiance en nous.

Pareils à une volée de gros oiseaux, nous nous envolâmes du centre d'entraînement vers le toit au-dessus de nous avant d'être emportés. Après avoir traversé le parc, avec ses bosquets d'arbres et ses sentiers pour chevaux, nous passâmes enfin la haute et dense haie épineuse qui marquait la frontière avec le territoire sauvage. Au début, il ne nous parut pas bien différent, mais ensuite, nous survolâmes un troupeau de chevaux sauvages. Le bruit que nous faisions en plus de l'ombre que nous projetions les effrayèrent et ils se mirent à galoper vers la prairie.

M. Marechal nous guidait, et M. Pizarro nous suivait avec le transporteur. Nous volions toujours à la même distance du toit, le sol s'élevant et retombant sous nos pieds. Lorsque nous fûmes au-dessus de petites collines couvertes de broussailles et de quelques arbres éparses, la prairie derrière nous, nous nous posâmes au signal de M. Marechal.

Quand les chiens furent libérés du transporteur, ils jappèrent et tirèrent sur leurs laisses, mais M. Pizarro les attacha à un arbre. Après avoir immédiatement posté des gardes, nous nous hâtâmes d'établir le campement. À peine avions-nous fini de ramasser du bois mort et d'allumer des feux, que les grandes lumières du toit faiblirent, que les souffles d'air s'atténuèrent et que la température baissa. De quelques degrés seulement, mais les feux n'étaient pas destinés à nous réchauffer, ils avaient été allumés dans le but de préparer le repas et de nous protéger.

Après dîner, tout le monde, y compris M. Marechal et M. Pizarro, se rassembla autour du feu, et j'eus le privilège de devoir les divertir pour la soirée. Pour faire plaisir à Jimmy, je renonçai au tin whistle et commençai l'histoire que j'avais préparée et que j'avais eu l'intention de raconter. C'était une très vieille histoire, qui s'intitulait *The Lady of Carlisle*, la dame de Carlisle.

Lorsque les murmures se furent calmés, je me levai dans la lumière dansante des flammes et commençai.

« Il était une fois, il y a très longtemps, dans un pays nommé Carlisle, des lions sauvages vivaient là. Comme vous le savez, les félins sont des animaux solitaires, mais ces lions, eux, restaient en groupe, et ils semaient la terreur dans tout le pays.

À Carlisle vivait une dame, seule, sans famille aucune, et dont l'esprit était empli depuis toujours d'un tas d'idées étranges qu'avait implanté là sa défunte maman. Elle était très belle, et beaucoup de jeunes gens lui faisaient la cour dans la région. Elle était considérée comme un très bon parti, car, en plus de sa beauté, elle était riche. Pourtant, sa maman lui avait appris qu'être belle c'était être différente, et qu'elle ne devait donc pas se jeter au cou du premier venu, ni même à celui du suivant. Elle devrait attendre que vienne un homme de bonne famille, riche, honorable et courageux. « Mets-les à l'épreuve », lui avait dit sa maman.

Il faut dire que, comme son papa avait fait fortune en vendant des miettes de pain rassis… »

« Allons, Mia, intervint quelqu'un, qui voudrait acheter des miettes de pain rassis ?

– Je vais te le dire, Stu, dis-je. Les enfants qui se promenaient dans la forêt. Ils pouvaient ainsi les semer pour retrouver leur chemin. »

« Bref, son papa lui avait laissé assez d'argent pour qu'elle pût se permettre d'attendre des années et des années, en recevant, tous les dimanches après-midi, ses soupirants. Elle les congédiait toujours, pourtant, pour une raison ou pour une autre. Elle passa bien des années ainsi, assise dans son salon, devenant de plus en plus bizarre et s'amusant fort tous les dimanches après-midi à rejeter les candidats les uns après les autres. Il n'y eut bientôt plus un seul homme à marier à quarante lieues à la ronde auquel elle n'eût dit "non" au moins une fois. Tant est si bien que lorsqu'un étranger venait à passer dans la ville un dimanche après-midi, les gens l'envoyaient chez elle pour qu'elle pût le rejeter également. C'était une petite ville, et ce divertissement permanent était le bienvenu.

Un certain dimanche, toutefois, deux jeunes hommes étaient venus boire en ville. L'un était un lieutenant coiffé d'un chapeau à plumes et habillé d'une redingote élégante ornée de plusieurs médailles étincelantes. L'autre était un capitaine de navire qui avait fait le tour du monde pas moins de trois fois, malgré son jeune âge. Tous deux venaient de familles irréprochables, tous deux avaient les poches bien remplies, ils jouissaient d'une excellente réputation et étaient couverts de médailles ou autres honneurs attestant de leur courage. Et tous deux étaient célibataires. C'étaient, de fait, les deux candidats les plus prometteurs qui eussent jamais mis les pieds à Carlisle. Les jeunes gens de la ville n'essayèrent même pas de les départager. Ils leur exposèrent simplement la situation et, lorsque les deux jeunes hommes eurent assez bu pour décider que c'était une bonne idée, et que c'était là un excellent moyen de trancher l'immémoriale rivalité opposant l'Armée et la Marine, ils allèrent courtiser la belle.

La demoiselle était chez elle, et disposée à les recevoir. En fait, elle était particulièrement émoustillée. Et, malgré toutes ces années passées, ils la trouvèrent immensément belle ; aucun des deux jeunes hommes n'avait vu plus belle fille qu'elle au cours de leurs voyages. Elle, de son côté, estima qu'ils correspondaient exactement à ce que sa mère lui avait conseillé, car elle les soumit à un interrogatoire féroce. Le fait qu'ils fussent arrivés le même jour posait toutefois un problème peu facile à résoudre, et elle opta finalement pour la méthode préconisée par sa bonne maman. "Je vais vous soumettre à une épreuve, dit-elle, et celui qui en sortira vainqueur aura ma main."

Elle fit atteler son carrosse à deux chevaux et les invita à monter avec elle. Les jeunes gens de la ville qui les avaient entraînés dans cette histoire et qui avaient attendu jusqu'alors dans la cour, les suivirent en s'agitant et en engageant des paris. Le carrosse monta la colline, puis descendit dans la vallée, et finit par arriver à la tanière des lions qui terrorisaient les locaux. Là, la belle demoiselle donna l'ordre d'arrêter les chevaux. À peine le carrosse immobilisé, elle tomba raide comme une planche. Les deux jeunes prétendants la relevèrent et l'époussetèrent, mais, pendant un bon quart d'heure, elle n'adressa la parole à personne. Ils demandèrent aux jeunes gens ce qui se passait et ils leur répondirent que c'était le genre de choses qui lui arrivait de temps en temps. »

*

« Mais que lui était-il arrivé ?

– L'histoire n'en dit pas plus, répondis-je. Je ne serais pas surprise que ce soit un sous-texte pour dire que c'était une hystérique.

– Maintenant, chut ! fit quelqu'un. Laissez-la finir son histoire. »

« Lorsqu'elle eut enfin repris ses esprits, si l'on peut dire, elle jeta son éventail dans la tanière des lions. Comme vous pouvez l'imaginer, ils se mirent à rugir et à s'agiter. Puis, fort satisfaite d'elle-même, la jeune demoiselle déclara : “Et maintenant, messieurs, lequel d'entre vous gagnera-t-il ma main en me rendant mon éventail ?”

Alors, là, on peut dire que les jeunes gens autour d'eux se mirent à engager des paris pour de bon. Les deux prétendants regardèrent tour à tour, plusieurs fois, la tanière des lions et la jeune femme, soupesant la situation afin de prendre une décision juste et convenable. Finalement, le lieutenant, qui avait bien mérité la moindre des médailles qui ornaient sa poitrine, mais auquel sa propre maman avait inculqué un peu de bon sens, secoua la tête et déclara qu'il préférait rentrer en ville pour boire une pinte de bière ou deux. Il reprit la route, marmonnant dans sa barbe un tas de choses sur les femmes et leurs idées stupides.

Tout le monde regarda alors le capitaine de navire, se demandant ce qu'il allait faire. Finalement, il ôta son veston d'uniforme pour ne pas le froisser, rectifia son col de chemise pour avoir bonne apparence malgré l'absence de veston, et déclara : “J'y vais.” Sur ce, il descendit vers la tanière des lions. D'aucuns disaient qu'il avait davantage de courage que d'intelligence, d'autres étaient d'avis qu'il avait simplement dû boire un verre de trop. Toujours est-il qu'il disparut dans la tanière et que personne ne pensait le revoir émerger un jour. Ils essayèrent d'apercevoir quelque chose, mais il faisait trop noir dans la tanière. On pouvait cependant entendre les lions grogner. Peu après le capitaine revint à la lumière du jour, les vêtements un peu en désordre, et tenant l'éventail à la main.

Et lorsque la jeune demoiselle le vit arriver, elle s'écria : “Me voici !” et s'apprêta à se jeter dans ses bras.

Le capitaine de navire se contenta de la regarder bien en face et lui déclara : “Si vous voulez votre éventail, allez le chercher vous-même.” Et, ce disant, il le jeta de nouveau dans la tanière des lions.

Il retourna ensuite à la ville et paya une pinte de bière au lieutenant, après quoi chacun alla son chemin. J'ignore si la jeune demoiselle ne retrouva jamais son éventail. »

Lorsqu'il put enfin me parler seul à seul, Jimmy me dit : « On a de la chance d'être venus ici pour une *bonne* raison, non ? »

Le matin venu, une fois les feux de camp éteints, les lumières du toit allumées au maximum et les hélipacks protégés sous une bulle-tente, nous partîmes avec les chiens en laisse pour traquer la piste du tigre. Nous suivions derrière, excités par l'attente.

Tout en marchant, je ramassai des pierres et m'exerçai à les lancer. Att et Jimmy critiquèrent ma technique.

« Non, pas comme ça, dit Jimmy. Fais plutôt comme ça. » Il lança une pierre. Son lancer était élégant et plus efficace, mais je ne voyais pas pour autant en quoi consistait mon erreur.

« Je ne sais pas vraiment ce que tu fais de mal, dit Att. Mais en tout cas, tu tords trop ton corps quand tu lances.

– Je pense, renchérit Jimmy, que tu as le bras trop raide et tout l'effort vient de l'épaule. Tu devrais davantage te servir de ton avant-bras et de ton poignet.Les envoyer vers l'avant.

Venie s'approcha de nous : « Alors, Mia ? De nouveau toute douce et sans défense ? »

Ramassant une autre pierre, je la lançai.

« C'est mieux », décréta Jimmy.

J'allai donner à Venie la réponse qu'elle méritait lorsque les chiens se mirent à japper. Ce n'était pas leur aboiement habituel, la note résonnait plus aiguë, presque musicale, comme s'ils avaient des raisons de se réjouir.

« Venez voir ici ! » nous cria M. Pizarro, et nous le rejoignîmes.

M. Marechal était agenouillé près d'une empreinte qui n'avait pas moins de dix centimètres de large, et encore plus de long. Il nous la désigna.

« Nous y voilà, dit-il. Voyez ces grains de sable dans l'empreinte. Elle n'a pas plus de deux heures. Probablement moins », ajouta-t-il en levant un doigt pour estimer la force du vent.

M. Pizarro amena les chiens plus en avant et les libéra. Le corps vibrant, ils reniflèrent les traces. Nous retenions tous notre souffle alors qu'ils s'arrêtaient avant de s'élancer, en jappant de tout leur cœur. Maintenant que les choses devenaient sérieuses, leurs aboiements changèrent de ton et devinrent plus profonds. Nous les suivîmes, trottant derrière eux, montant et descendant les collines sablonneuses. Heureusement que j'avais mis mes sandales : elles se vidaient aussi vite qu'elles s'emplissaient.

C'est étonnant comment de légères variations de température, de vent et surtout d'humidité peuvent produire de telles différences sur le terrain et la végétation. Nous nous éloignions de plus en plus de la prairie, passant tantôt dans un ravin pris entre des dunes, tantôt à travers des fourrés quand nous ne pouvions les contourner. Il était fort probable que le tigre fût venu vers la prairie pour chasser avant de retourner dans la brousse, où devait être son repaire.

Parfois, nous perdions les chiens de vue, alors seuls leurs aboiements nous indiquaient où nous diriger. Une fois, les chiens perdirent la piste, et ils durent revenir en arrière pour la retrouver. Courir devint vite épuisant. Enfin, les aboiements redoublèrent et il devint évident qu'ils avaient aperçu le fauve. Nous arrivâmes au sommet d'une colline juste à temps pour voir le derrière violacé du tigre disparaître derrière un éboulement de roches, pendant que les chiens se démenaient autour, cherchant de quel côté ils pouvaient grimper à sa suite.

Si, pour créer le Troisième Niveau, il avait fallu amener la terre, le sable et les rochers sur place, personne n'aurait même essayé. Essayez de calculer combien de chargements de vaisseaux il aurait fallu. C'eût été une entreprise ridiculement démesurée. Mais comme le Vaisseau n'est en fait rien de plus qu'un énorme rocher, partiellement évidé et structuré, il avait suffi de faire sauter la quantité voulue de rochers et de les pulvériser à la consistance désirée. Le grand éboulis de rochers dans lequel le tigre avait disparu n'était en réalité rien d'autre qu'une pluie géante de roches dont les retombées avaient été laissées telles quelles. Il était là, un tas de pierres rouges, et les chiens y suivirent le tigre.

Nous dévalâmes la pente à la course, en hurlant, nous guidant avec les aboiements des chiens. Un mince sentier se faufilait entre les rochers, puis, soudain, bifurquait : un chemin montait et s'éloignait des bruits que l'on entendait devant nous, l'autre continuait tout droit et on pouvait y entendre l'écho des aboiements des chiens.

M. Marechal fit un grand geste vers le chemin qui montait, à bout de souffle : « Que quelques-uns montent là-haut. »

Je pris le chemin qui allait tout droit. Nous débouchâmes bientôt sur une trouée assez large, et là, devant nous, se trouvait le tigre aux abois, grognant hargneusement et donnant des coups de patte aux chiens. Il était rouge violacé, avec des épaules noires très hautes et une tête triangulaire à l'expression vicieuse. Ses crocs énormes semblaient disproportionnés pour sa gueule trop étroite. Il paraissait aussi inutile qu'un joueur de football professionnel, aussi décoratif, élégant et divertissant. Nous formâmes un cercle autour de lui. Les chiens essayaient de mordre ses flancs, puis se hâtaient de bondir en arrière pour échapper à ses pattes. Il essayait de gagner le fond rocheux de la trouée pour s'échapper, mais les chiens ne lui en laissaient jamais la possibilité. Alors que nous formions un cercle, l'un des chiens ne s'esquiva pas à temps et d'un seul coup de patte, il fut projeté et réduit en une masse sanglante agitée de mouvements convulsifs.

Puis M. Pizarro et quatre enfants apparurent sur les rochers, juste au-dessus du tigre. Ils regardèrent la scène de carnage et de poussière qui s'offrait à eux.

L'un d'eux était David Farmer, qui était presque aussi stupide que Riggy Allen. Prenant une pose avantageuse tout en haut de la roche rouge, je suis à peu près certaine que son intention était de crier pour attirer notre attention, mais il perdit l'équilibre. L'une de ses jambes se déroba sous lui et il dérapa le long de la paroi rocheuse avant d'atterrir lourdement près du fauve, surpris. Il s'élança en avant et fonça sur le chien agonisant.

Tous crocs dehors, le tigre chargea droit sur nous. Malheureusement, il me choisit pour cible. Sans réfléchir, je lui lançai la pierre que je tenais à la main, et je ne sais pas si je la lançai dans les règles, toujours est-il qu'elle le frappa en pleine gueule. Ce fut le signal et un déluge de pierres commença à pleuvoir sur la bête. Le pauvre tigre, hébété, recula vers la paroi rocheuse, mais ceux qui étaient en haut le bombardèrent à leur tour.

Le cercle se resserra autour de lui ; personne n'osait vraiment aller de l'avant pour faire face au fauve. Seule la proximité des autres nous donnait du courage. Puis, faisant des feintes, presque comme les chiens, Jimmy brandit son couteau vers la gueule du tigre, qui retroussa les babines en grognant et en donnant des coups de patte. Voyant que l'attention du tigre était fixée sur Jimmy, Att, que je n'aurais jamais cru capable de cela, sauta sur le dos du fauve et lui enfonça son couteau entre les côtes.

Secouant les épaules, le tigre le rejeta en poussant un cri de douleur. Nous nous précipitâmes alors tous sur lui, couteaux en avant et hurlant à plein poumons. Il ne fallut pas plus de quelques secondes pour le tuer. Lorsque nous nous retirâmes, il ne restait qu'une masse inerte violacée couverte de filets de sang.

David Farmer s'en tira avec une jambe vilainement fracturée. Bill Nieman avait une profonde entaille et l'épaule brisée : le tigre l'avait frappé dans un dernier spasme d'agonie. Je n'avais que de petites égratignures et une plaie peu profonde – un coup de couteau que j'avais pris dans la mêlée.

Ils avaient dit vrai. Savoir que l'on est capable de tuer un animal aussi vivant, aussi beau et aussi dangereux qu'un tigre vous donne un sentiment de puissance. Mais ce sentiment, on peut aussi l'éprouver en appuyant sur un bouton, à bonne distance. Nous avions tué le tigre sur son propre terrain. On l'avait traqué à pied, on l'avait retrouvé et tué. Cela vous donne, en plus, confiance en vos capacités.

On apprend aussi à mieux se connaître. On sait ce que cela fait de voir une patte de tigre pleine de griffes se lever à vingt centimètres de votre visage. On sait ce qu'est la vue et l'odeur du sang. Et l'on apprend aussi qu'une chasse au tigre peut vous donner mal à la gorge.

Quels qu'eussent été les effets positifs de cette chasse au tigre sur nos esprits, il n'en reste pas moins que ce mois de novembre nous vit de plus en plus tendus et inquiets. Mes moments de gaieté se faisaient rares. Mon esprit avait beau me répéter, comme il le faisait depuis des mois, que l'Épreuve serait une simple formalité, mes entrailles n'en étaient pas convaincues pour autant. J'essayais d'agir gentiment avec les gens autour de moi, mais vers la fin du mois, adresser la parole à qui que ce soit devint au-dessus de mes forces, ne parlons même pas d'être gentille, et je dormais de plus en plus mal. Une nuit, je m'éveillai en hurlant, ce qui ne m'était pas arrivé depuis des années.

Le pire était l'attente. Si j'avais eu le choix, j'aurais préféré y aller immédiatement, dès la mi-novembre, partir maintenant plutôt que plus tard, simplement pour m'en débarrasser. Comme ce n'était pas possible, je devenais de plus en plus nerveuse et susceptible.

Je réussis même à me brouiller avec Jimmy, ce qui n'était pas facile, en partie parce que Jimmy a très bon caractère et en partie parce que nous sommes très proches. Bien que l'on vous dépose séparément sur la planète, on a le droit de se rejoindre après. J'avais eu l'intention de former équipe avec Jimmy et je suis certaine qu'il y pensait également. Notre querelle mit fin à ce projet.

Cela débuta par une remarque intransigeante de ma part sur les bouseux. Je pensais réellement ce que je disais, même si j'avais sûrement exagéré mes idées pour mieux les souligner. En tout état de cause, M. Mbele ne la laissa pas passer.

« Je croyais que tu étais passée à autre chose, Mia. C'est une question très importante à mes yeux. Je déteste ces simplifications arbitraires qui consistent à classer les gens en catégories. Il y eut une époque où mes ancêtres étaient considérés comme étant inférieurs, et persécutés simplement parce que leur peau était noire. »

C'était complètement stupide : ma peau est plus noire que celle de M. Mbele, et je ne me sens inférieure à personne.

« Cela ne constitue pas une différence essentielle, répondis-je. Tandis que, dans le cas des bouseux, il y en a une : ils sont manifestement moins évolués que nous. »

Sur le chemin du retour, Jimmy voulut continuer la discussion. « Tu te souviens de nos exposés sur l'éthique l'hiver dernier ?

– Bien sûr.

– Il me semble que tu approuvais la proposition de Kant, comme quoi nous devons considérer les êtres humains comme une fin et non comme un moyen.

– Je ne la critiquais pas, en tout cas.

– Alors, comment peux-tu parler comme ça des colons ?

– Mais enfin, dis-je en m'échauffant, qu'est-ce qui te fait croire que les bouseux sont des *êtres humains* comme nous ?

– On croirait entendre ton père », dit Jimmy.

Ce fut alors que la dispute commença. Jimmy ne se bat jamais, du moins il n'en est jamais venu aux mains depuis que je le connais, et je ne m'étais pas battue avec qui que ce soit depuis plus d'un an, mais ce jour-là, nous n'en fûmes pas loin. Nous partîmes chacun de notre côté sans même nous dire au revoir. Et je lui rendis son pin's d'« entre les montagnes ». C'était le vendredi soir, la veille de mon anniversaire.

Pour mon anniversaire, Jimmy ne vint pas. Le jour de mes quatorze ans fut gris et terne. Le dimanche qui suivit également. Le lundi, nous partions pour l'Épreuve.

Troisième partie

UNE ÉDUCATION UNIVERSELLE

14

Il y a globalement deux façons de faire face durant l'Épreuve : la méthode de la tortue et celle du tigre. La première consiste à se terrer quelque part et à attendre que le mois passe, en ne faisant rien pour s'attirer des ennuis, en restant planter là. La méthode du tigre consiste à rôder, à chercher autour de soi, en essayant d'en voir le plus possible. Il est certain qu'elle est plus dangereuse que la méthode de la tortue, mais elle est également plus passionnante. Aucun de nos instructeurs n'eut la présomption de nous recommander l'une ou l'autre, et aucun préjugé n'était rattaché au fait d'être une tortue, bien qu'il y eût certainement plus de prestige à être un tigre. Nous en parlions parfois entre nous. Riggy était déterminé à être une tortue.

« Je tiens à revenir dans le Vaisseau, disait-il. Et j'aurais plus de chances si je suis une tortue. » Voilà ce qui arrive lorsqu'un garçon impétueux se met à réfléchir.

Att refusait de parler de ses projets, et Jimmy affirmait que lui, en tout cas, serait un tigre. Quand je me voyais faire équipe avec Jimmy, je me pensais comme un tigre également. Mais quand je pris la décision de me débrouiller seule, ma détermination à être un tigre baissa d'environ soixante pour cent. Disons que j'étais un tigre réticent.

Le matin du 1er décembre, je me levai tôt et allai à la cuisine pour me préparer mon petit-déjeuner. Papa m'attendait, et le petit déjeuner était déjà prêt. Nous mangeâmes en silence.

Lorsque je fus prête à partir, papa me dit : « Au revoir, Mia. Ta mère et moi serons là pour t'accueillir à ton retour. »

Je l'embrassai : « Au revoir, papa. »

Je pris la navette pour descendre jusqu'à la porte 5 au Troisième Niveau. Je portais des chaussures solides, un pantalon et deux chemises, une légère et une épaisse. J'avais mon couteau et mon pistolet, ma bulle-tente, mon sac de couchage, quelques effets personnels, des vêtements de rechange, un manteau vert, jaune et rouge, quelques provisions et, ce qui était le plus important de tout, mon signal de récupération. Ce petit bloc de sept centimètres sur cinq était mon unique contact avec le vaisseau d'exploration. Sans lui, sans ce signal de ma part au bon moment, autant être mort ; aux yeux du vaisseau, en tout cas, je le serais. Silencieux ou mort, c'était pareil, on ne revenait pas vous chercher.

Je pris Nunuche, mon robuste et stupide poney, ainsi que son équipement et je les emmenai dans une navette de transport. J'aidai Rachel Yung à faire de même, puis nous descendîmes ensemble au Premier Niveau, à la baie d'exploration. Après avoir embarqué nos affaires, nous retournâmes attendre dehors.

Pas de discours ni de fanfare. Rien que les vaisseaux attendant dans le calme au-dessus de leurs tubes et quelques hommes travaillant paisiblement dans la grande galerie creusée dans le roc. Et nous. On nous ignorait – il n'était pas certain que nous reviendrions, vous comprenez.

L'un après l'autre, les enfants arrivaient et chargeaient leur équipement à bord, puis venaient nous rejoindre à l'extérieur. Nous étions très calmes, sauf Riggy, qui raconta une histoire drôle. Il fut le seul à en rire et sa voix résonna dans la baie.

Le départ était fixé à huit heures. À huit heures moins le quart, M. Marechal vint nous souhaiter bonne chance, puis disparut de nouveau. Sa nouvelle classe commençait dès cet après-midi, et je pense qu'il était déjà en train d'apprendre les noms par cœur.

Nous étions seize filles et treize garçons. David Farmer et Bill Nieman manquaient à l'appel : ils se remettaient de leurs blessures après la rencontre avec le tigre. Leur tour viendrait dans trois mois, et je ne leur enviais pas du tout cette attente. Surtout que d'ici là nous serions revenus, et promus au rang d'adultes.

Juste avant huit heures, George Fuhonin et M. Pizarro arrivèrent. En dépit de l'heure matinale, George paraissait de fort bonne humeur. En me voyant près de la rampe, il s'arrêta.

« Je vois que le grand jour est enfin arrivé, dit-il. Je te souhaiterais bonne chance si je pensais que tu en avais besoin, Mia, mais je n'ai aucune inquiétude sur ton sort. »

Je ne sais pas si j'appréciais vraiment de le voir aussi confiant.

M. Pizarro commença à monter la rampe, puis se tourna vers nous en faisant un grand signe pour attirer notre attention : « Il est l'heure. Tout le monde à bord. »

Nous nous assîmes dans la rotonde centrale. Juste avant d'entrer dans le vaisseau, je me retournai en haut de la rampe pour jeter un long regard – le dernier, peut-être – sur ce que je considérais comme ma maison. Dès que nous fûmes tous installés, George leva la rampe.

« Attention, annonça-t-il sur les haut-parleurs. Départ dans dix secondes. »

Les tubes se vidèrent d'air, les attaches retenant le vaisseau se relevèrent, et nous… tombâmes, tout simplement. George n'était pas obligé de faire ça. Il n'aurait jamais osé avec mon père à bord. J'eus un léger haut-le-cœur, qui ne dura pas longtemps. George a un curieux sens de l'humour et je pense qu'il croit sincèrement que c'est amusant d'être un très bon pilote quand on peut s'en tirer.

Att était assis à côté de moi et soudain, il me regarda, comme quelqu'un qui vient de prendre son courage à deux mains.

« Mia, je me demandais… Cela te dirait qu'on fasse équipe ? »

Au bout d'un moment, je lui répondis : « Je suis désolée, Att, mais je crois que je ne préfère pas.

– À cause de Jimmy ?

– Non. Je préfère être seule.

– Oh. » Il laissa passer une ou deux minutes, puis il se leva et changea de place.

J'étais apparemment fort populaire ce jour-là, car, un moment après, ce fut Jimmy qui s'approcha de moi. J'étais plongée dans mes pensées et je ne l'avais pas entendu arriver. Il dut se racler la gorge pour me faire lever la tête.

Embarrassé et hésitant, il commença : « Mia, j'ai toujours pensé qu'on se rejoindrait une fois arrivés sur la planète. Si es toujours partante, moi aussi. »

Je n'avais toujours pas oublié ce qu'il m'avait dit, que j'étais une « snob », donc je lui répondis très simplement « Non » et il repartit. Cela me tracassa. S'il y tenait vraiment, il aurait essayé de me convaincre et s'il avait essayé, j'aurais peut-être changé d'avis.

Son insulte résonnait toujours dans mon esprit. Il avait fallu qu'il mêle papa à ça, mais papa n'avait rien à voir là-dedans. Les gens qui habitent sur les planètes *ne peuvent pas* être des gens comme nous. Personne ne peut leur apprendre, et ils deviennent plus ou moins comme ceux que j'avais rencontrés la première fois que j'étais descendue sur une planète. Sans compter un tas d'autres histoires que j'avais entendues à la maison. Si papa et moi étions tous deux parvenus à la même conclusion, simplement en examinant les faits, cela ne signifiait pas qu'il m'avait convaincue. Je m'étais moi-même convaincue. Et pourquoi serait-ce « snob » de ne pas aimer les gens qui ne sont pas vraiment des gens ?

La planète sur laquelle on allait nous déposer s'appelait Tintera. Papa me l'avait dit ce matin au petit-déjeuner, bien que cela constituât une petite entorse au règlement. C'était à peine une indiscrétion de sa part puisqu'il était certain que je ne savais rien sur cette planète. Notre dernier contact avec Tintera datait d'environ cent cinquante ans. Nous savions que la colonie existait toujours, c'était tout. Le Conseil examine toujours les planètes choisies pour l'Épreuve, et cette fois, nous déposer sur une planète dont on ne savait plus rien depuis tant d'années, engendra de vives discussions. Ils finirent par se décider pour Tintera quand même : la planète était proche et facile d'accès. Pour les faire changer d'avis, il aurait fallu que papa soulève des objections, mais, d'un point de vue pratique, cela lui était impossible à cause de moi.

Quand nous arrivâmes au-dessus de Tintera, George commença à nous déposer un à un. Nous survolâmes la mer à la lumière du soleil levant, avant de nous approcher des collines boisées couleur vert-gris. George repéra une clairière et s'y posa. Quand le vaisseau fut complètement à l'arrêt, il abaissa la rampe.

« Allons-y, annonça-t-il par les haut-parleurs. Le premier à descendre. »

Aucun ordre fixe de départ n'est prévu. Du moment que quelqu'un descend, peu importe qui c'est. Jimmy avait déjà rassemblé tout son équipement avant l'atterrissage. Dès que la rampe fut baissée, il fit signe à M. Pizarro qu'il y allait, et il sortit en tenant son cheval par la bride. C'était tout à fait typique de Jimmy. M. Pizarro le raya de sa liste, et nous reprîmes l'air presque aussitôt.

Je commençai à rassembler mes affaires, m'assurant de ne rien oublier. J'avais déjà tout vérifié, et, de toute façon, il aurait été trop tard pour rajouter quelque chose, mais je ne pouvais tout simplement pas m'en empêcher.

À l'atterrissage suivant, j'annonçai à M. Pizarro : « J'y vais », devançant Venie, qui se rassit sur son siège. Je ne sanglai pas mon paquetage, et me contentai de le balancer sur la selle, et, prenant Nunuche par les rênes, je descendis la rampe. Ce n'était pas à cause de Jimmy. Je tenais à en finir. Je ne voulais plus attendre.

Je fis un grand signe de la main à George pour lui dire que c'était bon et que j'y allai. Il me répondit alors que la rampe se levait et que le vaisseau décollait, froid et impersonnel. Je le regardai partir, tout en tenant fermement Nunuche pour l'empêcher de faire des bêtises. En quelques secondes, le vaisseau avait disparu. Bientôt, son bleu-gris se confondit avec la couleur du ciel, et je ne saurais dire exactement à quel moment il s'évanouit complètement de mon champ de vision.

Je restai là, jeune fille moderne et téméraire, une vraie aventurière. Je savais construire le quinzième d'une cabane en rondins, tuer un trente et unième de tigre, embrasser, faire de la broderie, franchir des sauts d'obstacle, et, en théorie du moins, tuer quelqu'un à main nue. Je n'avais absolument aucune inquiétude à avoir, non ?

Je survécus à cette première journée – la première sur trente. Il faisait froid, donc ma première décision fut de mettre mon manteau bariolé. Puis, je fixai mon paquetage, j'attachai mon sac de couchage et je sautai en selle. Sans me hâter, je m'engageai tranquillement dans la forêt, tout en dressant mentalement une liste de ce que je devais faire et de la priorité de chaque élément :

Avant tout, rester en vie. Trouver de la nourriture pour suppléer à mes maigres provisions. Trouver un abri mieux que la bulle-tente, à défaut, le construire.

Ensuite, explorer les environs. Me familiariser avec le paysage et les habitants.

Troisièmement, contacter si possible quelques-uns des autres enfants s'il devait en être ainsi. Après tout, Jimmy n'avait pas été déposé bien loin, et Venie, ou un autre, serait également à faible distance de l'autre côté.

La gravité de Tintera était légèrement inférieure à la normale, ce qui ne m'incommodait pas du tout. Après tout, il est toujours mieux d'être plus léger que plus lourd. Ou pire encore, d'avoir un cheval qui a mal aux pieds. Le relief dans cette forêt était assez rude. Parfois, j'étais obligée de mettre pied à terre et de me frayer un chemin entre les arbres ou autour des formations rocheuses.

Je fis halte très tôt dans la journée. Étant seule et me sentant seule, j'étais un peu déstabilisée par la brusque transition entre le monde chaud et confortable du quartier Géo et cet univers forestier froid et gris. J'allumai un feu, mangeai et me couchai à une heure qui m'aurait parue ridiculement tôt chez moi.

Ayant déniché un petit creux de rocher près d'une source, j'y dépliai ma bulle-tente. Lorsque la nuit tomba, j'avais déjà fini de manger et j'entrai dans la tente, sans allumer la lumière. Même à l'abri, j'avais inexplicablement froid, comme cette semaine où l'on m'avait fait mon vaccin de protection générale. J'avais mal partout. Si cela avait été la bonne période du mois, j'aurais pu croire que j'avais mes règles. Pour un peu, j'aurais pensé que j'étais malade. Mais je n'avais pas mes règles, et je n'étais pas malade : j'étais simplement triste.

Blottie dans mon sac de couchage, je me mis à pleurer. Je haïssais cette foutue planète, je détestais Jimmy de m'avoir laissée tomber, et je m'en voulais également. Je n'aurais pas cru que l'Épreuve serait ainsi. Cette étrange solitude n'était pas entrée dans mes calculs. En chevauchant, dans l'après-midi, j'avais effarouché plusieurs animaux d'assez grande taille, disgracieux, avec des genoux protubérants et des têtes bosselées, presque carrées. Lorsqu'ils nous virent Nunuche et moi, ils avaient levé leurs têtes et nous avaient regardé fixement. Ils avaient des cornes qui bifurquaient, des sortes de bois. Le premier moment de surprise passé, ils avaient détalé avec un curieux galop mou avant de disparaître dans les broussailles avec grand bruit. Ils avaient tout de suite deviné que nous n'étions pas de leur planète. Et je m'en rendais également de plus en plus compte. Le sommeil fut lent à venir.

Lorsque je me réveillai, le soleil était déjà levé. Il faisait froid, mais il faisait bien moins gris que la veille. Alors que je m'agitai et que le soleil se levait de plus en plus haut, l'air devint presque chaud ; la chaleur du soleil et le froid du vent se contrebalançaient.

Je ne me sentais guère mieux, mais je m'occupais sans cesse l'esprit pour ne pas trop penser à ce qui m'ennuyait. J'avais découvert un nouveau désavantage à la technique de la tortue que je n'avais pas imaginé auparavant : cela vous laisse beaucoup trop de temps pour réfléchir aux désagréments des planètes en général, et en particulier de celle sur laquelle vous êtes, sans parler du sentiment misérable de solitude et d'abandon qui vous envahit. C'était trop pour moi. Ne serait-ce que pour cette raison, il fallait que je devienne un tigre.

Je ne tardai pas à plier bagage dans la matinée et, montée sur Nunuche, je commençai par décrire un grand cercle allant en s'élargissant, la méthode la plus efficace pour partir en exploration. Le terrain continuait d'être difficile. Si j'avais suivi les chemins naturels du terrain, cela n'aurait pas été aussi dur ; ma méthode en spirale rendait les choses compliquées. Souvent, je dus mettre pied à terre pour conduire Nunuche par les rênes.

À l'une de ces occasions, je vis un petit animal bondir non loin devant moi. J'avais déjà aperçu une fois ou deux de petits animaux terrestres, ou bien arboricoles, dans les arbres, mais jamais d'aussi près. Je sortis instantanément mon pistolet, mais mon premier tir vit le laser partir trop à gauche : Nunuche avait choisi ce moment-là pour tirer sur les rênes. La seconde fois, je touchai le petit animal. À faible distance, ces pistolets soniques sont très efficaces.

Je fis approcher Nunuche et alors que je me baissais pour ramasser l'animal, j'entendis un fort bruit dans les buissons. Je me retournai. L'être que je vis, figé à quelques pas de moi, était pour le moins surprenant. Il se tenait debout sur ses deux jambes et était entièrement couvert d'une fourrure gris-vert. En guise de visage, il avait un masque bestial et aplati, quelque peu carré. J'eus le sentiment très net que je venais de tuer son dîner.

Nous nous regardâmes. Nunuche s'ébroua et tira sur les rênes. Je les lâchai, espérant qu'il aurait l'intelligence de ne pas s'enfuir. Puis, en inspirant un grand coup pour calmer mon cœur battant, j'avançai vers la créature, le pistolet levé et agitant les bras : « Bouh ! lui criai-je. Va-t'en d'ici ! ». Je criai de nouveau, et après quelques hésitations, la créature secoua vivement la tête et détala.

Je revins vers Nunuche et attrapai de nouveau les rênes ; je me sentais étonnamment mieux. J'avais réfléchi à ma tristesse de la veille et j'avais le sentiment qu'elle avait été provoquée par les vaccins qu'on nous avait faits. Il me vint à l'idée que, si je devais choisir, je préférerais me passer de mon pistolet plutôt que de cette immunisation. Je parie que bien plus d'explorateurs sur notre bonne vieille Terre sont morts de la je-ne-sais-quoi galopante que sous les crocs et les griffes d'animaux sauvages, ou sous le coup d'accidents ou d'attaques d'aborigènes, réunis.

Je continuai à chevaucher jusqu'à la tombée du jour. L'animal que j'avais tué se révéla parfaitement comestible. C'est une question de chance. Pendant nos cours de survie, on nous avait fait manger des choses tellement épouvantables qu'on se demandait comment il était possible de les avaler sans s'étouffer (le but de la démonstration étant, bien entendu, de nous prouver que la plus invraisemblable gadoue peut vous maintenir en vie). Je m'étais donc fort bien débrouillée en trouvant quelque chose qui ne faisait pas que me maintenir en vie. Lorsque j'eus mangé, la fatigue m'envahit et je n'eus aucune difficulté à m'endormir.

Le lendemain, je découvris la route. Je chevauchais sans me presser, en chantonnant. Je n'aime pas les gens qui ne chantent pas quand ils sont seuls. Ils sont trop austères pour moi. Au moins fredonner, c'est à la portée de tout le monde. Ainsi donc, chevauchant et chantonnant, j'arrivai au sommet d'une colline et, en regardant en contrebas à travers les arbres, j'aperçus une route.

Encourageant Nunuche, je descendis la colline. Longtemps, les rochers et la végétation me cachèrent la route, puis, soudain, elle apparut de nouveau devant moi, au milieu de la masse de brun, gris et vert. Elle était tout en tournants, car elle suivait le relief sans jamais tenter de le franchir. C'était une étroite route de terre, avec des traces de roues, de sabots et d'autres choses que je ne pus identifier. Il y avait également des excréments qui ne provenaient pas de chevaux.

Je savais que l'océan devait être à l'ouest, puisque nous l'avions survolé, sans doute pas très loin de là où je me trouvais. Il était fort possible que cette route y menât d'un côté. Je n'avais, bien sûr, nullement l'intention d'aller dans cette direction. J'avais déjà vu un océan, et cela me suffisait. J'avais eu mon quota d'océans. Comme il est axiomatique que toutes les routes mènent quelque part, je m'engageai dans la direction opposée, vers l'est et l'intérieur du pays.

Je rencontrai mes premiers voyageurs trois heures plus tard. Je fis arrêter Nunuche sous le couvert de quelques arbres. Devant, et allant dans la même direction que moi, il y avait cinq hommes à cheval poussant devant eux un petit troupeau de créatures d'une inimaginable laideur. Tout en avançant péniblement, elles émettaient une sorte de meuglement inarticulé à vous glacer le sang.

En les regardant, j'eus l'impression que mon cœur allait s'arrêter de battre. Pendant un court instant, j'eus même envie de faire volte-face. Mais je savais que je devais un jour ou l'autre faire face aux habitants locaux si je tenais à devenir un tigre. Après tout, ce n'étaient que des bouseux. Rien que des bouseux.

J'enfonçai mes talons dans les flancs de Nunuche qui se mit à avancer au pas. En approchant, je pus observer de plus près ces créatures et j'eus la nette impression qu'elles étaient similaires à celle que j'avais mise en fuite dans la forêt la veille. Elles étaient absolument inhumaines, avec leurs corps ramassés, verts et grotesques, leurs longs membres et leurs têtes plates. Pourtant, elles marchaient sur leurs membres postérieurs et avaient les pattes de devant préhensiles, comme des mains, et c'était assez pour donner une impression d'humanité. D'une caricature, en tout cas.

Les hommes à cheval avaient tous des fusils accrochés à leur selle et semblaient aussi inquiets qu'une chatte qui vient d'avoir des petits.

L'un d'eux, qui guidait plusieurs chevaux de somme, m'aperçut, et cria quelque chose à un autre, qui semblait être leur chef. Ce dernier fit faire volte-face à son cheval noir et vint vers moi au petit trot.

C'était un homme d'âge mûr, même si je ne savais pas ce qui était considéré comme étant l'âge mûr sur cette planète, très grand et avec un visage dur. Un visage plutôt normal, en fait, mais il semblait être un homme dur. Arrivé à ma hauteur, il s'arrêta. Moi non, je continuai sur ma lancée. Il dut de nouveau faire faire volte-face à sa monture pour me suivre.

Personnellement, j'ai tendance à juger les gens sur leur visage, et je pense avoir raison. Si un homme n'est pas responsable des traits de son visage, il l'est de ses expressions. Si un homme me semble mauvais, en général je pense qu'il l'est, et ce jusqu'à preuve du contraire. Celui-ci avait l'air mauvais, et c'est pourquoi je continuai à avancer. Il me donnait la chair de poule.

Il me lança : « Que fais-tu par ici, p'tit gars ? T'as perdu la tête ? C'est qu'y a des Oiseux évadés dans ces bois. »

Mes cheveux étaient coupés court, et, le froid étant vif, je portais mon manteau, mais quand même… Je ne tenais toutefois pas à engager la discussion sur ce point ni à rester plus longtemps en sa compagnie. Je ne lui répondis pas. Je crois avoir déjà mentionné le fait que j'ouvre rarement la bouche en compagnie de gens que je ne connais pas ou quand il y a beaucoup de monde autour de moi.

« D'où qu'tu viens ? » me demanda-t-il.

Je désignai la route derrière nous.

« Et où qu'tu vas ? »

Je montrai la route devant nous. Qu'aurais-je pu faire d'autre, à moins de prendre à travers bois ? Il paraissait exaspéré. Je provoque parfois cette réaction.

Nous allions rejoindre les autres hommes et les animaux lorsqu'il ajouta : « Vaut p't'être mieux qu'tu viennes avec nous. Pour la protection ? »

Il avait une drôle de façon de prononcer les mots, presque comme s'il avait la bouche pleine de bouillie. C'était imprécis, mais je le comprenais très bien. Il voulait m'obliger à faire quelque chose que je ne voulais pas.

L'un des autres cavaliers s'approcha doucement. Ils devaient nous observer depuis un moment. Il s'adressa à l'homme au visage dur :

« T'sais, Horst, dit-il, l'est tellement petit qu'les Oiseux doivent même pas l'voir. Y a qu'à le laisser s'débrouiller. »

Le cavalier me regarda, et comme je n'avais pas l'air terrorisée – j'avais peur, mais je ne voulais pas le montrer – il haussa les épaules, et un des cavaliers se mit à rire.

L'homme qui paraissait être le chef reprit toutefois la parole : « C'garçon nous accompagnera jusqu'à Miterre, pour sa protection. » Il sourit et j'eus l'impression de voir devant moi un chat, un félin prédateur.

Je regardai les pauvres créatures trébuchantes qu'ils poussaient devant eux. L'une d'elles me fixa de ses yeux dorés et ternes, dénués d'expression. Son regard me mit mal à l'aise.

Je secouai la tête. « Non, je ne pense pas ».

Ce que fit l'homme alors me surprit. Il déclara : « J'pense bien qu'si », et il saisit son fusil accroché à sa selle.

Je tirai mon pistolet sonique de dessous mon manteau si vite qu'il n'eut même pas le temps de lever son arme. Sa bouche s'ouvrit de stupéfaction. Il savait parfaitement ce qu'était ce pistolet, et il n'avait aucune envie de se faire frire.

D'une voix aussi calme que possible, je dis : « Prenez tous vos fusils et laissez-les tomber doucement au sol. »

Ils s'exécutèrent un à un en me regardant avec méfiance. Lorsque tous les fusils furent par terre, je dis : « Allons-y, en avant ! »

Ils étaient visiblement réticents. Ils ne voulaient pas abandonner leurs armes. Je les comprenais. Horst ne dit pas un mot, se contentant de me regarder en plissant les paupières. J'avais plus que hâte d'en avoir fini et de me retrouver loin d'eux.

L'un des autres hommes leva une main implorante : « Écoute, p'tit…

– Ferme-la ! » dis-je, d'un ton aussi méchant que possible et il n'insista pas. Cela me surprit un peu. Je ne pensais pas avoir réussi à paraître méchante. Peut-être craignait-il simplement que je n'aie la gâchette facile s'il me pressait trop.

Après avoir avancé vingt minutes à une allure reposante – pour nous, pas pour les créatures prisonnières –, je leur déclarai : « Si vous voulez vos fusils, vous pouvez retourner les chercher, maintenant. »

Et, enfonçant mes talons dans les flancs de Nunuche, je partis d'un bon trot. Au tournant suivant, je me retournai et vis que quatre d'entre eux étaient restés là avec les bêtes et les prisonniers, tandis que le cinquième rebroussait chemin au grand galop, soulevant un nuage de poussière.

Je mis cet épisode dans le casier « En attente d'analyse » de mon esprit et continuai mon chemin. Je me sentais bien. Je crois même me souvenir que j'eus un fou rire. Parfois, j'arrive même à me convaincre que je suis une aventurière née.

15

J'avais neuf ans quand papa me fit cadeau de notre précieux souvenir de famille, la poupée de bois peinte que mon arrière-grand-mère avait ramenée de la Terre, celle qui contenait onze autres petites poupées à l'intérieur. La première fois que je l'ouvris, j'étais complètement stupéfaite, et maintenant, j'aime observer la surprise de ceux qui l'ouvrent pour la première fois. Je devais avoir la même expression alors que je chevauchais le long de cette route.

Tout d'abord, il y eut des champs. Au fur et à mesure que j'avançais et que les heures passaient, les collines cédèrent la place à une large vallée et les arbres à des champs cultivés. Dans ces derniers, je vis travailler un certain nombre de ces créatures à fourrure verte, sous bonne garde. Cela me surprit un peu, car ceux que j'avais vus plus tôt semblaient craintifs et malheureux et je ne les aurais certainement pas crus capables d'une quelconque capacité de calcul, encore moins de travail, même sous la supervision d'un être humain. Cela me soulagea aussi pourtant, car je craignais que ce ne fussent des animaux de boucherie, et ils étaient trop humanoïdes pour que ce fût acceptable.

Dans la vallée, la route s'était élargie. Par deux fois, je croisai des routes secondaires. Je dépassai plusieurs voyageurs et fus dépassée une fois moi-même par une calèche attelée de deux puissants chevaux. Je rencontrai des chariots, des cavaliers et quelques marcheurs. Une fois, je vis une sorte de campement établi non loin de la route. Il y avait un grand chariot, et une tente devant laquelle une femme étendait du linge, un puits et aussi un grand enclos en bois à ciel ouvert. Personne ne me demanda quoi que ce soit. Une fois, je dépassai un chariot bâché, lourdement chargé, conduit par l'homme le plus vieux que j'aie jamais vu. Ses cheveux étaient tout blancs et son visage rougeâtre entièrement ridé. Quand il me vit passer au trot, il leva sa vieille main rugueuse.

« Salut !

– Salut ! » répondis-je, en lui faisant également un signe de la main, et il me sourit.

Vers le milieu de l'après-midi, j'arrivai en vue de la ville, petit point à l'horizon qui allait en grandissant. Enfin, je l'atteignis, telle une ultime petite poupée. J'arrivai de la route de terre brune et traversait la ville de pierres, de briques et de bois. Lorsque j'en ressortis de l'autre côté, j'étais ébranlée jusqu'au plus profond de moi-même. Mes mains étaient moites, sans que cela soit de l'excitation. Elles étaient froides et humides et la tête me tournait.

À l'entrée de la ville, une pancarte annonçait : MITERRE. La ville paraissait assemblée de bric et de broc, au petit hasard. Vieille. Hors du temps. Comme si seules les plus simples des machines étaient connues.

Je vis une bande de garçons jouer à chat dans la poussière de la rue et je constatai que l'un des bâtiments était une rédaction de journal. Dans une vitrine, une grande affiche était déployée, le mot INVASION ! imprimé en gros. Un homme misérablement vêtu se penchait en avant pour essayer de déchiffrer l'inscription.

Traversant la ville au pas, je regardais tout, surtout les gens. Je ne vis que des petits garçons jouer, et j'aperçus seulement deux fillettes marchant bien sagement près de leurs parents.

Il y a une foule de choses que je n'aime pas, comme vous vous en êtes peut-être aperçus. Porter des pantalons, par exemple. J'étais heureuse d'en avoir ici, car ils protégeaient et réchauffaient mes jambes, mais je n'en portais que par nécessité. Ici, les hommes et les garçons portaient des pantalons, mais pas les femmes et les fillettes. Elles avaient des vêtements qui me paraissaient quelque peu fantaisistes, mais qui mettaient leur silhouette en valeur. Pourtant, elles paraissaient être aussi à l'aise que si on leur avait attaché les pieds, et je n'aurais pas voulu marcher cent mètres avec cela, sans parler de monter à cheval, ce devait être tout bonnement impossible. Tout compte fait, les pantalons me semblaient préférables à certaines alternatives.

Le nombre d'enfants était incroyable. Ils grouillaient littéralement. Toujours à jouer en groupes ou en bandes dans la rue. Et rien que des garçons.

Je vis pourtant un groupe de filles, en uniforme, avançant clopin-clopant sous la surveillance d'un tas de gardiens. Des écolières, sans doute.

La moitié des gens que je vis – bien plus que la moitié, en réalité – étaient des enfants. Et quand je vis enfin une famille rassemblée, je compris pourquoi. Il y avait le père, la mère et toute une brigade d'enfants – pas moins de huit. Il ne faisait aucun doute qu'ils étaient tous frères et sœurs.

Ces gens ne pratiquaient pas la limitation des naissances ! J'étais vraiment stupéfaite. La toute première chose qu'on nous apprend à l'école, ce sont les conséquences d'une politique de libre natalité. Si nous nous reproduisions comme des animaux, nous ne durerions même pas le temps d'une génération ! Une planète n'est rien d'autre qu'un Vaisseau de grande taille, et ces gens étaient, au même titre que nous, les héritiers d'une planète détruite par la libre natalité. Ils devraient pourtant savoir à quoi cela mène.

Évidemment, sur une planète, il n'est pas nécessaire de limiter les naissances aussi strictement que chez nous, un minimum de planification est pourtant nécessaire. Une famille de huit enfants est inexcusable... et je ne voyais que ceux qui étaient présents et en âge de marcher. Qui sait combien d'enfants plus âgés et plus jeunes n'étaient pas présents ? C'était dégoûtant et immoral.

Cette vision m'effraya et m'emplit de révulsion. J'étais hors de moi. Il y avait trop de choses que je ne comprenais pas ou que je n'appréciais pas. Je maintins Nunuche au pas jusqu'à la sortie de la ville, puis le poussai au galop un bon coup.

Une fois à bonne distance, je le fis ralentir et le ramenai au pas. Je regrettais que Jimmy ne fût pas là pour échanger des idées. Comment apprend-on à connaître un étrange lieu comme celui-ci ? En écoutant aux portes ? Peu efficace comme méthode. Déjà, on ne peut pas savoir si les gens vont parler des choses qui nous intéressent. Sans compter que l'on risque de se faire prendre. Interroger les gens ? Mais qui ? On ne peut pas prendre ça trop à la légère. Lorsque l'on se met à dos un homme comme Horst, on risque fort de finir assommé et les poches vidées. La meilleure idée qui me vint fut de consulter une bibliothèque, mais je n'étais pas certaine d'en trouver une dans ce lieu si peu civilisé. Je n'avais vu aucun bâtiment à Miterre qui pouvait ressembler de près ou de loin à une bibliothèque à mes yeux – le seul bâtiment officiel que j'avais vu était une grande bâtisse en pierres portant une devise sculptée au-dessus de la porte : « Tous égaux aux yeux de la loi », ou « La vérité est notre bouclier et la justice notre glaive », quelque chose de ce genre. Pas très utile.

Le long de la route, des panneaux indiquaient des noms de lieux avec la distance à laquelle ils se trouvaient. Un de ces noms, Forton, était écrit en caractères plus gros que les autres. J'hésitai un long moment, partagée entre le désir soudain de me transformer en tortue et celui de continuer à être un tigre. Sur Terre, il arrivait aux tortues d'atteindre l'âge de cent ans, vous savez – les tigres ne vivaient pas aussi longtemps. Finalement, je donnai un petit coup à Nunuche et continuai le long du chemin. Je voulais atteindre une ville suffisamment grande pour m'y renseigner sans me faire remarquer, et, le cas échéant, pouvoir me perdre dans la foule.

Vers la fin de l'après-midi, alors que le soleil commençait à disparaître et que l'air frais commençait à se rafraîchir encore plus, il se produisit un événement curieux. La route traversait maintenant des collines assez douces, aux pentes partiellement défrichées et soudain, j'aperçus, à assez haute altitude, le vaisseau d'exploration, tout rouge sous la lumière du soleil couchant. Ma première pensée fut qu'il s'était passé quelque chose et qu'on revenait nous chercher.

Je sortis mon signal de récupération de la sacoche. Le vaisseau descendit en décrivant une boucle serrée, de quoi retourner l'estomac de n'importe qui. Le genre de manœuvre que seul effectue un mauvais pilote, ou alors un très bon du genre de George Fuhonin. Je déclenchai le signal, sans trop de regrets.

Le vaisseau pivota jusqu'à revenir presque au-dessus de moi. Puis, il fit plusieurs tonneaux de suite et cahota tellement fort que je fus bien certaine que ce ne pouvait être l'œuvre d'un très bon pilote, seulement d'un imbécile incapable de se servir des commandes. Quand il passa juste au-dessus de moi, je le regardai attentivement et vis que ce n'était pas un de nos vaisseaux. Il n'était pas tellement différent, mais certains détails étaient assez inhabituels pour le distinguer des nôtres.

Mon cœur arrêta de bondir dans ma poitrine, et je me rendis compte que j'avais de nouveau mal partout. Peut-être la gravité était-elle plus forte que je ne l'avais cru d'abord. Quelle idée de penser que ce pouvait être George. Je savais comme tout le monde que, quoi qu'il arrive, on ne revient jamais vous chercher avant que le mois ne soit écoulé.

Mais cela soulevait une autre question : d'où venait ce vaisseau ? Certainement pas de cette planète. Même en ayant les connaissances nécessaires – que nous n'aurions certainement pas divulguées à des bouseux – il faut disposer d'une technologie avancée pour construire un vaisseau.

Ces questions toujours en suspens, je parvins quelques minutes plus tard à un campement semblable à celui que j'avais vu en début d'après-midi, depuis le puits jusqu'à l'enclos à ciel ouvert. Plusieurs personnes étaient occupées à tout installer pour la nuit à venir ; c'était si tentant que je n'y résistai pas. Il y avait plusieurs dégagements sur la pente et une étroite route montait jusqu'à eux. Je quittai la route principale. Je jetai d'abord mon dévolu sur un endroit protégé, près de l'enclos en bois, mais il y régnait une telle puanteur que je m'éloignai.

J'installai ma tente et préparai mon dîner. Entre-temps, je vis arriver le chariot conduit par le vieillard qui m'avait saluée plus tôt sur la route ; il alla se joindre aux autres. À une dizaine de mètres de moi, il y avait une tente avec trois jeunes enfants et leurs parents. Les enfants me fixaient, moi et ma bulle-tente et l'un d'eux parut prêt à m'adresser la parole quand son père arriva à la hâte, me scruta du regard – j'étais assise en train de manger ma soupe – et les ramena avec lui.

Après le dîner, un grand feu fut allumé près du chariot du vieil homme, et tous vinrent s'assembler autour. Je fus attirée par leurs chants. Ils n'étaient pas très bons, mais ils étaient réconfortants. Comme tous les occupants du campement y allaient, je pensais que ma présence ne les gênerait pas. Les enfants que j'avais vus plus tôt s'installèrent au premier rang et leur mère, pauvre chose entravée, prit place sur une souche d'arbre. Je restai à l'écart, derrière, essayant de ne pas attirer l'attention.

Un peu plus tard, le père décida qu'il était temps que la mère rassemble les enfants pour aller les coucher, mais ils ne voulurent pas bouger. Le vieil homme aux cheveux blancs proposa alors de leur conter une dernière histoire, avant d'écouter et de suivre leur mère. Je l'écoutai, assise derrière les autres à la lumière du feu de camp. Racontée avec le curieux accent du vieil homme, l'histoire me parut parfaitement appropriée à la situation.

Il commença : « C't'histoire m'a été contée par ma mère-grand et qu'elle a été racontée avant par sa propre mère-grand. J'va vous la dire aujourd'hui et quand vous s'rez des vieux, vous aussi vous la conterez. »

Il s'agissait de l'histoire d'une gentille petite fille dont la belle-mère avait de longues dents et de mauvaises intentions. La petite fille possédait un mouchoir, une perle et un peigne qu'elle avait hérités de sa défunte mère, en plus d'un cœur d'or. Et cela lui suffit pour gagner un meilleur foyer et un prince, et tout le monde fut heureux, sauf la belle-mère, qui regrettait son dîner.

Le vieil homme venait juste de finir, et les enfants partaient se coucher à contrecœur sous la conduite de leur mère, lorsque nous entendîmes un bruit de dispute à la lisière du camp. J'essayai de percer les ténèbres, sans succès, mes yeux s'étaient trop accoutumés à la lumière des flammes.

Une voix disait : « Que j'sois damné si j'dois continuer un jour de plus, Horst. On aurait dû arriver là y a plus de deux heures d'jà. Et c'est d'ta faute pour sûr. »

La voix de Horst répondit : « T'as signé, pour l'meilleur et pour l'pire. Si tu tiens à garder tes dents, t'arrête de faire ta chiasse et tu la fermes ! »

À ce moment, je compris à quoi servait l'enclos. Je décidai que pour moi aussi il était temps de quitter le feu de camp. Je me levai et allai vers ma tente, évitant les hommes de Horst qui allaient parquer les créatures vertes dans l'enclos, un peu plus loin que le feu. Je dégonflai ma tente, roulai hâtivement mon sac de couchage, puis allai vers Nunuche que j'avais attaché pour la nuit.

Tout bien réfléchi, il n'y avait qu'une seule solution : décamper le plus vite possible.

Je n'en eus pas l'occasion.

J'allais sangler la selle lorsque je sentis une main se poser sur mon épaule. Je me retournai vivement.

« Tiens, tiens, dit l'homme. Hé, Horst ! Viens voir qui qu'j'ai débusqué par'ci. » C'était celui qui avait plaisanté sur le fait que j'étais si petite qu'un Oiseux ne me remarquerait même pas. Pour le moment, il était tout seul, mais maintenant qu'il avait averti, les autres n'allaient pas tarder à arriver.

J'abattis la selle sur lui de toutes mes forces et il tomba. Il se releva presque aussitôt, et je le frappai de nouveau avant de chercher mon pistolet sous mon manteau. La selle rebondit sur lui et le fit de nouveau tomber mais, juste à ce moment, quelqu'un me saisit par-derrière et m'immobilisa les bras.

J'ouvris la bouche pour crier – j'ai une voix perçante –, quand une énorme main rugueuse et sentant la sueur s'abattit sur mes lèvres avant que j'aie pu inspirer assez d'air. Je la mordis, fort – on peut arriver à mille kilos par centimètre carré si l'on mord vraiment fort, je crois –, mais il ne me lâcha pas. Mes coups de pied ne lui firent pas plus d'effet. Un bras passé autour de ma taille, et la main toujours sur ma bouche, Horst m'entraîna de force, mes pieds traînant derrière moi.

Arrivé derrière l'enclos, là où plus personne ne pouvait nous entendre, il s'arrêta et me jeta par terre : « Vas-y crie, et j'vais t'faire mal. »

C'était une façon stupide de me menacer, mais cela me fit plus d'effet que s'il m'avait menacé de me casser le bras ou de m'écraser la tête. Cela lui laissait une plus grande marge de manœuvre. À la lumière de la lune, assez forte pour qu'on puisse voir autour nous, il examina sa main.

« J'devrais t'assommer, d't'façon, grommela-t-il. Y aurait pas de sang au moins. »

Celui que j'avais frappé avec la selle arriva, secouant la tête pour se remettre du choc. Le deuxième coup l'avait blessé et il était tombé assez durement. En me voyant, il s'apprêta à me donner un coup de pied, mais Horst ne lui en laissa pas le temps, me poussant jusqu'à ce que je tombe par terre avant de le prendre par le bras.

« Non. Va fouiller les affaires du p'tit, et prends c'qui peut nous servir, et ramène l'tout avec le cheval. »

L'autre ne bougea pas. Il resta là à le regarder. Les trois autres hommes étant occupés avec les créatures dans l'enclos, c'était donc un duel.

« Bouge-toi, Jack », l'apostropha Horst sur un ton menaçant. Finalement, Jack lui tourna le dos. J'avais l'impression que Horst se fichait pas mal que je me fasse tabasser, il tenait surtout à montrer que lui seul en avait le droit.

Je n'étais pas encore au bout du rouleau, pourtant. En dépit de ma formation théorique, je n'étais pas certaine de pouvoir venir à bout de Horst, mais j'avais toujours mon pistolet, caché sous mon manteau ; Horst ne me l'avait pas encore volé.

Il se retourna vers moi, et je lui dis : « Vous ne pouvez pas faire ça. Vous ne vous en tirerez pas. »

Ce n'était pas très malin, oui, mais il fallait bien dire quelque chose.

« Écoute, p'tit, répondit Horst, tu t'rends p't'être pas compte que tu t'es mis dans d'sales draps. Alors tu te calmes tout d'suite, hein. »

Il me prenait toujours pour un garçon. Ce n'était pas le moment de le détromper, je dois pourtant avouer que ce n'était pas très flatteur à une époque où je commençais tout juste à attirer le regard des gens.

« Je vous poursuivrai devant les tribunaux. »

Il éclata de rire. Un vrai rire, pas forcé. Je me rendis compte que je n'avais clairement pas dit ce qu'il fallait.

« Mon p'tit, mon p'tit. Ne m'parle pas des tribunaux. J't'fais une faveur. J'va t'prendre ce qui peut me servir dans ton fourbi, puis j'te laisserai partir. Tu vas au tribunal et ils te prendront tout et y t'enfermeront par-d'ssus le marché. Moi, j't'laisse au moins ta liberté.

– Mais pourquoi ? demandai-je. Pourquoi feraient-ils cela ? » Tout en parlant, je glissai lentement ma main sous mon manteau. Je sentais déjà la froide poignée de mon pistolet sonique.

« Chaque fois qu't'ouvres ta bouche tu prouves qu'tu viens d'un Vaisseau, dit Horst. Qu'ça suffirait largement. Ils ont déjà pris un morpion d'ton genre à la prison d'Forton. »

J'allais sortir mon pistolet lorsque Jack arriva, tirant Nunuche derrière lui. Je le remerciai mentalement.

« L'gosse a un chouette équipement, dit-il. Dans l'tas, y'a un truc que j'sais pas à quoi ça peut servir. » Dans sa main libre, il tenait mon signal de récupération.

Horst l'examina, puis le lui rendit. « Sans valeur, décida-t-il, tu peux le jeter. »

Je pointai mon pistolet sur eux (l'aventurière montrait de nouveau le bout de son nez) et déclarai : « Donnez-moi ça, doucement. »

Jack le déposa doucement dans ma main et je le mis immédiatement dans ma poche. Puis, je posai négligemment mon autre main sur la croupe de Nunuche.

« Comment s'appelle le garçon fait prisonnier à Forton ?

– On nous l'a dit à Miterre, répondit Horst, je m'en souviens plus.

– Réfléchissez ! lançai-je.

– J'crois que ça m'revient. Un instant… »

J'attendis. Soudain, un coup brutal par-derrière me paralysa le bras, et je lâchai mon pistolet. Jack se précipita pour le ramasser, et Horst félicita les hommes arrivés derrière moi : « Beau travail. »

Je me sentais stupide.

Horst avança vers moi, mit sa main dans ma poche et prit mon signal, le seul contact que j'avais avec le vaisseau et mon unique espoir de rentrer chez moi. Il le laissa tomber par terre et dit d'une voix plus glaçante que la mienne ne le serait jamais, car chez lui c'était naturel : « Tu pourras garder les morceaux. »

Ce disant, il piétina dessus de toutes ses forces, mais la boîte ne cassa pas. Elle ne se fêla même pas. Rouge de frustration, il tapa dessus plusieurs fois, de plus en plus fort, et réussit finalement à la mettre en morceaux. Les morceaux de ma vie.

Puis, il me dit : « J't'apprendrai à me menacer deux fois avec un pistolet ! Deux fois ! » Il me gifla si fort que mes oreilles sifflèrent. « Espèce de petit tordu. »

Je le regardai bien en face et lui répondis d'une voix haute et claire : « Espèce de salaud. »

J'aurais mieux fait de me taire, cette fois. Je me souviens seulement d'une vive douleur quand son poing vint frapper ma mâchoire, puis plus rien.

Un cerveau ne sert à rien si on ne l'utilise pas.

16

Je me souviens vaguement de la douleur, de la nausée et d'une impression de mouvement, mais oui, le souvenir le plus clair de la Grande Aventurière est le moment où elle se réveilla dans un lit, dans une chambre inconnue. J'avais bien le sentiment que du temps avait passé, mais je ne savais pas combien exactement. J'avais un violent mal de tête et ma mâchoire me faisait mal dès que je la touchais. Je ne savais pas où j'étais, ni pourquoi j'étais là ; je ne savais même pas pourquoi j'avais si mal.

Puis, soudain, comme une bulle de savon qui éclate, ma confusion disparut, et tout me revint. Je revis Horst, son poing. J'essayais péniblement de me lever du lit lorsque le vieil homme qui avait raconté l'histoire entra.

« Alors, ma jeune demoiselle, comment ça va c'matin ? » me demanda-t-il. Son visage était rouge, ses cheveux blancs, et ses yeux profondément enfoncés, bleu vif. Il respirait la force et la bonté.

« Pas très bien, répondis-je. Depuis combien de temps suis-je ici ?

– D'puis deux jours. Et le docteur dit que tu t'r'mettras bientôt. J'suis Daniel Kutsov. Et toi ?

– Mia Havero.

– J't'ai découverte par terre près du camp, là où Horst Fanger t'a laissée.

– Vous le connaissez ?

– J'ai entendu parler d'lui, comme tout l'monde. Un homme très déplaisant, et c'pas étonnant puisque son métier consiste à récolter l'Oiseux.

– Les Oiseux, ce sont ces créatures vertes ? Pourquoi ont-ils si peur d'eux ?

– Ceux qu't'as vus étaient drogués. Autrement, ils n'obéiraient pas. Une fois de temps en temps, quelques-uns sont plus forts qu'la drogue et se sauvent dans les bois. On peut pas utiliser une drogue trop forte, sinon y pourraient plus travailler. Alors les plus forts s'échappent. Pour la plupart des gens, y sont dangereux, surtout pour des hommes comme Horst Fanger, qui les achètent aux navires qui les amènent sur la côte. Souvent, on fait des battues pour tuer ceux qui se sont échappés. »

J'étais fatiguée, et mes idées n'étaient pas très claires. Ma tête me tiraillait toujours et quand je bâillai involontairement, la douleur s'intensifia.

D'une voix mal assurée, je dis : « On dirait de l'esclavage, et les droguer en plus…

– Seul Dieu peut décider de c'te question, dit M. Kutsov avec douceur. Est-ce que c'est d'l'esclavage d'faire travailler les chevaux ? Personne irait jusqu'à dire ça. Avec des humains se seraient différents, mais la question est d'savoir si les Oiseux sont comme des chevaux ou bien comme des hommes, et, en toute honnêteté, j'pourrais pas y répondre. Maintenant, dors un peu. Tout à l'heure, j'viendrai t'apporter à manger. »

Il me laissa seule. Malgré ma lassitude, j'avais si mal que je n'arrivais pas à trouver le sommeil. Je n'aimais pas l'idée d'être là. Le vieil homme était un bouseux, et cela me mettait mal à l'aise. Il était gentil, bon avec moi, mais comment concilier cela ? J'essayais de retourner le problème dans tous le sens, mais je n'y parvins pas. Mon esprit était trop confus pour voir les choses clairement. Je finis par sombrer dans un sommeil agité.

Plus tard, M. Kutsov vint m'apporter de la nourriture ; il dut m'aider à manger parce que mes mains tremblaient trop. Les siennes étaient déformées, et la peau était toute plissée.

Entre deux bouchées, je lui demandai : « Pourquoi faites-vous tout cela pour moi ?

– T'as pas entendu parler du bon Samaritain ?

– Si. » Comme vous le savez, j'ai toujours beaucoup lu.

« En résumé, me dit-il, l'histoire veut dire qu'parfois, même l'homme l'plus bas et l'plus vil peut faire l'bien. Certains livres racontent qu'à l'origine l'histoire était différente. Dans la vraie version, l'homme au bord d'la route était le Samaritain, l'plus mauvais homme qui eût jamais vécu, et l'homme qu'vint à son secours fit le bien même à c'lui-là. P't'êt' tu viens des Vaisseaux, seulement je n'aime pas qu'on fasse du mal aux enfants. Donc, j'te traite comme le Samaritain a été traité. »

Je ne savais trop quoi dire. Je ne pense pas être une mauvaise personne, et il aurait dû s'en apercevoir. Je ne comprenais pas que nous puissions avoir une si mauvaise réputation.

Voyant mon désarroi, il ajouta : « S'cuse-moi. Je ne pense pas autant d'mal des Vaisseaux qu'la plupart des autres. Sans les Vaisseaux, on existerait même pas. C'est que'que chose qu'on devrait se souvenir dans c't'époque pourrie. Sois tranquille et repose-toi en paix ; j'dirai à personne que t'es une fille des Vaisseaux. Ma maison est la tienne. »

Le lendemain, il me suggéra d'apprendre à parler comme eux, pour ne pas me faire remarquer. C'était plutôt pertinent. Mes idées étaient de nouveau claires, et je commençais à m'inquiéter d'un moyen de prendre contact avec le vaisseau. Pour cela, il faudrait peut-être que je me fasse passer pour une locale. Et si je ne trouvais pas de solution, il faudrait de toute façon que je passe pour une locale ; l'idée ne me réjouissait pas.

Je ne comprenais pas très bien M. Kutsov. J'avais le sentiment qu'il me cachait quelque chose, et que ce n'était pas une simple question de faire du bien à un méprisable Samaritain. Non, il y avait plus. Pour une raison ou une autre, il s'intéressait à *moi.*

Nous travaillâmes deux bonnes heures à ma prononciation ce jour-là. Certaines variations étaient constantes – comme les élisions des *e*, par exemple, après le *t* ou le *d* – d'autres étaient complètement anarchiques et illogiques, même si un linguiste me prouverait sûrement le contraire. « Qu'j'sais pas pourquoi, m'expliquait M. Kutsov, ça se dit comme ça, c'tout. »

Une telle remarque suffisait à me donner envie de tout laisser tomber, mais il se donnait alors un mal fou pour m'encourager, et c'est précisément cela qui me paraissait curieux. Pourquoi se donnait-il tant de mal ?

Après des débuts pénibles, je fis des progrès rapides. Je ne saurais pas vous dire au pied levé tous les changements linguistiques, je pense que c'était surtout une question de rythme, et j'avais une bonne oreille pour le repérer. Je suppose qu'après tout, il devait y avoir un système, mais je l'absorbais de manière inconsciente. Je devins bien meilleure après quelques jours de travail.

« Non, pas comme ça, me dit M. Kustov une fois. On dirait qu't'as la bouche pleine d'bouillie. » Ce n'était guère surprenant puisque c'était de cela qu'il me nourrissait, et de toute manière, je ne faisais que répéter ce que j'entendais.

Nous parlions durant des heures. Comme nous n'avions pas de manuel, nous devions simplement parler de choses et d'autres. Nous parlions, je faisais des erreurs et il me corrigeait.

Ces conversations m'apprirent à mieux connaître ce qui rebutait les colons chez les habitants des Vaisseaux, et sans trop savoir comment, le terme « bouseux » n'était plus celui qui me venait à l'esprit en premier lieu, du moins, la plupart du temps.

« C't'un problème assez compliqué, dit-il. On vit une sale période. D'temps en temps, quand vous décidez d'vous arrêter un peu, on vous voit les habitants des Vaisseaux, mais pas autrement. Vous êtes pas pauvres et arriérés comme nous. Quand nous sommes arrivés sur cette planète, on avait pas d'savants ni d'techniciens parmi nous. J'comprends. Pourquoi ils auraient quitté l'dernier endroit de l'univers où ils pouvaient utiliser et améliorer leur savoir pour une planète comme celle-là, sans équipement ni opportunité ? Pourtant c'qu'on pense ici c'est qu'tous les hommes qu'ont survécu à la destruction d'la Terre ont un droit égal à l'héritage humain, tout l'savoir et les trouvailles. Mais il en est pas ainsi ! C'est pourquoi, dans les périodes de prospérité, on haït et on ignore les Vaisseaux dans l'silence. Mais quand les choses vont mal, les gens des Vaisseaux sont traités comme tu l'as été, pire parfois. »

Jusqu'à un certain point, je pouvais comprendre cela, jusqu'à un certain point seulement.

« Nous ne faisons de mal à personne, rétorquai-je, nous nous contentons de vivre notre vie, comme tout le monde.

– J'vous blâme pas, conclut M. Kutsov pensivement, mais j'peux m'empêcher d'penser qu'vous avez fait une erreur et qu'un jour ou l'autre vous l'paierez. »

Dès que je me sentis mieux, je pus me déplacer à mon gré dans la maison de M. Kutsov. C'était une petite maison, mais coquette, entourée d'arbres et d'un étroit jardin, située à la lisière de Forton. M. Kutsov vivait seul et, quand il ne pleuvait pas, il cultivait lui-même son jardin. Quand le temps se gâtait, il rentrait se plonger dans ses livres. Avec son chariot, il faisait régulièrement un aller et retour jusqu'à la côte toutes les deux semaines. Cela ne lui rapportait pas grand-chose, il déclarait cependant qu'à son âge cela lui suffisait. Je me demandais s'il le pensait vraiment.

Il me prit mes vêtements, en disant qu'ils étaient inconvenants pour une fille, et m'apporta à la place des habits plus conformes à la mode locale. La longueur m'allait à peu près, mais ils étaient nettement trop larges aux épaules comme s'ils avaient été faits sur mesure pour une personne bien plus carré que moi.

« V'là, dit-il. Qu'c'est bien mieux. » Mais je dus refaire les coutures un petit peu.

Dans la maison, j'allais où je voulais, mais je n'avais pas le droit de sortir. Comme il pleuvait deux jours sur trois (et que le troisième jour le ciel était menaçant), cela ne me gênait pas trop. Je m'occupais. M. Kutsov continua à me donner des leçons, jusqu'au jour où il décida que je pourrais me débrouiller en société si je faisais particulièrement attention. Quand M. Kutsov était dehors, je fouinais dans toute la maison.

M. Kutsov avait une belle bibliothèque, qui était bien fournie, et j'aimais en fouiller les étagères. J'appris quantité de choses intéressantes. En histoire, par exemple : les Oiseux étaient originaires d'un continent situé à l'ouest, où on les avait découverts un siècle plus tôt. Depuis ce temps, on les amenait par bateaux entiers et l'on se servait d'eux pour des travaux manuels simples. Il n'y avait pas d'Oiseux indigènes sur ce continent à l'origine. Maintenant, en plus de ceux qui étaient utilisés pour les labours, un petit nombre croissant peuplait les forêts. La plupart des auteurs que je lus ne leur accordaient guère d'intelligence, citant en exemple leur incapacité à effectuer des travaux autres que les tâches manuelles les plus élémentaires, le fait qu'ils n'avaient pas de système linguistique et qu'ils ne savaient pas faire de feu. Pour ma part, je me souvenais que M. Kutsov m'avait dit que les Oiseux sauvages étaient parfaitement capables de reconnaître leurs ennemis ; cela me paraissait être une preuve d'intelligence. Par ailleurs, j'étais soulagée de m'en être sortie aussi facilement lors de ma rencontre avec l'un d'eux le lendemain de mon arrivée.

En géographie, j'essayais de m'orienter grâce aux cartes de M. Kutsov et j'en copiais même quelques-unes tant bien que mal.

Je découvris également un livre écrit par M. Kutsov lui-même, longtemps auparavant. C'était un roman, intitulé *La Route blanche.* À mon avis, ce n'était pas une réussite complète – il essayait de dire trop de choses à la fois au lieu de se contenter de raconter une histoire –, mais il était quand même bien supérieur à celui de mon frère Joe.

Quand je le découvris, je le montrai à M. Kutsov, qui admit qu'il était bien de lui.

« J'ai mis quarante ans à l'écrire, et, d'puis, ça fait quarante-deux ans qu'j'en subis les répercussions politiques. C'était quarante-deux ans intéressants, mais si c'était à refaire, j'l'referais pas. T'peux le lire, s'tu veux. »

Il y avait en effet de la politique dans son livre et d'après une remarque qu'il avait dit en passant, j'en conclus que ses conditions de vie modestes et le travail manuel auquel il était astreint étaient la conséquence de tout cela. C'est drôle, la politique.

Je découvris deux autres choses. D'abord, mes vêtements, que M. Kutsov avait cachés. Ensuite, en lisant un journal, j'obtins la réponse à une question que je m'étais abstenu de poser à M. Kutsov. Un petit entrefilet se terminait en ces lignes : « Après sa condamnation à trois mois de prison, M. Dentermount a été envoyé à la prison territoriale de Forton pour y purger sa peine. »

Le chef d'accusation était « violation de propriété privée », je crois qu'« incitation à émeutes » aurait été plus exact et qu'ils auraient au moins pu écrire son nom correctement. En tout cas, c'était bien Jimmy.

À la première occasion, je mis mes vêtements, passai mon manteau et je sortis en cachette pour faire un tour en ville. Avant de rentrer, je vis où était la prison. Sur le chemin, je passai également, par hasard, devant l'établissement de Horst Fanger. Il était constitué d'une maison, d'un enclos, d'un hangar, d'une écurie et d'une salle des enchères dans le quartier le plus malfamé de la ville. De ce que je pus glaner ici et là, c'était le quartier le plus malfamé parce que Fanger et d'autres gens du même acabit habitaient là.

Lorsque je revins, M. Kutsov était très en colère. « Ça s'fait pas, me dit-il, d'sortir habillée comme ça dans les rues. Ça s'fait pas pour une femme. » Les jours qui suivirent, il me surveilla de près, puis finit par se convaincre que j'avais compris la leçon.

Pendant ces deux jours, où je restai bien sagement dans la maison, je fis une autre découverte : une photo de M. Kutsov jeune, accompagné par une femme et une petite fille. Elle était à peu près de ma taille, mais ses épaules étaient nettement plus larges. Ses cheveux étaient brun foncé. C'était de toute évidence une photo de famille et je lui en parlai.

Il s'assombrit et me dit simplement : « Elles sont mortes. » Ce fut tout. Je ne pus m'empêcher de penser que ce deuil avait peut-être un rapport avec l'affection qu'il me témoignait et, au-delà de ça, de son désir de me garder enfermée. M. Kutsov était un homme intelligent et bon, mais il y avait dans son comportement à mon égard quelque chose d'inexplicable ou d'irrationnel. Il voulait que je reste toujours dans la maison, bien qu'il sût parfaitement que je ne voulais ni ne pouvais rester. Lorsque je sortais, il était malheureux, et ensuite, il était pathétique de constater le peu de réconfort dont il avait besoin pour que tout redevienne comme avant. Je pense qu'il se mentait à lui-même. Il devait se mentir à lui-même depuis longtemps. Il préparait déjà un nouveau voyage vers la côte. Son côté « vieux jeu » ne lui permettait pas de consentir à m'emmener, donc il faisait joyeusement un tas de plans pour organiser mon séjour pendant son absence. Il m'expliqua où tout était rangé et ce que je devais faire si le beurre ou les œufs venaient à manquer. Je suivis ses explications avec gravité, et il en fut tout heureux.

Un jour qu'il était sorti pour acquérir des marchandises pour son voyage, je retournai à Forton. Pour arriver à la prison, il fallait traverser la ville presque entièrement. Bien que ce fût la capitale du territoire, elle était de dimensions fort modestes. C'était une journée froide et humide, le genre de journées qui me fait détester les planètes et j'arrivai devant la prison sous un ciel de plus en plus menaçant. C'était une solide bâtisse carrée de deux étages, construite en gros blocs de pierre, et prenant la forme d'une forteresse protégée par une lourde grille à pointes de fer. Toutes les fenêtres, du sous-sol au dernier étage, avaient une double rangée de barreaux. Je marchai autour du bâtiment comme je l'avais déjà fait auparavant pour mieux l'observer. Il semblait imprenable. Entre la grille et les murs patrouillaient deux énormes chiens au poil long et à l'air féroce. L'un d'eux ne me quitta pas d'une semelle pendant que je faisais le tour du bâtiment.

J'allais en faire le tour une seconde fois lorsqu'une averse se déclencha. Cela me donna la motivation nécessaire. Je courus jusqu'au portail et me faufilai à l'intérieur.

J'étais en train de secouer mes vêtements mouillés lorsqu'un homme en uniforme vert sortit en trombe d'un des bureaux qui bordaient le vestibule. En un instant, mon cœur s'arrêta de battre. L'homme s'engagea dans les escaliers pour monter au premier étage sans même me jeter un regard. Cela me redonna courage, et je me mis à examiner ce qui m'entourait.

J'étais en train de lire un tableau d'annonces et d'examiner les bureaux quand un autre homme en uniforme vert arriva dans le vestibule. Il se dirigea droit vers moi, tout à fait comme Mme Keithley. Sans hésiter, j'allai à sa rencontre, et lui dis, de mon ton le plus innocent : « M'sieur, vous pourriez m'aider, s'il vous plaît ? »

– Eh bien, ça dépend. Qu'est-ce qu'tu veux ? »

C'était un homme grand et large, aux gestes assez lents. Il portait une sorte de triangle de tissu cousu au-dessus de sa poche de chemise et une petite plaque, où il y avait marqué « Robards », sur la poche opposée. À la réflexion, il semblait plutôt de bonne composition, pas du tout comme Mme Keithley.

« Ben voilà : Jerry doit écrire un essai sur l'Capitole, Jimmy doit interviewer l'maire de l'ville et moi, mon sujet c'est vous.

– Attends une minute. D'abord, comment qu'tu t'appelles ?

– Billy Davidow, dis-je, me souvenant d'un nom que j'avais lu dans les journaux. Et j'sais pas quoi écrire m'sieur. J'm'étais dit qu'vous auriez p't-être la gentillesse de me montrer un peu, et de m'expliquer des choses.

– T'es parent avec Hobar Davidow ? me demanda-t-il.

– Non, m'sieur.

– Heureusement. T'sais qui était Hobard Davidow ? »

Je secouai la tête.

« Oui, t'es un peu jeune pour ça. On l'a exécuté, il y a six... non, sept ans. S'était engagé dans les mauvais combats politiques. » Il se tut un moment, puis ajouta : « Désolé, fiston, on a beaucoup d'travail aujourd'hui. Reviens plutôt un après-midi vers la fin d'la semaine. Ou même un soir. »

Lentement, je dis : « Il faut qu'j'rende ma rédaction cette semaine. » Puis, j'attendis.

Il hésita un moment, puis se décida : « Bon, j'vais t'faire faire le tour. Mais en vitesse, j'peux pas te consacrer beaucoup d'temps. »

Les bureaux étaient au rez-de-chaussée, et il y en avait encore quelques-uns au second étage. Au sous-sol, il y avait un arsenal et un stand de tir. La plupart des cellules étaient au premier étage avec les prisonniers les plus violents dans les cellules du second.

« Si l'juge dit sécurité maximum, on les met au second. Les autres sont au premier, à moins qu'y ait plus d'place. On a qu'un seul p'tit gars en ce moment, là-haut. »

Mon cœur se décrocha.

« Un vrai sale type. Il a déjà tué un homme. »

Mon cœur se remit à battre normalement. Ce n'était certainement pas Jimmy et sa violation de propriété privée.

À l'étage des cellules de haute sécurité, il y avait trois portes faites de barreaux d'acier avant même d'arriver aux cellules, sans compter les gardes armés stationnés à chaque porte et tout au long du couloir dans des postes muraux. L'éclairage était fourni par des lampes à huile dont la lumière était chaude et jaune. Nous n'allâmes pas plus loin que la première porte. Le sergent Robards pointa du doigt certaines choses en m'expliquant ce que c'était.

« La semaine prochaine, ça sera plein ici, dit-il tristement. Les anti-rédemptionnistes r'commencent à s'agiter, et va falloir les calmer. Euh, écris pas ça dans ta rédaction, hein.

– Oh non, certainement pas ! » lui assurai-je en rayant ce que je venais d'écrire.

Les cellules ordinaires du premier étage étaient bien moins impressionnantes, et j'eus droit à une visite guidée. Aux côtés de Robards, je parcourus le couloir central, jetant un coup d'œil dans chaque cellule, au passage. Cela me donna l'occasion de regarder Jimmy Dentremont bien en face ; il ne sembla même pas me remarquer. J'ai toujours su que c'était un garçon intelligent et adorable.

Le sergent Robards me désigna les cellules. « Tous ceux-là ont été condamnés à des peines légères. Une semaine, ou deux à trois mois au maximum. » Il agita son trousseau de clefs. « Ils sortiront dans peu d'temps. »

– Ils vous posent des problèmes parfois ?

– Ceux-là ? Nah. Y ont pas pris beaucoup. Y s'comportent bien. La plupart du temps, en tout cas. »

Lorsque nous fûmes redescendus dans le hall, je le remerciai chaleureusement. « C'était vraiment passionnant, m'sieur.

– Ne m'remercie pas, fiston, ça m'fait plaisir. Si jamais t'as l'temps, reviens m'voir un jour où j'serai de service. Les jours d'garde sont affichés au tableau, me sourit-il.

– Merci, m'sieur, lui dis-je. J'espère que j'pourrai. »

Je revins à la maison en courant sous la pluie. Lorsque M. Kutsov rentra, une heure plus tard, j'étais vêtue d'habits secs et convenables et je lisais tranquillement dans un fauteuil.

17

Avant de visiter la prison, je n'avais qu'une vague idée de la façon dont je m'y prendrais pour faire sortir Jimmy. J'avais, par exemple, caressé l'idée pendant plus d'une heure d'obliger le gouverneur à le libérer, sous la menace d'un pistolet. J'y réfléchis aussi longtemps, parce que l'idée me plaisait, mais je l'abandonnais vite parce qu'elle était complètement stupide.

Je finis par me décider pour une procédure très simple. Il était fort possible que cela finisse mal, mais comme le temps pressait, je devais mener à bien cette opération toute seule. Avant de quitter la prison, j'avais, comme me l'avait conseillé le sergent Robards, examiné attentivement la liste des tours de garde.

M. Kutsov partit deux jours plus tard, son chariot lourdement chargé.

« J'reviens dans six jours, Mia, me dit-il. J'espère qu't'sais quoi faire à présent, hein ? »

Je le rassurai et le regardai partir depuis la porte de derrière la maison. Je m'étais habillée en rose, parce que je savais qu'il aimait cette couleur et je lui fis signe jusqu'à ce qu'il eût disparu. Puis, je rentrai dans la maison, m'installai sur une chaise et lui écrivis une lettre. Je ne lui dis pas ce que j'allais faire, pour ne pas l'effrayer inutilement, je le remerciai de tout ce qu'il avait fait pour moi. Je la laissai dans la bibliothèque, où il la trouverait immanquablement. J'étais désolée de lui faire ça, car je savais que ça allait le rendre malheureux, mais il m'était vraiment impossible de rester.

Ensuite, j'allai à la cuisine et rassemblai des provisions, ainsi que divers objets qui me semblaient plutôt utiles : des allumettes, des bougies, un couteau et une hachette. Après en avoir fait un paquet, je remis mes propres vêtements.

Je partis dès la tombée de la nuit. Il tombait une pluie fine qui me caressait agréablement le visage, la sensation me surprit. Dans une poche de mon manteau, j'avais un crayon et du papier comme je l'avais fait la dernière fois pour mieux jouer mon rôle. Dans l'autre, j'avais une chaussette, de la ficelle très solide et des allumettes.

Voici comment je comptais m'y prendre : la prison était une forteresse, avec des barreaux, des chiens, des fusils et une grille avec des piques. Tout cet attirail était principalement destiné à empêcher les condamnés de sortir. Ce n'était pas conçu pour empêcher les gens d'entrer.

Dans les histoires de cow-boys que je lisais dans le Vaisseau, il était coutumier de pénétrer de force dans les prisons pour libérer quelqu'un. C'était une expérience banale, presque une partie de la vie quotidienne. Mais, j'imaginais assez mal les gens d'ici avoir ce genre de pratique. Ce n'était pas attendu et c'était un grand avantage pour moi. Je savais à quoi m'attendre. Je connaissais la prison. Et, quand ils me verraient arriver, personne ne me verrait comme un bandit désespéré prêt à tout pour faire sortir l'un de ses complices, mais comme un petit écolier avide d'apprendre. Et c'était là, je pense, que résidait mon principal atout. Les gens voient ce qu'ils veulent voir.

D'un autre côté, je ne pouvais compter que sur moi-même, une aventurière pas toujours très performante. Si je commettais la moindre erreur, ou si je n'avais pas de chance, je croupirais en prison aux côtés de Jimmy, sûrement au deuxième étage.

Peu avant d'arriver à la prison, je m'arrêtai et m'agenouillai sur le sol mouillé. J'emplis à moitié la chaussette de sable humide.

Cette fois-ci, je n'hésitai pas. J'allai droit vers la porte d'entrée. Seuls deux des bureaux donnant sur le hall étaient éclairés par de chaudes lampes à huile. Je regardai dans le premier. Le sergent Robards était là.

« Bonjour, sergent Robards, lui dis-je en entrant dans le bureau. Comment allez-vous, c'soir ?

– Bonjour, Billy. Pour l'moment, tout est calme, mais ça va pas durer, tu m'diras.

– Oh ?

– Oui. Cette nuit, on va arrêter les anti-rédemptionnistes. Les gars viennent juste d'partir. Tu pourras pas rester longtemps.

– Oh !

– Et ta rédaction, ça a marché ? »

Cela me prit au dépourvu, mais j'eus vite fait de me ressaisir. « Je viens juste d'la terminer. J'dois la rendre que demain.

– T'as vu tout c'que tu voulais voir, alors ?

– Oh oui. J'étais juste v'nu vous dire bonjour. Et puis, vous vous souvenez quand vous m'avez montré l'stand d'tir ? Ce serait super. J'pensais que si vous aviez un peu d'temps, vous pourriez me montrer comment qu'on tire, comme vous m'l'avez dit. »

Il regarda l'horloge murale. « Bien sûr. J'suis champion de la ville, t'sais.

– Woah ! » m'exclamai-je, en imitant les garçons stupides que je connaissais.

Nous descendîmes au sous-sol. Le sergent Robards marchait devant moi, nous éclairant avec une lampe. Arrivé près de la salle de tir, il prit son trousseau et en chercha la clef. Je sortis la chaussette bourrée de sable de ma poche. J'hésitai pendant quelques secondes : il n'est pas facile de se décider à faire délibérément du mal à quelqu'un. Mais, juste à ce moment-là, il tourna la tête pour me dire quelque chose. Sans réfléchir davantage, j'abattis de toutes mes forces la matraque improvisée sur sa nuque. Il s'effondra. J'essayai de le retenir, mais il était trop lourd pour moi. En le poussant contre la porte, je réussis pourtant à l'étendre au sol sans qu'il ne se le prenne en plein visage. Je laissai la lampe là où il l'avait posée.

L'arsenal se situait de l'autre côté de la salle. Je pris le trousseau tombé près du sergent Robards. J'essayai les clefs situées près de celle qu'il avait sélectionnée pour ouvrir le stand de tir. Bon réflexe, la porte s'ouvrit au second essai. Je la laissai ouverte et retournai auprès du sergent Robards, toujours allongé sur le sol. Je l'empoignai par le col de sa veste et parvins à le traîner, par à-coups, jusque dans l'arsenal. Ensuite, je sortis ma ficelle et lui liai les pieds et les mains. Je vidai le sable contenu dans la chaussette et lui fourrai le bout de tissu dans la bouche. Mon cœur battait à se rompre, et ce fut en haletant que je retournai prendre la lampe.

De nouveau dans l'arsenal, je passai en revue l'armement. Rien de moderne, bien sûr, uniquement des antiquités fonctionnant à la poudre, avec des balles de plomb, comme dans les vieux livres.

Je ne m'en étais jamais servie, mais je savais que l'arme ne restait pas immobile lorsqu'on tirait – question de réaction et de forces égales et opposées, tout ça. Je choisis donc deux des plus petits pistolets que je pus trouver. Je testai les munitions jusqu'à dénicher les balles du bon calibre. Puis, je fourrai les pistolets et un bon nombre de munitions dans ma poche.

Je refermai soigneusement la porte derrière moi en laissant le sergent Robards à l'intérieur. Je restai un moment indécise dans le couloir, regardant les clefs dans ma main. Il y en avait dix en tout. En tout cas, pas assez pour ouvrir toutes les cellules, pourtant le sergent avait fait tinter ses clefs en se vantant de pouvoir ouvrir toutes les cellules. J'aurais peut-être mieux fait d'aller menacer le gouverneur.

Le cœur battant, je soufflai la lampe et montai les escaliers à tâtons. J'atteignis le rez-de-chaussée. Personne. Je m'engageai précautionneusement dans l'escalier en bois menant au premier étage, guidée seulement par une petite lumière du deuxième étage qui filtrait au premier. De tout en haut, au second, venait un bruit de voix et un rire soudain s'éleva. Retenant ma respiration, j'avançai sur la pointe des pieds jusqu'à la cellule de Jimmy.

Je lançai un murmure, « Jimmy ! », et je l'entendis bouger et se glisser sur le sol de la cellule.

« Je suis heureux de te voir, murmura-t-il.

– J'ai les clefs, dis-je. Laquelle c'est ?

– Celle marquée "D". Elle ouvre les quatre cellules de ce côté. »

Comme je ne distinguais pas grand-chose et que je ne voulais pas gratter une allumette, je retournai près des escaliers, sous la douce lumière, pour tripoter le trousseau jusqu'à trouver la clef avec la bonne lettre. Ensuite, j'ouvris sa cellule en faisant le moins de bruit possible.

« Viens, dis-je. Il faut sortir d'ici en vitesse. »

Il se glissa à l'extérieur de la cellule et ferma la porte derrière lui. Nous étions presque arrivés à l'escalier lorsque nous entendîmes quelqu'un monter. Jimmy agrippa mon bras et me poussa en arrière. Nous nous collâmes contre le mur en retenant notre respiration.

Le policier regarda autour de lui dans le noir et demanda : « C'toi là-haut, Robards ? » Soudain, il nous vit et ouvrit la bouche, stupéfait : « Qu'est c'que… »

Je fis un pas en avant et le menaçai d'un des pistolets. Je ne les avais même pas chargés. Je m'étais contentée de les glisser dans ma poche.

« Du calme. Nous n'avons rien à perdre à vous tuer. Si vous tenez à la vie, levez les mains en l'air. »

Il s'exécuta.

« Bien. Maintenant, passez devant moi. »

Jimmy lui ouvrit la porte de la cellule et le policier entra. Juste avant de refermer la porte, profitant qu'il nous tournait le dos, je le frappai à la tête avec la crosse du pistolet. Je dus lui faire plus de mal qu'au sergent Robards – le fer, c'est quand même bien plus dur que du sable, mais je ne me sentis pas aussi coupable, car je ne le connaissais pas. Il poussa un gémissement et s'écroula. Cette fois, je ne tentai pas d'amortir sa chute. Je refermai la porte et la verrouillai.

Puis, j'entendis des murmures sourds en provenance des autres cellules, puis une voix déclara distinctement à une autre : « Ta gueule. »

Je me tournai dans la direction des voix : « Vous voulez vous faire descendre ? »

Une voix calme et neutre nous répondit : « Non, non, on cherche pas d'ennui.

– Vous voulez qu'on vous fasse sortir ? »

On sentit un sourire poindre dans la voix : « Non, vraiment pas. Merci quand même. J'dois sortir demain et, franchement, j'préfère attendre.

– Vite, vite dit Jimmy. Il faut y aller. »

Vers le milieu des escaliers je lui demandai : « Où est ton signal ? Il nous le faut absolument.

– Il n'est pas ici. Les soldats qui m'ont arrêté ont tout mon équipement. Je n'ai plus que mes vêtements.

– On est dans de sales draps. Le mien est cassé, irrécupérable.

– Oh non ! s'exclama Jimmy. Et moi qui comptais sur toi. Il faut absolument qu'on récupère le mien. »

Ce n'était pas pour me rassurer. Nous allâmes récupérer les vêtements et le manteau de Jimmy avant de nous perdre dans la nuit. Au bout de quelques centaines de mètres, dans une petite rue déserte, nous nous arrêtâmes quelques instants pour nous embrasser et nous prendre dans les bras. Ensuite, je lui donnai un des pistolets et la moitié des munitions. Il le chargea immédiatement.

« Dis-moi, Mia. Tu aurais vraiment tiré sur le gardien ?

– Je n'aurais pas pu. Le pistolet n'était pas chargé. »

Il éclata de rire, et, redevenant sérieux, il me demanda sur un tout autre ton : « Qu'est-ce qu'on fait maintenant ?

– Nous allons voler des chevaux. Et je sais où.

– Vraiment ? demanda-t-il.

– Le type auquel on va les prendre m'a volé Nunuche et tout ce que je possédais. Il a piétiné mon signal, et m'a battue, répondis-je.

– Il t'a battue ? demanda Jimmy, soudain inquiet.

– Oui, mais ça va maintenant. Je m'en suis remise. »

Une odeur fétide de crasse régnait sur tout le quartier et loin de la dissiper, la pluie semblait la rendre plus tenace et plus écœurante encore, créant une puanteur humide qui s'immisçait absolument partout. Il y avait des écuries à Oiseux le long de la rue. Arrivés chez Fanger, nous nous glissâmes sans bruit à l'intérieur de l'enclos. Je ne sais pas si les Oiseux nous avaient entendus, toujours est-il qu'ils restèrent silencieux. J'avais repéré l'écurie et nous nous dirigeâmes directement par-là. Une fois à l'intérieur, Jimmy referma la porte derrière nous.

« Va monter la garde dehors, lui dis-je. Ce sont des gens dangereux, prêts à tout. Je me charge de choisir les chevaux.

– Très bien, répondit Jimmy avant de retourner à l'extérieur.

Quand la porte fut refermée derrière lui, je grattai une allumette et, apercevant une lampe, l'allumai. Puis, je parcourus l'allée à la recherche de mon cheval. J'eus vite fait de découvrir mon brave vieux Nunuche et ma selle. Après l'avoir fixée, je choisis un cheval noir et blanc d'assez petite taille pour Jimmy, ainsi qu'une selle et des sacs.

Cela fait, je regardai dans tous les recoins de l'écurie. À ma grande surprise, je n'y trouvai pas mon arme, mais j'y découvris ma bulle-tente jetée dans un coin – ils n'avaient sans doute pas trouvé comment s'en servir. Je retrouvai également mon sac de couchage. Je fis mon deuil du reste de mes possessions. Il faudrait que Jimmy me prête quelques-uns de ses vêtements.

Obéissant à une impulsion, je pris mon carnet de notes et un crayon et écrivis : « Je suis une fille, pauvre bouseux ! » puis j'arrachai la page et l'accrochai à un clou. Je soufflai la lampe.

Nous menâmes les chevaux jusque dans la rue où nous les montâmes. Je ne regrettais pas d'avoir laissé ce mot, mais j'aurais voulu imaginer une meilleure insulte que « bouseux ». Tout en chevauchant, je demandai à Jimmy comment il s'était fait prendre.

« Au nord de la ville, il y a un camp militaire. Et ils ont un vaisseau d'exploration qu'ils ont dû récupérer d'un des autres Vaisseaux.

– Je l'ai vu l'autre jour.

– Je me suis fait prendre pendant que j'examinais les lieux. C'est là que doivent être mes affaires.

– J'ai une carte », dis-je. Comme mes copies étaient complètement ratées, je m'étais, à contrecœur, décidée à emporter une des cartes de M. Kutsov. « Allons par-là. »

Je lui parlai de M. Kutsov. « Il est parti cet après-midi. Après son départ, j'ai rassemblé un certain nombre de choses dont nous aurons besoin, il faut juste qu'on passe les prendre. Plus vite nous nous éloignerons de cette ville, mieux cela vaudra. »

Nous contournâmes la maison pour entrer par le jardin.

« Tiens les chevaux, dis-je à Jimmy. J'en ai pour une minute. »

Nous mîmes tous deux pieds à terre et Jimmy prit les rênes de Nunuche. À peine étais-je entrée dans la maison que j'entendis la voix de M. Kutsov : « Bonjour, Mia. » Je fermai la porte.

« Bonjour.

– J'suis revenu, dit-il. Et j'ai lu ton mot.

– Pourquoi êtes-vous revenu ?

– J'avais des scrupules à t'laisser seule ici, dit-il tristement. J'suis désolé. J'pense que j't'ai sous-estimée. C'est un autre enfant des Vaisseaux qu'attend dehors ?

– Vous n'êtes pas en colère ? »

Il secoua lentement la tête. « Nah, j't'en veux pas. J'crois comprendre. J'aurais jamais pu t'garder. J'l'avais bien cru, j'suis un vieil imbécile. »

Je ne sais pas pourquoi, mais je me mis à pleurer, sans pouvoir m'arrêter. Les larmes coulaient sur mon visage. « Je suis désolée.

– T'vois, dit-il. T'as d'jà repris ton accent d'auparavant. »

Le son du signal de la porte d'entrée, un heurtoir, résonna alors, et M. Kutsov se leva pour aller ouvrir. Un policier en uniforme vert se tenait dans l'embrasure. Dans la lumière de l'unique bougie qui éclairait l'entrée, son visage était tout jaune.

« Daniel Kutsov ? » demanda-t-il.

Instinctivement, je me cachai dans l'ombre, tout en essuyant mes larmes avec ma manche.

Le policier fit un pas en avant et annonça d'une voix sans expression : « J'ai un mandat d'arrêt contre vous. »

Terrorisée, je regardai les deux hommes. M. Kutsov semblait avoir complètement oublié ma présence. Le policier avait un visage jeune et dur ; excepté l'uniforme, il ne ressemblait pas du tout au sergent Robards. Le sergent respirait la gentillesse, au contraire de ce policier.

« Encore la prison ? Pour mon livre ? balbutia M. Kutsov en secouant la tête. Non.

– Ç'a rien à voir avec un livre, Kutsov. Le gouverneur Moray a ordonné d'arrêter tous les dissidents, et il est d'notoriété publique qu'vous êtes anti-rédemptionniste. Allez, v'nez. » Il prit M. Kutsov par le bras.

Il se dégagea d'un mouvement brusque. « Non, j'retournerai pas en prison. C'pas un crime d'être contre la stupidité. J'irai pas.

– Vous allez v'nir qu'vous l'vouliez ou non, dit le policier. Vous êtes en état d'arrestation. »

Je savais que M. Kutsov était *vieux*, même si mon père avait déjà quelques années de plus que lui, et je m'étais déjà demandé s'il avait encore tous ses esprits, mais désormais, l'âge sembla bel et bien le rattraper. Il recula et levant un bras impérieux, il dit d'une voix vibrante : « Sortez d'ma maison ! »

Le policier avança d'un pas de plus à l'intérieur. Je les regardai avec effroi et fascination. Sans savoir pourquoi, j'étais paralysée et ne pouvais que regarder. Ce fut la seule et unique fois de ma vie que cela m'arrivait, et, par la suite, en y repensant, cela me permit de mieux comprendre l'attitude de Zena Andrus face à l'échelle dans le conduit d'aération. Dans mon cas, ce n'était pas simplement de la peur. Les événements semblaient s'enchaîner et me dépasser, comme un carrousel tournant de plus en plus vite. Je voulais sauter, mais je n'arrivais pas à me décider.

Le policier dégaina son pistolet en déclarant : « Vous m'accompagnerez, même si j'dois tirer. »

M. Kutsov frappa alors le policier, qui, en guise de représailles, le battit à mort devant mes yeux. Plus exactement, il le frappa une première fois et si M. Kutsov était tombé à ce moment-là, les choses en seraient sans doute restées là, mais il ne tomba pas, et le policier continua à frapper, encore et encore, jusqu'à ce qu'il s'écroule enfin.

Je dus pousser un cri, je ne m'en souviens pas. Jimmy m'affirma que je le fis et c'est ce qui attira son attention. Dans tous les cas, le policier leva les yeux vers moi. Je me souviens très bien de son regard. Il brandit le pistolet avec lequel il avait frappé tant de fois M. Kutsov et le pointa sur moi.

Puis, juste derrière moi, il y eut trois détonations, en succession rapide. Le policier resta un instant immobile, oscillant légèrement, comme si la vie hésitait à le quitter, puis son énergie vitale sembla s'envoler et il s'écroula d'un bloc. Il ne fit jamais feu. Un instant, il tenait ma vie entre ses mains et l'instant suivant, il était mort.

J'enjambai son corps sans même le regarder pour rejoindre M. Kutsov. Alors que je m'agenouillais à ses côtés, ses yeux s'ouvrirent et il me regarda.

Je le soulevai doucement dans mes bras et me remis à pleurer : « Je suis désolée, je suis désolée. »

Il sourit et dit d'une voix faible, mais audible : « Tout ira bien, Natasha. » Un moment plus tard, il ferma les yeux, comme s'il était terriblement fatigué, et mourut.

M'ayant laissé quelques instants, Jimmy mit sa main sur mon bras. Je levai la tête vers lui. Il était pâle, et semblait fortement ébranlé.

« Nous ne pouvons plus rien pour lui, Mia. Partons, pendant qu'il en est encore temps. »

Il souffla la bougie avant de sortir. Alors que nous montions de nouveau nos chevaux, la pluie continuait de tomber.

18

Nous chevauchâmes pendant plusieurs heures vers le nord, sous une pluie nocturne incessante. Nous suivîmes d'abord la route, mais lorsqu'elle s'engagea dans les collines et que le terrain devint plus difficile, nous prîmes un chemin plus lent à travers les collines et la forêt. C'était fatigant et pénible. La pluie ne cessait jamais et finit par s'immiscer sous nos manteaux. Quand nous quittâmes la route, nous fûmes souvent obligés de mettre pied à terre pour conduire nos montures à travers des buissons épineux et humides qui nous blessaient. Le bruit du vent froid semblait imiter un sifflement aigu alors qu'il soufflait dans les arbres et les branches. Notre seule consolation était qu'avec cette pluie drue il était impossible de nous suivre. Au vu du chemin que nous empruntions, nous suivre serait difficile, dans le meilleur des cas.

Arrivés suffisamment loin pour nous sentir en sécurité, nous fîmes halte. Nous devions être à une journée de marche du camp militaire où nous espérions récupérer les affaires de Jimmy. Nous étions tous deux épuisés et meurtris par cette aventure. C'était la première fois que Jimmy tuait quelqu'un, et il réagissait fort mal. Dans les livres que j'avais l'habitude de lire, tuer était un amusement comme un autre, et le nombre de cadavres permettait juste de compter les points. Dans la réalité, on réagit différemment à la mort, du moins pour les personnes normales. Pointer un pistolet peut sembler sympa et appuyer sur la gâchette être une activité excitante, mais le résultat est irrévocable. Le policier ne se relèverait pas pour jouer la partie suivante, pas plus que M. Kutsov. Ils étaient morts, maintenant et pour toujours. Et cela nous rongeait, Jimmy et moi.

Je me suis toujours demandé comment on se sent lorsqu'on joue un rôle de figurant dans l'histoire de quelqu'un d'autre. Être celui qui est de garde au palais lorsque César passe, celui qui claque des talons. Le figurant est le personnage anonyme que le héros massacre au passage, en se précipitant pour sauver l'héroïne menacée. Un figurant est un personnage qui joue le même rôle qu'un mouchoir en papier, que l'on jette après s'en être servi. Dans les histoires, il n'arrive jamais que les figurants lâchent leurs armes ou quittent leur poste, en déclarant : « Je donne ma démission. J'en ai assez qu'on se serve de moi. » Ils sont là pour qu'on se serve d'eux, soit simplement pour donner de la consistance à l'histoire, soit pour servir d'obstacles mineurs dans l'ascension du héros. L'ennui, c'est que chacun de nous est le héros de sa propre histoire, au milieu d'une mer de figurants. Personne n'aime être utilisé, puis rejeté comme un mouchoir sale. Par cette triste nuit froide et humide, je m'aperçus que je n'aimais pas qu'autrui soit employé de cette manière. Pour le policier, M. Kutsov était un figurant qui s'était rebellé au mauvais moment, et qui fut donc supprimé. Peu après, le policier lui-même cessa d'être un héros pour devenir à son tour un figurant, et son histoire se termine là. Je ne blâmais pas du tout Jimmy. Si j'avais été capable de faire quoi que ce soit, j'aurais agi exactement pareil, simplement pour rester en vie. Pour Jimmy, le policier n'était pas un simple figurant. Jimmy a toujours été plus humain, plus sensible, et plus empathique que moi et il dut lui en coûter beaucoup de le tuer. J'avoue que, pour moi, il restait un figurant. Néanmoins, sa mort et celle de M. Kutsov me perturbaient aussi.

Si cela m'était possible, je souhaiterais édicter une loi selon laquelle nul n'a le droit de tuer quelqu'un qu'il ne connaît pas assez bien pour que son acte ait de l'importance. On ne devrait jamais tuer comme on se mouche. La mort est une chose suffisamment grave pour qu'elle touche celui qui la cause.

Enfin, nous installâmes notre campement. Nous nous occupâmes des chevaux en les mettant le plus possible à l'abri sous un bosquet d'arbres. Pendant que j'installai la bulle-tente sur un endroit plat, Jimmy sortit le sac de couchage et débarrassa les chevaux de leur selle. Nous mîmes toutes nos affaires à l'abri sous la tente, ce qui nous laissait tout juste la place pour le sac de couchage.

Nous étions trempés. La pluie frappait régulièrement la bulle-tente et nous entendions le sifflement aigu du vent s'élever et retomber autour de nous. Nous laissâmes la lampe allumée le temps de nous déshabiller. Ce ne fut pas facile, car la tente était exiguë et il n'est pas agréable de s'asseoir cul nu sur une selle froide. Jimmy était bien plus poilu que je ne l'aurais cru. Finalement, nous étalâmes nos vêtements pour qu'ils sèchent, nous éteignirent la lampe et nous couchâmes.

Le sac de couchage était glacé, et moi aussi. Je passai mes bras autour de Jimmy. Sa peau aussi était froide, au début du moins, mais son corps était solide et réconfortant. J'avais besoin de réconfort. Lui aussi, je crois.

Je lui touchai la joue. « Je ne t'en veux plus, tu sais.

– Je sais, dit-il. Je ne pensais pas que tu étais vraiment fâchée. Je suis désolé. Il faut que je t'accepte comme tu es, même lorsque tu dis des bêtises. Tu penses ce que tu penses, voilà tout. »

Il m'embrassa avec douceur, et je lui rendis son baiser.

« Je suis heureux que tu sois venue me chercher. » Il me caressa doucement le dos et les épaules. Cela me faisait frissonner. « Tu as froid ? me demanda-t-il.

– Non. Tu pensais que je viendrais ?

– Je crois que je l'espérais. Je suis heureux que tu sois venue. Que toi, Mia, tu sois venue. »

Il se tourna de côté et posa la main sur mon sein. Je couvris sa main de la mienne.

« Tu es belle.

– Pourquoi tu ne me l'as jamais dit ? » Nous nous étions embrassés et nous avions fait d'autres choses, et, malgré nos différences, je savais qu'il m'aimait bien, mais il ne m'avait encore jamais dit qu'il aimait mon apparence. J'appuyai plus fort sa main sur mon sein et lui embrassai la joue et la bouche. Cela faisait des jours que je ne m'étais pas sentie si bien, au chaud, tellement en sécurité. Oh, que c'était bon de se sentir comme ça.

Je lâchai sa main et il la laissa vagabonder. « Je n'avais jamais osé, dit-il. Tu t'en serais servie contre moi. Eh, c'est amusant ! Quand je touche celui-ci, je ne sens rien, et, quand je touche celui-là, je sens ton cœur battre.

– Moi aussi, je sens ton cœur. Boum, boum, boum, boum, boum. »

J'embrassai ma main et déposai mon baiser sur son visage. J'embrassai son visage.

« Alors, tu me trouves jolie ?

– Bien sûr. Tu es belle. J'aime comment tu es. J'aime ta voix – elle n'est pas trop aiguë. J'aime te toucher. » Il bougea sa main. « J'aime ton odeur. » Il pressa son visage dans mes cheveux.

« C'est curieux, dis-je. Je ne crois pas que j'aimerais autant être contre toi si je n'aimais pas ton odeur. Je n'y avais jamais pensé auparavant. Pourquoi dis-tu que je m'en serais servie contre toi ?

– Tu m'aurais sans doute dit quelque chose de mordant. Je ne pouvais pas courir ce risque. » dit-il lentement.

Je ne m'étais pas rendue compte auparavant qu'il était aussi vulnérable, que mes paroles pouvaient le blesser. « Je dis des choses méchantes parfois, répondis-je, mais je ne l'aurais jamais fait si tu m'avais avoué cela avant. »

Il embrassa un de mes seins et d'un mouvement hésitant, il en caressa le téton du bout de la langue. Il se mit à pointer sans que ma volonté y fût pour quelque chose. Je crus que mon cœur allait exploser dans ma poitrine. Nous nous serrâmes encore plus fort l'un contre l'autre, et nous nous embrassâmes passionnément. Je tins Jimmy contre moi et j'écartai les cuisses.

Sur le Vaisseau, le sexe c'est pour les adultes. En tant qu'adulte, peu importe avec qui on couche ; personne n'ira vérifier. Mais, comme partout ailleurs, les gens ont tendance à être plutôt constants et perspicaces sur leur choix – du moins, les gens avec lesquels je suis susceptible de me lier d'amitié. Par exemple, je ne pense pas que j'aurais envie de connaître ceux qui font des encoches au pied de leur lit, ceux qui couchent n'importe où, ceux qui prennent le sexe à la légère. Je ne pourrais pas agir de la sorte. Je suis bien trop vulnérable. J'aime faire l'amour, mais je ne peux le faire que si, à la simple attirance physique, viennent s'ajouter une certaine confiance, de l'affection et du respect. Cela faisait deux ans que je connaissais Jimmy, et presque aussi longtemps que j'étais attirée par lui, pourtant je ne crois pas que j'aurais pu faire l'amour avec lui plus tôt.

Dans un sens, Jimmy et moi étions destinés l'un à l'autre. Que nous nous fussions rencontrés ou pas, et que nous nous soyons plu ou pas, nous aurions de toute façon eu au moins un enfant ensemble, au minimum. Mais il s'agit là d'un processus purement mécanique, qui n'a rien à voir avec la vie commune et l'amour. Il était merveilleux que, dans ces conditions, nous nous fussions aimés. Si la passion que l'on éprouve à l'âge de quatorze ans n'est certes pas la plus idéale, on n'aura pas toujours quatorze ans, et la passion évolue.

Sur le Vaisseau, le sexe, c'est pour les adultes. Nous n'étions pas officiellement des adultes, mais nous avions besoin l'un de l'autre, et je n'étais plus aussi à cheval sur les règles qu'auparavant. Nous avions besoin l'un de l'autre, et le moment était parfait. Si nous ne revenions pas au Vaisseau, qui s'en inquiéterait ? Et si nous y revenions, nous serions officiellement devenus des adultes et la question n'aurait plus de raison d'être.

Donc nous fîmes l'amour, enlacés dans la nuit, sous la pluie incessante, chacun obtenant la sécurité dans la présence de l'autre. Nous ne savions pas ce que nous faisions, sauf en théorie, et nous étions aussi maladroits que des chatons. Dans un sens, ce fut un ratage, mais un ratage extrêmement agréable. À la fin, nous eûmes comme un aperçu d'un sommet que nous ne pouvions pas atteindre.

Nous restâmes allongés quelques minutes sans parler, puis Jimmy demanda : « Comment c'était ? »

Je répondis, d'une voix déjà ensommeillée : « Je pense que ça demande de l'entraînement. »

Juste avant de sombrer dans le sommeil, j'ajoutai : « Mais c'était réconfortant. »

La nuit suivante, nous laissâmes nos chevaux attachés dans un petit bois. Nous avions parcouru bien des kilomètres depuis la veille. Nous étions arrivés sur la colline à la fin de l'après-midi, puis nous nous étions faufilés à travers les arbres pour avoir une vue d'ensemble du camp militaire. Dans la vallée, une ville prise entre un cercle de collines s'étendait dans la lumière dorée. De notre côté, il y avait un camp militaire entièrement clos, parcouru par des patrouilles armées, comme toutes les bases militaires. Au centre, dans ce qui devait être le terrain de manœuvres, était parquée le vaisseau d'exploration.

« J'étais curieux, m'expliqua Jimmy. Cela me paraissait étrange qu'ils aient un vaisseau. Je me suis faufilé pour la regarder de plus près, et je suis devenu imprudent. C'est comme ça que je me suis fait prendre. »

Le terrain de manœuvres était entouré de bâtiments sur trois côtés. Le plus petit nous faisait face et le côté sans bâtiment était tout au bout du terrain, plus près de la ville. Entre les bâtiments, il y avait quelques arbres clairsemés. L'ensemble du camp était clos par un haut grillage muni de pointes en fer. De l'enceinte au bâtiment le plus proche, il y avait un espace libre d'une trentaine de mètres.

« Tu vois, là, me dit Jimmy en pointant quelque chose à travers le feuillage, ce bâtiment à un étage ? C'est leur quartier général. C'est là qu'ils m'ont emmené en attendant l'arrivée de la police. Avec un peu de chance, mes affaires devraient toujours y être. »

Le bâtiment, en briques rouges avec un toit de tuiles grises, dominait le terrain de manœuvres. Il n'y avait que deux ou trois autres bâtiments d'un étage, mais ils étaient tous plus petits ; tout le reste était de plain-pied : baraquements, écuries, etc.

Nous observâmes la ronde du garde. Il mettait vingt minutes à parcourir, au pas lent et mesuré d'un homme qui tue le temps, la distance qu'il devait surveillait. Parfois, il arrivait à l'angle de l'enceinte en même temps que le garde qui surveillait le côté adjacent, et ils s'arrêtaient alors un moment pour bavarder.

« Si nous immobilisons le garde, nous n'aurons que vingt minutes devant nous, fis-je observer.

– Non, dit Jimmy. On s'en sortira mieux si on arrive à passer sans se faire voir. »

Quand nous eûmes tout observé, nous rampâmes pour rester hors de vue. Nous rejoignîmes nos chevaux et mangeâmes un repas froid. La dernière fois, Jimmy avait commis l'erreur d'entrer dans le camp trop tôt, alors qu'il y avait encore beaucoup de gens et que les gardes étaient encore alertes. Le voyage avait été fatigant pour nous deux, et nous dormîmes jusqu'à la tombée de la nuit. Je fus réveillée par Jimmy, qui me secouait.

« Allons, viens, me dit-il. Il est temps d'y aller. »

Plongé dans le noir, nous descendîmes le talus à tâtons, lentement, prenant garde à ne pas faire de bruit. J'étais heureuse d'être avec Jimmy. Nous formions une bonne équipe, et avec lui je me sentais vraiment comme une aventurière. Le terrain était dégagé sur six mètres, avant d'arriver à l'enceinte, là où les broussailles avaient été coupées. Nous nous accroupîmes sous des buissons, la clôture bien en vue mais avec une vision étriquée du bâtiment à un étage.

Jimmy me serra le bras et murmura : « Chut, le voilà. »

Lorsqu'il fut à bonne distance, nous courûmes, courbés en deux, jusqu'à la clôture métallique. Jimmy me souleva et j'agrippai les piques, leurs pointes sous mes pouces. Il me poussa et je parvins à mettre un genou sur la plus haute barre, entre les piques. Après avoir hésité un bref instant, je sautai de l'autre côté, déchirant au passage mon pantalon sur l'une des pointes. Accroupie, je guettai un moment pour m'assurer que le bruit de ma chute n'avait alerté personne, puis je me retournai vers la clôture. Passant mes mains entre les barreaux, je fis la courte échelle à Jimmy. Il plaça ses pieds dans mes mains et je le soulevai. Il mit son autre pied sur la plus haute barre et sauta, faisant nettement plus de bruit que moi. Il m'entraîna immédiatement à l'abri d'un arbre. Là, nous nous arrêtâmes un moment avant de courir vers l'ombre que répandait le bâtiment du quartier général.

Le ciel était quelque peu couvert et les nuages passaient rapidement ; parfois, la faible clarté de la nuit faisait place à des ténèbres totales. Jimmy en tête, nous contournâmes prudemment le bâtiment. Arrivé au coin, nous nous arrêtâmes et Jimmy passa rapidement sa tête pour vérifier les environs. Quand nous tournâmes, j'aperçus le terrain de manœuvres, vide et silencieux, où se reflétait seulement la lumière d'une ou deux lampes nocturnes restées allumées dans les bâtiments qui le bordaient. C'était à peine si je pouvais discerner la silhouette du vaisseau. Jimmy s'arrêta de nouveau au coin suivant, puis nous nous faufilâmes comme des fantômes le long de la façade du bâtiment.

« Il doit y avoir un homme de garde, murmura Jimmy. Le bureau est sur la droite, tout de suite après l'entrée. »

Il me désigna une fenêtre juste au-dessus de nous par laquelle filtrait une faible lumière jaunâtre. Des ombres indécises se projetaient au plafond. Nous montâmes les escaliers du perron et nous aplatîmes contre le mur le temps de sortir nos pistolets. Puis, nous entrâmes. Le hall d'entrée était sombre et silencieux. Sur notre droite, une porte était ouverte sur une pièce faiblement éclairée.

Jimmy y entra sans hésiter, le pistolet au poing : « Les mains en l'air », dit-il.

L'homme qui était assis derrière le bureau était visiblement sur le point de s'endormir. En entendant l'injonction de Jimmy, il sursauta et nous regarda.

« Encore toi », constata-t-il.

C'était un petit homme joufflu, d'apparence inoffensive. Il portait un uniforme vert avec des galons rouges et des épaulettes rouges torsadées. La pièce était grande et contenait plusieurs bureaux, l'un était placé près de la porte et deux autres à l'opposé. Plusieurs pièces étaient situées derrière les bureaux. La seule lumière venait d'une lampe posée sur le bureau de l'officier.

« N'élevez pas la voix, lui dit Jimmy. Je n'hésiterai pas à tirer. Où sont mes affaires ?

– J'sais pas », dit l'officier d'une voix peu sûre. Il était encore sous l'effet du choc, et pas entièrement réveillé.

Jimmy me fit signe de passer derrière l'homme. Je m'exécutai tout en sortant mon couteau sous le regard de l'officier. À un moment, il tenta de se lever, je repoussai son fauteuil tout contre le bureau pour qu'il ne puisse plus bouger.

« Allons, doucement, mon p'tit », dit-il en élevant la voix.

J'appuyai la pointe du couteau contre l'oreille de l'homme. Je n'appuyai pas, aucune goutte de sang ne coula.

« Où sont ses affaires ? » demandai-je.

Il essaya de parler, mais sa voix s'étrangla dans sa gorge. Il finit par murmurer d'une voix rauque : Tout a été dispersé. J'sais pas où tout est.

– Où sont les sacs de selle ? »

Il haussa les épaules en signe d'impuissance. « P't'être dans les étables.

– Et ce qu'ils contenaient ?

– Y se sont amusés avec, au mess, dit-il avec empressement. Y étaient plusieurs.

– Emmenez-nous au mess.

– J'peux pas. J'peux pas abandonner mon poste. »

Je chatouillai ses épaulettes avec le couteau. « Il le faudra bien.

– Coupe pas ça ! s'écria-t-il avec alarme.

– Alors, montrez-nous le mess, déclarai-je en relevant mon couteau.

– Bon, dit-il avec résignation. C't'au premier. »

Je pris la lampe qui était sur le bureau, et Jimmy força l'officier à se lever. Il nous conduisit dans le couloir, puis au premier étage. Au bout d'un long couloir silencieux où le bruit de nos pas éveillait des échos sinistres, nous arrivâmes devant une porte et le petit officier joufflu la déverrouilla et l'ouvrit en grand.

« C'là », dit-il.

La lumière de la lampe révéla une longue pièce silencieuse au milieu de laquelle était disposée une grande table couverte d'une nappe blanche et entourée de chaises. Il y avait aussi un coin salon, avec une grande cheminée.

« Montrez-nous », dit Jimmy.

L'officier nous mena vers le coin salon. Il y avait un jeu de fléchettes, des journaux et des jeux tout autour, et sur l'une des tables basses, l'échiquier de Jimmy. Je le reconnus instantanément. Je me demande bien avec qui Jimmy avait eu l'intention de jouer. D'autres de ses affaires étaient éparpillées un peu partout.

« Jimmy, dis-je avec terreur. Je ne le vois pas. »

Jimmy jeta un coup d'œil rapide. « Non, dit-il en se tournant vers l'officier. On cherche un objet rectangulaire noir, de petite dimension. L'avez-vous vu ?

– Non, répondit l'homme. J'me suis pas amusé avec tes affaires, moi. »

Je l'encourageai un peu avec mon couteau. « Vous en êtes certain ?

– Absolument ! répondit-il avec une certaine aigreur. J'm'en souviendrais si j'avais vu un truc d'ce genre.

– Qu'est-ce qu'on va faire ? demandai-je à Jimmy.

– Je ne sais pas. Il doit bien être quelque part, mais je ne sais pas où chercher. »

Je commençais à être réellement inquiète. Plus nous nous attardions ici, plus nous risquions de nous faire prendre. D'autre part, si nous ne récupérions pas le signal, nous étions bloqués pour de bon sur cette planète.

Nous redescendîmes vers le bureau. Au moment d'y entrer, une idée soudaine me frappa.

« Il y a un vaisseau. On pourrait le prendre. S'ils sont capables de le piloter, nous aussi.

– Ah, ça non ! dit l'officier joufflu. Vous vous croyez tout permis, les gens du Vaisseau. Ça s'passera pas comme ça. On a un 'tit vaisseau à nous maintenant, et on est bien plus fort qu'vous. Vous prendrez pas not' vaisseau.

– Ça sera de toute façon inutile », dit Jimmy en saisissant un presse-papiers sur l'un des bureaux. C'était son signal de récupération. Il le montra à l'officier : « Je croyais que vous ne l'aviez jamais vu… ?

– Ah, c'était ça qu'vous cherchiez ? J'l'avais pas r'marqué. »

L'officier me tournait le dos. Je sortis mon pistolet et, non sans scrupules, lui assenai un coup de crosse derrière l'oreille.

« Allez, viens, Jimmy. On a le signal, partons. »

Nous ressortîmes dans la nuit. Nous venions tout juste de contourner le bâtiment pour retourner derrière, quand Jimmy m'agrippa le bras pour m'arrêter. Il me posa la main sur la bouche.

« Le garde. Tu le vois ? » Il le pointa du doigt.

Accroupis dans l'ombre du bâtiment, nous le regardâmes passer de son pas lent et régulier le long de la clôture, jusque de l'autre côté. Soudain, un cri déchira la nuit :

« Gardes ! Gardes ! »

Cela venait de l'avant du bâtiment. En entendant le cri, le garde se redressa et tourna la tête vers la source du bruit, mais, en bon soldat, il ne quitta pas son poste. En fait, il nous coupait la retraite.

« Viens », me dit Jimmy. Nous nous glissâmes le long des bâtiments qui bordaient la clôture. Les cris continuaient. Jimmy s'arrêta près d'un petit bâtiment situé à l'écart, d'où nous pouvions voir l'enceinte dans les deux directions.

« Tu n'aurais pas pu frapper plus fort ? me dit Jimmy.

– Je n'aime pas frapper les gens. »

Du brouhaha venait de toutes parts. Nous ne distinguions rien, dans le noir, mais nous entendions tout.

« Jimmy, dis-je soudain, tu sais ce que c'est, ce bâtiment ?

– Non.

– C'est une poudrière. Tu vois le panneau danger ? On pourrait faire diversion. On peut faire sauter le vaisseau. »

Jimmy sourit et me caressa les cheveux d'un geste furtif.

On trouva la porte et Jimmy brisa la serrure avec la crosse de son pistolet. Il y avait tellement de vacarme que l'on ne risquait pas de nous entendre. Dès que nous fûmes à l'intérieur, Jimmy referma précipitamment la porte sur nous. Par deux petites fenêtres basses donnant sur le terrain de manœuvres, nous pouvions voir des soldats courir en tous sens, et des lampes et torches s'allumer ici et là. Nous avions bien fait de nous cacher à l'intérieur. À la lumière des torches, je vis que la rampe du vaisseau était abaissée. Une vingtaine d'hommes se mirent en ligne sur le terrain de manœuvres, et on commença à leur donner des ordres.

« Ils vont fouiller tous les bâtiments », dit Jimmy.

Je découvris un petit baril de poudre et y fixai une mèche d'un bon mètre de long. Le principe était simple. Malheureusement, je ne savais pas combien de temps elle mettrait à se consumer. C'était un risque à courir.

Pendant que les soldats de l'autre côté du terrain de manœuvres recevaient des ordres, Jimmy et moi discutâmes de ce que nous allions faire. C'était comme ce jeu Pierre-Feuille-Ciseau, où chacun décide dans son coin de ce qu'il va faire, et on révèle tous notre plan au même moment. On faisait notre plan, ils faisaient le leur, et nous verrions bien qui serait le gagnant. Je donnai mon pistolet à Jimmy pour qu'il le charge. Avant de nous faufiler de nouveau par la porte, je fixai une autre mèche à un tonneau de poudre.

« Commence à tirer dans quarante secondes », dis-je à Jimmy qui me répondit par un simple « Oui » avant de disparaître le long du bâtiment.

Je m'accroupis dans le noir face au terrain de manœuvres et sortis une allumette. Avec précaution, je la protégeai du vent et la grattai. Rien ne se passa, je réessayai. Une flamme apparut et j'allumai le bout de la mèche du baril à l'intérieur du bâtiment. Elle commença à cracher et, agitant l'allumette pour l'éteindre, je soulevai le deuxième petit baril de poudre et contournai le bâtiment.

Soudain, Jimmy ouvrit le feu, tirant au-dessus des têtes des soldats en formation. Ils se mirent à plat ventre et tirèrent dans la direction d'où les coups de feu étaient venus. Jimmy avait dû se mettre à l'abri ; pour cela, je lui faisais confiance.

Sans hésiter, je plongeai en terrain découvert. Le baril était lourd, et je pensais qu'à une chose : ne pas tomber et arriver jusqu'à la rampe du vaisseau. J'ignore si l'on m'avait vue ou si l'on me tirait dessus ; j'étais trop occupée à courir. Au moment où j'atteignis la rampe, la poudrière sauta dans une explosion de lumière et de bruit. Des morceaux du bâtiment volèrent de toutes parts. L'onde de choc me jeta à genoux, je me relevai aussitôt et m'élançai sur la rampe.

Arrivée dans le vaisseau, je me dirigeai sans hésiter vers la cabine de pilotage. Je posai le baril sur le siège du pilote, juste devant le panneau de commandes principal. Par le dôme, je voyais des soldats affolés courir dans tous les sens. Plus personne ne tirait. L'explosion de la poudrière avait mis le feu à un baraquement voisin, et ils couraient chercher de l'eau.

Je grattai une deuxième allumette et allumai la mèche, puis je ressortis en courant, aussi vite que possible. Arrivée dehors, je me retournai un instant. Des flammes et des ombres mouvantes se reflétaient sur le métal mat du vaisseau.

Quelqu'un me bouscula et me cria : « Attention ! » sans même s'arrêter. Il régnait un tel désordre sur le terrain de manœuvres que personne ne me remarqua.

Je commençais à craindre de devoir y retourner pour rallumer la mèche lorsque j'entendis une explosion étouffée. Ces gens ne pourraient plus jamais piloter ce vaisseau.

Je me glissai entre les bâtiments, loin de la lumière et du tumulte. Il n'y avait plus personne pour surveiller l'enceinte. Je mis plusieurs minutes à la franchir. Ensuite, je gravis lentement la colline à travers les arbres et la végétation.

Arrivée au sommet, tout près de l'endroit où nous avions observé le camp militaire plus tôt dans la journée, je me retournai. Le feu s'était étendu à un autre bâtiment, et les hommes se hâtaient en tous sens, pareils à des fourmis. Après avoir regardé quelques minutes, je retournai à notre camp.

Jimmy m'attendait près des chevaux.

« Ça va ? lui demandai-je.

– Oui, ça va. Mais j'ai laissé tomber le signal en courant. »

J'en eus le souffle coupé.

« Non, je plaisante ! »

Je me laissai tomber sur une grosse pierre et examinai mon pantalon déchiré. Avec précaution, je touchai ma jambe.

« Tu t'es fait mal ?

– Je me suis coupée en franchissant la clôture la première fois.

– Mince », fit Jimmy. Il examina ma jambe. « Ce n'est pas bien grave. Tu veux un bisou pour la guérir ?

– Tu ferais cela pour moi ? »

Jimmy se releva et regarda le ciel où se reflétaient les flammes de l'incendie. Il fit un grand geste. « Tu sais, je trouve que ça fait beaucoup d'ennuis, simplement parce que tu ne peux pas te résigner à frapper quelqu'un. »

19

Notre dernière matinée sur Tintera fut merveilleuse. Avec les chevaux, nous avions atteint un petit plateau rocheux, en haut d'une montagne proche de la côte. Le sol était couvert d'une herbe fine, et une petite source jaillissait des rochers. En ce jour, ce dernier jour, seuls quelques nuages blancs défilaient dans le ciel lumineux, et il faisait suffisamment chaud pour que nous ayons pu ôter nos manteaux. Nous venions de petit-déjeuner et, après avoir fait nos bagages pour la dernière fois, nous attendions, calmement assis au soleil.

Du haut des rochers, la vue portait à des kilomètres. D'un côté, la montagne descendait abruptement, et au-delà, on découvrait la mer qui s'étendait à l'infini, grise avec des crêtes blanches, ainsi qu'une partie de la côte : des falaises brunes, des pierres sombres et humides, de petites plages. De temps en temps, des oiseaux tournoyaient au gré du vent et nous pouvions imaginer leurs cris. Tournant notre regard vers l'intérieur, des pâturages d'altitude s'étendaient, et, au-delà, d'autres montagnes comme celle sur laquelle nous étions, bordant la ligne de la côte. Plus loin encore vers l'intérieur du pays, c'était un paysage de collines boisées et de vallées sinueuses qui se fondaient les unes aux autres, toutes couvertes d'une autre mer de vert ondulant ; une mer qui, proche, luisait de différents tons de vert et gris, mais qui, au loin, s'étendait d'un seul vert olive uniforme.

Et sous cette mer-là, vivaient toutes sortes de choses : des Oiseux sauvages et des hommes qui nous pourchassaient. Nous avions vu des Oiseux, et ils nous avaient vus ; ils avaient continué leur chemin, et nous le nôtre. Quant aux hommes qui nous pourchassaient, nous les avions vus pour la dernière fois quatre jours auparavant, mais eux ne nous avaient pas vus. Peut-être y avait-il aussi, sous cette mer-là, d'autres enfants du Vaisseau, mais nous n'en avions croisé aucun.

Dès le lever du jour, nous avions déclenché le signal. Le vaisseau n'arriva que six heures plus tard. Ce furent des heures calmes à bavarder tout en restant vigilants. J'avais lancé des morceaux de nourriture à un petit rongeur qui se faufilait entre les rochers en poussant des piaillements aigus.

Quand le vaisseau d'exploration arriva, nous montâmes à bord avec nos chevaux. M. Pizarro était là, notant les noms de ceux qui arrivaient. Nous étions les sixième et septième.

« Je vais voir George en haut, dis-je à Jimmy.

– D'accord. Pendant ce temps, je raconterai à M. Pizarro ce qui nous est arrivé. »

Nous pensions qu'ils devaient être mis au courant. Certaines de nos aventures avaient été bien plus dangereuses qu'il n'était prévu, et nous n'avions nullement été préparés à cela. Je montai donc voir George.

« Mes félicitations, adulte ! me dit-il dès qu'il m'aperçut. Je savais que tu réussirais.

– Salut, George. Dis-moi, vous avez eu des ennuis pour récupérer les autres ?

– Des ennuis, non, mais je suis tout de même un peu inquiet. Regarde. » Il me montra l'écran quadrillé qui lui servait à repérer les signaux de récupération. Il n'y avait pas vingt-neuf points lumineux, loin de là. Je comptai. Il y en avait douze.

« Le dernier témoin s'est allumé il y a deux heures, continua George. Je crois que beaucoup ne reviendront pas. »

Je lui racontai brièvement ce qui nous était arrivé. Je restai avec George pendant qu'on se posait pour prendre Venie Morlock, puis deux autres qui faisaient équipe ensemble. Après, j'allai rejoindre Jimmy en bas.

« On en a encore six à prendre, lui dis-je. Regarde comme on est peu nombreux.

– À ce point-là ? dit Jimmy. Je me demande ce que le Conseil va dire. »

Nous étions seulement dix à bord. Jimmy, Venie et moi étions là, il manquait encore Att, Helen et Riggy.

Soudain, la voix de George retentit dans les haut-parleurs. « Bon, les enfants, taisez-vous et écoutez bien. Un des nôtres est juste en dessous de nous. Je ne sais pas qui, mais ce qui est certain, c'est qu'on lui tire dessus. On va devoir le sortir de là. Je vous donne deux minutes pour prendre vos armes et vous préparer ; ensuite, je me pose pour essayer de le récupérer. Je vous veux tous dehors pour le couvrir avec vos armes. »

Certains des enfants avaient encore leurs armes sur eux. Jimmy et moi bondîmes vers les étagères où étaient nos équipements pour récupérer nos pistolets. Je chargeai le mien pour la première fois. Nous étions onze, en comptant M. Pizarro, et il y avait quatre rampes d'accès. Jimmy, moi et Jack Fernandez-Fragoso choisîmes la même. George fonça vers le sol, puis, freinant son mouvement, se posa, léger comme une plume, et abaissa les quatre rampes.

Nous nous élançâmes sur la rampe, Jack à gauche, Jimmy au milieu et moi sur la droite. Nous étions au sommet d'une butte boisée ; mon élan et la forte pente de la rampe me firent tomber à plat ventre, ce qui était exactement ce que je désirais. Je me laissai rouler à l'abri d'un arbre et j'entrevis Jimmy, à moitié caché par un buisson.

Ici, à des centaines de kilomètres de l'endroit où nous avions été recueillis, il bruinait et le ciel était d'un gris familier. De l'autre côté du vaisseau, plus bas, on pouvait entendre des coups de feu.

Notre ami était accroupi, une cinquantaine de mètres plus bas, entre quelques rochers qui auraient tout juste pu protéger le petit rongeur auquel j'avais donné à manger le matin même. C'était Riggy Allen, et il se battait courageusement, son pistolet sonique à la main. À quelques dizaines de mètres au-dessus de nous, j'entrevis le cadavre de son cheval. Riggy tourna la tête et nous aperçut.

Ses attaquants, ceux du moins qui ne nous étaient pas cachés par le vaisseau, étaient embusqués derrière des rochers et des arbres : ils étaient certes cachés à la vue de Riggy, mais pas à la nôtre.

Je vis tout cela en l'espace de quelques secondes, puis levai mon pistolet et tirai, visant un homme armé d'une carabine. La distance était plus grande que je l'avais estimée et la balle laboura la terre à plus de deux mètres devant l'homme. Il eut pourtant un mouvement de recul.

C'était la première fois que je tirais avec ce pistolet. Le recul était fort et le bruit assourdissant. Dans un sens, c'était assez satisfaisant. Les pistolets soniques sont silencieux et, si l'on rate sa cible, votre coup ne laisse généralement aucune trace, sinon une feuille jaunie et ratatinée peut-être. Avec ce pistolet, il y a suffisamment de bruit et d'impact pour que l'on soit conscient de produire un effet ; si l'on rate, on soulève au moins de la poussière ou l'on frappe un arbre avec bruit, et cela suffit généralement à faire baisser la tête de l'adversaire.

Je visai plus haut, espaçant bien mes coups. Jimmy faisait de même. Cette stratégie eut pour effet de faire cesser les coups de feu vers Riggy. Prompt à profiter de l'occasion, Riggy se leva et courut vers le vaisseau. Mon pistolet fit un cliquetis révélateur : le chargeur était vide. Bientôt, Jimmy arrêta aussi de tirer. Jack continua, mais à l'exception d'un bras brûlé, le résultat était peu convaincant. Dès que les coups de feu stoppèrent, les ennemis montrèrent de nouveau leurs têtes et profitèrent de la situation. Ils recommencèrent immédiatement à tirer. Riggy fit un bond et se mit à plat ventre derrière le cadavre de son cheval.

Je rechargeai mon arme le plus vite possible et recommençai à tirer. Jimmy s'y remit aussi et Riggy put se relever et se remettre à courir. Je me mis à réfléchir clairement à la situation et m'arrêtai de tirer jusqu'à ce que le chargeur de Jimmy fût vide. Pile à ce moment-là, je me remis à tirer, un bam, bam, bam régulier, je ne prenais même plus la peine de viser – peu m'importait si je touchais quelque chose, du moment qu'ils ne relevaient pas la tête.

Lorsque mon chargeur fut vide à son tour, Jimmy prit la relève. Riggy nous dépassa enfin et arriva à la rampe. Il la monta en courant et se jeta à plat ventre, avant de se remettre lui aussi à tirer. Je pris ma retraite vers le vaisseau, suivie par Jack, puis par Jimmy. Lorsque nous fûmes tous entrés, je criai à George de relever la rampe. Il avait dû nous voir arriver ou entendre mes cris, car elle se releva aussitôt, et se verrouilla automatiquement.

J'entendais qu'on tirait toujours vers les autres rampes. J'hurlai à Jimmy d'aller à gauche. Je coupai au milieu du vaisseau, trébuchant et me cassant presque le cou sur l'une des chaises.

Arrivée devant une des rampes encore abaissées, je me mis de nouveau à plat ventre et cherchai une cible des yeux, puis je me remis à tirer. Les trois compagnons que je couvrais comprirent tout de suite et se mirent à courir vers le vaisseau. Alors que le deuxième montait à bord, j'entendis Jimmy crier à George de remonter la rampe. Puis, le troisième arriva – c'était Venie Morlock et alors qu'elle entrait dans le vaisseau, je ne pus résister à l'envie de lui faire un croche-pied. Je criai pour que George m'entende.

Venie me jeta un regard venimeux et me demanda, alors que la rampe remontait : « Pourquoi t'as fait ça ?

– Tu risquais de te faire tirer dessus », mentis-je.

Un instant plus tard, j'entendis Jack demander que l'on relève la dernière rampe. La dernière vision que j'eus de Tintera fut celle d'un flanc de colline détrempé par la pluie et d'hommes faisant tout leur possible pour nous tuer. Cela me parut parfaitement approprié.

Cette fois, Riggy s'en était tiré sain et sauf, à part une grande estafilade au bras qui commençait juste à se cicatriser. Voilà où mène la politique de la tortue, du moins sur Tintera. Riggy me raconta qu'il vivait sa vie dans la forêt, ne demandant rien à personne, quand un

Oiseux lui avait sauté dessus par-derrière et l'avait griffé. Cela peut vous paraître convaincant, mais c'est parce que vous ne connaissez pas Riggy. À mon avis, les choses s'étaient plutôt passées ainsi : un Oiseux se promenait dans la forêt, sans rien demander à personne quand Riggy était sorti brusquement d'un fourré pour lui faire peur. C'était tout à fait le genre de choses dont était capable Riggy.

« Où as-tu trouvé ce pistolet ? me demanda-t-il. Je peux le voir ? »

Je le lui tendis. Après l'avoir examiné un moment, il me demanda : « Dis, tu ne voudrais pas l'échanger contre quelque chose par hasard ?

– Tu peux le garder, Riggy », lui dis-je. Je n'y tenais pas particulièrement. Je savais que je ne m'en servirais plus et ce n'était pas un objet de fascination à mes yeux.

Seuls dix-sept des nôtres étaient revenus à bord. Douze manquaient à l'appel – morts ou dans l'incapacité d'utiliser leur signal de récupération. J'y repensai pendant le voyage du retour. Je comptai le nombre de fois où j'avais été en danger de mort. J'en dénombrai un minimum de cinq. En admettant que les chances de survie à chacun de ces dangers soient de neuf sur dix, les chances de survivre à cinq sont seulement de six sur dix ; cinquante-neuf sur cent, pour être précise. Si tous avaient eu des expériences similaires à la mienne, il n'était pas étonnant que douze des nôtres ne fussent pas revenus. Malheureusement, Att faisait partie des douze qui manquaient à l'appel.

À notre arrivée au Vaisseau, des gens nous attendaient pour s'occuper de nos chevaux. Nous passâmes rapidement par la décontamination, puis l'on nous conduisit à la salle de réception. Les murs étaient couverts de décorations pour les fêtes de la Fin d'année et des mobiles étincelants tournoyaient au-dessus de nos têtes. Il y avait même un orchestre, et papa était là, dans son rôle officiel, pour nous féliciter de notre nouveau statut d'adulte. Il me serra la main.

D'autres parents étaient là aussi. Il y avait ma mère, et je vis également la mère de Jimmy, accompagnée de son mari, et son père, accompagné de sa femme. Quand ils le virent, ils lui firent tous de grands signes. Puis, j'aperçus la mère d'Att.

« Excuse-moi un moment », dis-je à Jimmy.

Je m'approchai d'elle et lui dis : « Je suis désolée, Att n'est pas avec nous. » Je ne savais pas comment le dire autrement. J'aurais aimé pouvoir lui dire de sorte à ne pas lui faire de peine, mais cela me faisait de la peine aussi de savoir qu'il ne reviendrait pas, et, en plus, cela me faisait mal de le lui dire. Elle avait dû s'en douter, en ne le voyant pas avec nous. Elle se mit à pleurer et à secouer la tête. Elle posa un instant la main sur mon épaule, avant de se détourner.

J'allai voir ma mère. Elle me prit la main en souriant. « Je suis heureuse que tu sois de retour », me dit-elle, puis elle aussi se mit à pleurer avant de détourner la tête.

Papa s'éclipsa un instant de son devoir officiel et vint me serrer dans ses bras. Posant sa main sur ma tête comme pour me mesurer, il me dit : « Mia, je crois bien que tu as encore grandi. »

Je hochai la tête ; moi aussi j'avais l'impression d'avoir grandi. Et j'étais très heureuse de rentrer chez moi.

Épilogue

Le rite de passage

20

J'ai toujours détesté le mot *maturité*, surtout, je pense, parce qu'on s'en sert trop souvent comme d'un gourdin. Quand vous faites quelque chose qui ne plaît pas à quelqu'un, il dit que vous manquez de maturité, quels que puissent être les mérites de votre action. Par ailleurs, il me semble que ce que l'on appelle maturité est trop souvent un refus de s'engager dans la vie. Si vous regardez vraiment la vie face à face, vous ferez forcément des erreurs, vous ferez des choses que vous regretterez, vous direz des choses que vous aimeriez pouvoir effacer ou exprimer autrement, bref vous tâtonnerez un peu dans le noir. Les gens « mûrs », qui vivent sans faire une seule fausse note ou une seule erreur, sans la moindre maladresse, sacrifient tout ce qu'il peut y avoir d'original et de créatif dans la vie pour cela. Ils ne connaissent ni les vrais succès ni les vrais échecs. Je n'ai jamais envié cela, et voilà pourquoi j'ai toujours refusé d'accepter l'image que l'on donnait généralement à la maturité.

Ce n'est qu'après mon retour de l'Épreuve que je me fis une idée personnelle de ce qu'était la maturité. La maturité est la capacité d'extraire des bribes de vérité des mensonges et des faussetés socialement acceptés avec lesquelles on a grandi. Il est facile, désormais, de voir que les guerres religieuses du passé étaient dénuées de fondement, de voir que le capitalisme en lui-même n'était pas mauvais, que l'honneur ne justifie généralement pas que l'on tue quelqu'un d'autre, que le patriotisme nationaliste n'avait en fait plus aucune signification au XXIe siècle, et qu'une cravate bien nouée n'a que peu de rapports avec la valeur d'un individu. Il est plus difficile de jeter le même regard critique sur les folies de l'époque où l'on vit, surtout si on les a acceptées sans les remettre en question depuis toujours, depuis notre naissance. Tout le reste mis à part, si vous ne tentez pas au moins de faire cela, vous n'êtes pas mûr.

Je parvins à cette conclusion après avoir assisté à la réunion de l'Assemblée consacrée à la question de notre expérience sur Tintera. Ce que nous avions vécu choqua beaucoup de gens du

Vaisseau, et notre description de Tintera fut pour eux comme un aperçu de l'enfer. Les habitants de Tintera pratiquaient sans aucun doute la libre natalité (même maintenant, je dois dire que l'idée ne me plaît nullement). Ils pratiquaient sûrement l'esclavagisme. Par on ne sait quelle ruse, ils avaient réussi à se procurer un vaisseau d'exploration et comptaient s'en servir contre nous. Et, pour finir, ils avaient tué une proportion sans précédent de jeunes gens et de jeunes filles du Vaisseau durant leur Épreuve. Mourir pendant l'Épreuve, était une chose, voir ses enfants assassinés par des bouseux, en était une autre.

Dès le premier jour de notre retour, des rumeurs commencèrent à se répandre. Le lendemain, le Conseil se réunit, et décida de diffuser dans tout le Vaisseau un exposé complet de ce qui s'était réellement passé. Pour la plupart des gens, cet exposé parut pire encore que les rumeurs.

J'étais venue témoigner avec les autres survivants devant le Conseil, et je voyais bien que ce que nous leur disions les préoccupait beaucoup. Le Conseil conclut qu'une décision majeure s'imposait sans tarder, et il décida de réunir l'Assemblée le surlendemain.

Tous les adultes étaient là, sauf les quelques centaines qui étaient absolument nécessaires pour assurer le fonctionnement du Vaisseau. Les dix-sept survivants de Tintera, ainsi que M. Pizarro et George Fuhonin, siégeaient sur l'estrade, aux côtés du Conseil, en contrebas de l'amphithéâtre. J'avais vu des pièces de théâtre se jouer à l'endroit exact où je me trouvais assise.

À l'heure prévue, papa se leva et prit la parole. Il commença par s'excuser de les avoir réunis en cette période de fêtes pour une affaire des plus sérieuses.

« Toutefois, continua-t-il, je sais que la plupart d'entre vous ont suivi les débats sur Tintera à la vid et sont conscients de la gravité du problème. Il y a un mois, un groupe de nos enfants a été déposé sur cette planète pour y subir l'Épreuve. Ils vont vous dire, exactement comme ils l'ont dit au Conseil, ce qu'ils y ont vu et vécu. Lorsqu'ils auront terminé, nous passerons aux questions et à la discussion. »

Les auditeurs étaient déjà au courant des faits, mais cette fois, ils les entendirent de notre propre bouche. Mon témoignage porta principalement sur la libre natalité. Je leur exposai exactement ce que j'avais vu. Ensuite, Jack Fernandez-Fragoso leur parla des Oiseaux. Jimmy aborda surtout la question du vaisseau d'exploration volé. L'un après l'autre, nous racontâmes les scènes auxquelles nous avions assisté ; parfois, papa nous guidait avec des questions. M. Pizarro et George Fuhonin ajoutèrent leurs témoignages aux nôtres. Lorsque nous eûmes terminé, on passa aux questions publiques. M. Tubman donna la parole à un petit homme assis sur les gradins supérieurs, à gauche. Son image apparut sur l'écran, et les haut-parleurs à murmure disposés le long des allées diffusèrent sa voix.

« Si j'ai bien compris, ils utilisent ces Oiseaux comme esclaves. Est-ce exact ? »

M. Persson résuma la réponse avec objectivité : « Nous n'en sommes pas certains. Ils les font travailler contre leur volonté, oui. La question serait de savoir s'ils sont suffisamment intelligents pour qu'on puisse les considérer comme des esclaves. Comme vous avez pu en juger par la déposition de M. Fernandez-Fragoso, certains faits semblent prouver que c'est le cas, et d'autres tendent à prouver le contraire. Il n'est donc pas certain que ce soient des esclaves, c'est cependant une possibilité qu'il ne faut pas rejeter. »

Le petit homme hocha la tête et M. Tubman donna la parole à un autre membre de l'Assemblée qui s'était manifesté.

« Ai-je raison ? Avaient-ils réellement l'intention de se servir de ce vaisseau d'exploration pour nous attaquer ? »

M. Persson répondit : « C'est également une possibilité qui n'est pas à écarter, mais elle n'est pas certaine. Elle a été réglée par la destruction du vaisseau en question. »

J'entendis l'homme marmonner « Les barbares », puis ajouter à voix haute : « Je pense que nous devrions voter des remerciements à ces jeunes gens qui nous ont débarrassés de cette menace. » Il se rassit.

La personne qui se manifesta ensuite appuya cette proposition. Je me sentis rougir, et je vis que Jimmy aussi paraissait embarrassé.

Si seulement ils pouvaient passer à autre chose. Je ne tenais pas à porter le poids de ces remerciements autour de mon cou.

« Je pense que c'est une excellente idée, dit M. Persson. Je propose que l'on passe au vote. »

Un autre membre du Conseil leva la main pour faire objection. « Je pense que nous nous éloignons du sujet de cette Assemblée. Nous pourrons voter cette motion à une autre occasion. »

Cela éveilla pas mal de discussions. Lorsque tout le monde se fut calmé, papa annonça sa décision.

« Je pense en effet qu'il serait préférable de continuer l'ordre du jour. »

Connaissant le but que papa poursuivait avec cette Assemblée, j'étais heureuse de ne pas avoir eu droit à des félicitations en guise de préambule.

Un homme demanda la parole : « Je crois que nous avons négligé une question primordiale. Ces gens pratiquent une politique de libre natalité ! Voilà qui est grave, car nous savons tous à quoi cela mène. Et ils l'ont prouvé en volant ce vaisseau – qui ont-ils tué pour se l'approprier ? – et en mettant nos jeunes en prison. Et nous ne savons pas tout ! La vérité, c'est qu'ils représentent une vraie menace. »

M. Persson commença à répondre : « C'est leur planète, M. Findlay. Nous ne pouvons pas leur dénier le droit d'avoir des lois contre la violation de propriété privée ! Quant au… »

Mon père le coupa : « Je ne suis pas d'accord. Je pense que la question de M. Findlay est pertinente, et qu'elle devrait être examinée sérieusement ! »

Cela souleva un certain émoi, mais, comme seuls les membres du Conseil étaient sur un circuit ouvert qui ne dépendait pas du contrôleur des débats, on n'entendait clairement que M. Persson et papa. Les lignes étaient clairement définies ici, comme je le savais pertinemment. Sous la politesse et l'impartialité apparentes, papa poursuivait implacablement le but qu'il s'était fixé avec l'aide de M. Tubman ; quant à M. Persson, il faisait tout son possible pour rallier l'opposition.

Lorsque le tumulte se fut calmé, M. Persson reprit : « Nous sommes parfaitement conscients du danger que représentent ces gens. Oui, nous en sommes conscients. Et pour le moment du moins, la question a été réglée. Ils pratiquent peut-être la libre natalité, mais pour l'heure, ils ne sont que quelques millions. Ils sont primitifs, arriérés. Ils ne possèdent pas les moyens de nous nuire. Au pire, nous pourrons toujours les maîtriser. Laissons ces pauvres diables vivre dans l'isolement et se forger leur propre destinée.

– Je ne suis pas d'accord », dit papa en détachant bien ses mots.

Quelqu'un hurla pour demander que l'on passe à la discussion, d'autres prirent le relais et de plus en plus de gens se mirent à crier – c'est là qu'on s'amuse, dans les assemblées – puis tous finirent par se calmer.

Le contrôleur donna la parole à l'homme qui avait parlé le premier : « C'est très bien de nous tranquilliser en nous disant cela, Monsieur Persson, bien assis dans votre fauteuil, mais pouvez-vous nous garantir qu'ils ne se procureront pas un autre vaisseau, en utilisant la même méthode que la première fois ? Pouvez-vous nous le garantir ?

– Si nous mettons les autres Vaisseaux en garde, répondit M. Persson, ce danger sera supprimé. Je pense que la véritable question est ailleurs. Il ne s'agit pas tant du mal que cette planète arriérée pourrait nous faire, mais de la raison pour laquelle elle serait susceptible de nous nuire. Et je maintiens que c'est parce qu'elle est arriérée.

– Vous vous éloignez du sujet du débat, dit papa. Nous examinons un cas spécifique, pas des généralités. Votre réponse n'est pas pertinente. En tant que président, j'y fais objection.

– Si, elle est pertinente ! s'exclama M. Persson. Comment pourrait-elle ne pas l'être ? Il s'agit d'une question plus vaste que vous ne voulez l'admettre, Monsieur Havero ! Vous évitez d'aborder la question de notre politique, de la politique fondamentale du Vaisseau, et je dis, moi, qu'il faut l'aborder, et tout de suite.

– Vous êtes hors sujet.

– Je ne suis absolument pas hors sujet ! J'affirme que nous devrions examiner la politique fondamentale du Vaisseau. Je demande un vote pour savoir si, oui ou non, nous devons examiner cette question avant de poursuivre les débats. J'appelle au vote, M. Havero. »

Les membres de l'Assemblée se remirent à crier – certains en faveur du vote, d'autres contre. Finalement, ceux qui demandaient un vote crièrent plus fort que les autres. Papa leva la main pour demander le silence.

Dès que la foule se fut calmée et qu'il put se faire entendre, il dit : « Très bien. Une motion demandant un vote sur l'opportunité d'examiner l'ensemble de notre politique planétaire a été demandée et adoptée par acclamations. Contrôleur, procédez au vote.

– Merci, dit M. Persson en appuyant sur son bouton de vote. »

Je savais que papa aurait voulu que je vote « non », mais j'appuyai sur « oui ».

Lorsque tout le monde eut voté, l'écran montra les « oui » en vert et les « non » en rouge. Il y avait 20 283 « oui » contre seulement 6 614 « non ». La question fut donc examinée.

M. Persson reprit la parole : « Comme vous le savez, notre politique passée a consisté à ne fournir aux planètes qu'un minimum d'informations techniques, et uniquement en échange d'avantages matériels. Je maintiens que c'est une erreur. Je l'ai souvent dit au Conseil, et j'avais déjà tenté, en vain, de porter cette question devant l'Assemblée. Dans son témoignage, Mia Havero a souligné que la haine des habitants de Tintera à notre égard était en grande partie due à ce qu'ils se sentaient injustement privés d'un héritage auquel ils avaient autant droit que nous. Je ne peux pas vraiment les en blâmer. Ils ne nous étaient d'aucune utilité, ne possédant rien d'intéressant à nos yeux, et, par conséquent, ils mènent une vie de misère. Ils pratiquent une politique de libre natalité ? La faute nous en incombe, je pense, car c'est à cause de nous qu'ils ignorent certains faits historiques déplaisants que nous ne connaissons que trop bien. C'était de notre responsabilité, et nous avons échoué. Je ne pense pas que nous devrions les punir pour nos erreurs. »

À peine eut-il fini de parler que les applaudissements fusèrent de toutes parts. Puis, mon père prit la parole :

« Vous n'ignorez certainement pas que je suis en désaccord avec M. Persson sur tous les points. Premièrement, la responsabilité de ce que ces gens sont devenus – des partisans de la libre natalité, peut-être des esclavagistes, certainement des assassins en puissance – leur incombe, et pas à nous. Ils sont le produit de la même histoire que nous et, s'ils ont oublié cette histoire, nous ne sommes pas tenus de la leur enseigner. Nous ne pouvons pas les juger d'après ce qu'ils auraient pu, ou dû, devenir, mais d'après ce qu'ils sont et d'après ce qu'ils veulent devenir. Ils représentent une menace, pour nous et pour tout le reste de la race humaine. J'ai la ferme conviction que la seule possibilité qui nous soit ouverte est de les détruire. Si nous ne le faisons pas, alors, et alors seulement, aurons-nous des raisons de nous blâmer. Notre position est vulnérable ; l'existence au sein du Vaisseau tient à un équilibre précaire, et la moindre erreur peut causer notre perte. Tintera est arriérée aujourd'hui, certes, toutefois, elle ne le restera pas toujours. Voilà ce qu'il ne faut pas oublier. On ne stoppe pas un cancer, et une planète qui pratique la libre natalité est un cancer. On doit détruire un cancer où il ne cessera de croître, encore et encore, jusqu'à ce qu'il ait détruit l'organisme qui le porte. Tintera est un cancer. Il faut la détruire.

Quant à l'ensemble de notre politique planétaire, je ne pense pas qu'elle ait besoin de nouvelles justifications. Les raisons qui la motivent sont évidentes, et elles n'ont pas changé. Nous vivons dans un équilibre précaire, et nous avons des raisons de vivre comme nous le faisons. Si nous devions abandonner les Vaisseaux pour nous installer sur une ou plusieurs planètes-colonies, une grande partie du savoir que nous avons préservé et développé serait irrémédiablement perdu ou mutilé. Si nous devions nous installer dans une des colonies, nous serions avalés et perdus, une infime minorité dont la voix ne pourrait se faire entendre. De plus, compte tenu des exigences que requiert des conditions de vie primitives – et même la plus évoluée des colonies est encore primitive – combien de temps nous resterait-il pour les arts, les sciences et les mathématiques ? Cela exige du temps, et le temps est rare dans les colonies. Et nombre de choses qui nous entourent devraient être abandonnées ici, faute de pouvoir être transportées et préservées. Et nous ne pourrions les reproduire sur aucune planète. Elles seraient perdues à jamais.

Nous vivons effectivement dans un équilibre précaire. Nous utilisons et réutilisons, et nous finissons à la longue par perdre des matériaux que nous ne pouvons pas remplacer par nos propres moyens. Nous dépendons donc des colonies pour notre survie. C'est un fait. Un fait irréfutable. Notre survie dépend des colonies. Et pour obtenir ce dont nous avons besoin pour notre survie, nous devons donner quelque chose en échange. Or la seule monnaie d'échange que nous possédons est notre savoir. Nous ne pouvons pas en faire cadeau, comme M. Persson l'a déjà suggéré par le passé. Nous ne pouvons pas en faire cadeau. C'est notre seule monnaie d'échange, si nous voulons continuer à vivre comme nous le faisons. La seule et unique alternative à notre politique actuelle est d'abandonner le Vaisseau. Et cela, je ne le veux pas. Le voulez-vous ? »

De nouveau, les applaudissements fusèrent à la fin du discours. Je me demandai si ceux qui applaudissaient étaient les mêmes qui avaient applaudi M. Persson. Lorsqu'ils se furent calmés, ce dernier reprit la parole :

« Je conteste, je conteste ! Non, ce n'est pas l'unique alternative. Certes, nous vivons dans un équilibre précaire. Certes, nous remplissons une fonction nécessaire que nous ne pouvons pas abandonner. J'ai néanmoins la certitude que les colons, nos cohéritiers, méritent davantage que ce que nous leur donnons, ils méritent davantage de notre part. Quelle que soit notre décision à l'encontre de Tintera, sa situation actuelle est tragique et constitue une condamnation de notre politique. Il existe d'autres solutions à cette politique. Sans même approfondir la question, il m'en vient deux à l'esprit, chacune d'elles étant préférable à notre politique actuelle. Notre état de dépendance envers les colonies est artificiel. Nous nous enorgueillissons de notre capacité à survivre et de notre force physique et mentale. Qu'est-ce que cela prouve ? Beaucoup selon vous, mais en vrai ? Pas grand-chose ! Rien, car nous n'en faisons guère usage. Comment pourrions-nous prouver notre endurance ? Nous pourrions explorer une planète et extraire nous-mêmes les matériaux bruts dont nous avons besoin. Ou, alors, nous pourrions tenter d'utiliser nos hautes capacités scientifiques, dont nous sommes si fiers, pour synthétiser tout le matériel dont nous avons besoin, pour éviter d'être dépendants à l'égard des planètes, colonisées ou non. Nous pourrions tenter de trouver comment rendre le Vaisseau véritablement autosuffisant. Aucune de ces solutions ne nous empêcherait de faire ce que nous aurions dû faire depuis longtemps : partager notre savoir, aider la totalité de la race humaine à évoluer.

Je nous accuse. Je nous accuse de paresse. Nous refusons de répondre aux défis qui se présentent à nous. Nous nous laissons mollement aller à une vie de loisirs, de fainéantise, à voler de planète en planète, en refusant les défis et en restant bien en-deçà de nos capacités. Nous nous contentons d'être ce que nous sommes quand nous pourrions être bien plus. À mes yeux, cela constitue un péché. C'est un affront envers Dieu et, plus encore, un affront envers nous-mêmes. Je ne connais rien de plus triste que de savoir que l'on pourrait être davantage que ce que l'on est, mais de se refuser à faire l'effort que cela exige. Nous pourrions aider nos confrères et nos consœurs à sortir de la vie misérable et désespérée qu'ils mènent. Ne désirez-vous pas cela ? Plus encore, j'affirme qu'il vaudrait mieux ne pas s'occuper d'eux du tout que de poursuivre notre politique paternaliste et répressive. Nous avons le pouvoir d'explorer les étoiles. Si nous étions prêts à en courir le risque, nous pourrions voyager jusqu'au bout de la galaxie. C'est en notre pouvoir. Et cela ajouterait certainement à notre savoir – ce savoir auquel nous prétendons tant tenir. Au lieu de cela, nous menons une existence de parasites. Pouvons-nous nous contenter de cet état de choses ? »

Le débat se poursuivit encore deux heures. Après les discours de M. Persson et de papa, la parole fut donnée à l'Assemblée. Les discussions furent parfois très dures. Un orateur fit observer qu'un des signes de la stérilité de notre vie était l'absence quasi totale d'art dans le Vaisseau.

M. Lemuel Carpentier se leva pour le contredire. À cette occasion, M. Mbele prit la parole, pour la première et la dernière fois de la soirée. S'inclinant cérémonieusement devant M. Carpentier, il lui dit simplement : « Monsieur, vous faites erreur », puis il se rassit.

À la fin, tout avait été si clairement défini que chacun savait dans quel camp il se plaçait. Au bout de ces deux heures, mon père se leva alors et demanda que l'on mette fin aux débats.

« Tout semble parfaitement clair. Tout ce que l'on pourra dire ne fera que répéter ce qui a déjà été exposé. Il me semble par conséquent inutile de prolonger la discussion, et je propose que l'on passe au vote. La question fondamentale semble être "Que faire de Tintera ?" C'était pour la résoudre que nous nous étions réunis. Ceux qui soutiennent M. Persson et sa politique de confinement et de je ne sais pas quoi d'autre, de rééducation, peut-être ? – voteront également pour une modification fondamentale de notre mode de vie, selon les perspectives esquissées par M. Persson, ou, selon d'autres, similaires. Ceux qui voteront avec moi pour la destruction de Tintera voteront également pour le maintien de la ligne politique que nous n'avons cessé de suivre depuis cent soixante ans. Mon analyse de la situation vous paraît-elle exacte, monsieur Persson ?

M. Persson acquiesça. « Je seconde la motion d'appel au vote.

– La motion est-elle adoptée ? »

L'immense majorité de l'Assemblée acquiesça.

« La motion est adoptée. Le vote sera : faut-il détruire Tintera ? Tous ceux qui sont en faveur de cette mesure voteront "oui". Ceux qui lui sont opposés voteront "non". Contrôleur, procédez au vote. »

J'appuyai sur mon bouton. De nouveau, le chiffre des « oui » apparut en vert sur l'écran, et celui des « non » en rouge. Le résultat fut 16 408 voix contre 10 489. Tintera fut condamnée à disparaître.

Quelques minutes suffirent pour mettre fin à l'Assemblée. L'amphithéâtre commença à se vider, mais je ne partis pas immédiatement, et Jimmy non plus. Je vis que M. Mbele se frayait un chemin vers nous. Il alla vers le bureau du président et regarda papa. Pendant un long moment, il ne dit pas un mot. Papa mettait de l'ordre dans ses papiers.

M. Mbele parla enfin : « Nous voilà donc revenus aux jours de la "discipline morale". Je croyais que tout cela était bien loin derrière nous.

– Vous auriez pu faire valoir cet argument, Joseph, lui répondit papa. Dans le cas présent, je pense que la "discipline morale", si vous tenez à vous servir de ce vieux cliché…

– Euphémisme.

– De ce vieil euphémisme. Je pense que, dans ce cas, c'était justifié par les circonstances.

– Je sais que vous pensez cela.

– Vous auriez pu prendre la parole. Pourquoi ne l'avez-vous pas fait ? »

M. Mbele secoua la tête en souriant. « Aujourd'hui cela n'aurait servi à rien. Les choses ne changent pas si vite. Il faudra attendre la nouvelle génération. » Il désigna Jimmy de la tête. « Demandez-lui ce qu'il a voté. »

Il connaissait Jimmy, et n'avait aucun doute sur ce qu'il avait choisi.

« C'est inutile, dit papa. Je sais parfaitement ce qu'ils ont voté tous les deux. Cela fait trois jours que nous en discutons vivement avec Mia, et je sais que nous ne sommes pas d'accord. Ai-je eu tort de la mettre entre vos mains ? »

M. Mbele parut surpris. Il me regarda en haussant les sourcils avant d'ajouter : « Je ne pense pas y avoir été pour quelque chose. S'il en était ainsi, vous auriez voté contre votre propre proposition. Non, ce sont les temps qui changent. Je l'espère, du moins. »

Sur ce, il nous tourna le dos et s'en alla.

« Jimmy va venir m'aider à faire mes valises, dis-je à papa.

– Très bien. À tout à l'heure. »

Je quittais l'appartement. La décision avait été prise quelques jours auparavant. Ce n'était pas seulement parce que nous ne pensions pas du tout de la même façon. Il m'avait demandé, d'ailleurs, si notre désaccord au sujet de Tintera n'était pas pour quelque chose dans ma décision.

« Non, avais-je répondu. Je crois qu'il vaut mieux que je parte. De toute façon, ma mère va bientôt revenir.

– Comment le sais-tu ?

– Je le sais, voilà tout », lui répondis-je en souriant.

Comme ma mère revenait, je savais qu'il était temps que je parte. En tout état de cause, j'étais devenue une adulte, et il était temps que je cesse de tenir la main de papa.

Je n'avais pourtant pas été tout à fait honnête avec lui, et je pense qu'il l'avait senti. Nous ne voyions plus les choses sous le même angle. Je n'aimais pas ce qu'il était en train de faire et vivre ensemble, dans le même appartement, aurait changé les choses. J'avais changé, mais ce n'était pas seulement à cause de M. Mbele. C'était un tas de choses : des expériences, des gens, y compris papa lui-même. S'il ne nous avait pas fait venir à Géo, il est évident que j'aurais voté différemment – si, par miracle, j'avais survécu à l'Épreuve.

Au moment où Jimmy et moi sortions de l'amphithéâtre, j'entendis papa appeler George : « Venez, le Conseil aimerait vous parler avant votre départ.

– Tu étais assis à côté de George, dis-je à Jimmy. Comment a-t-il voté ?

– Il a voté pour.

– C'est lui qu'ils vont envoyer, tu sais.

Jimmy hocha la tête.

Ce que je n'arrivais pas à comprendre, c'était que des personnes aussi gentilles et aussi distinguées que George ou que papa puissent de sang-froid décider de détruire un monde entier peuplé d'hommes et de femmes. Je ne le comprenais pas parce que, au cours de ces dernières semaines, mon univers s'était suffisamment élargi pour y inclure les bouseux et d'autres être considérés inférieurs, et que j'avais appris à pleurer leur mort. Je ne voulais pas que Tintera fût détruite. Papa avait *tort.* J'avais vécu ma période d'aveuglement moral, et j'en étais sortie. Il ne m'était plus possible de comprendre ce que j'avais été, et je ne pouvais pas davantage comprendre George et papa.

Cinq années ont passé depuis, et je ne comprends toujours pas vraiment. Il m'avait fallu atteindre l'âge de douze ans pour apprendre que le monde ne s'arrête pas aux limites d'un quartier. D'autres gens vivent à l'extérieur. Il ne s'arrête pas davantage aux limites du Quatrième Niveau. D'autres gens vivent ailleurs. Il m'avait fallu deux ans de plus pour appliquer cette leçon et comprendre que le monde ne s'arrête pas aux limites du Vaisseau. Celui qui veut accepter la vie doit accepter l'univers tout entier. L'univers est peuplé de gens, et il n'y a pas un seul figurant parmi eux.

J'envie les gens comme Jimmy, qui savaient cela tout du long, sans avoir eu besoin d'apprendre. Jimmy prétend que lui aussi a dû l'apprendre, que je n'y avais pas prêté attention, mais je n'en crois pas un mot.

Papa, George et les quelque seize mille habitants du Vaisseau qui avaient voté « oui » n'avaient aucun droit de détruire Tintera. Pour le dire autrement, on n'a aucun droit de tuer des millions de gens que l'on ne connaît pas personnellement. Intellectuellement, je savais depuis longtemps que la capacité de faire une chose ne vous donne pas nécessairement le droit de la faire – cela vient de la philosophie de la puissance, et je ne l'ai jamais apprécié. Nous étions sans doute capables de punir Tintera, mais qui nous en a donné le droit ? De toute façon, nous l'avons fait, car personne n'était là pour nous en empêcher, mais nous avons eu tort.

La veillée du Nouvel An termine les fêtes de fin d'année, et c'est celle que l'on célèbre le plus. Des fêtes sont organisées à chaque coin des Niveaux résidentiels, on remet tout à zéro avant de repartir pour une nouvelle année. Je devais rejoindre Jimmy à une fête donnée par Helen Pak, mais je n'y allai pas.

George était quelque part, dans l'espace, en train d'éliminer Tintera, et je ne me sentais pas d'humeur à participer à des réjouissances. Bonne année 2200 à tous !

Je descendis au Troisième Niveau, et je traversai le quartier Lev jusqu'à la porte 5. Après m'être promenée quelque temps dans le parc, je courus me mettre à l'abri, car la précipitation quotidienne s'était déclenchée. J'allai m'asseoir dans le bâtiment que je connaissais bien, pour y avoir rangé mes affaires pendant une année et demie avant d'être promue à ce rang exalté qui me donnait le droit de discipliner moralement tous les méchants de l'univers.

Seule une faible lumière provenant de la porte brillait dans le noir. Il faisait agréablement frais et la pluie s'écoulait du toit en un filet régulier. C'était, comme toutes les autres, une belle nuit pour être en vie. Ce fut là que Jimmy finit par me découvrir, assise dans le noir à chantonner doucement. Je le vis apparaître à la porte, regarder aux alentours, puis courir sous la pluie. Je fus frappée de constater à quel point il avait grandi.

Il s'assit à côté de moi. « Je pensais bien te trouver ici. Tu es déprimée ?

– Un peu.

– Demain, allons chez M. Mbele. Il veut nous voir, tu sais, et il va falloir commencer à organiser la suite de nos études.

– D'accord », dis-je avant d'ajouter « Je me demande si Att est toujours en vie.

– Mia, dit Jimmy. N'y pense pas…

– Écoute-moi… commençai-je avec véhémence.

– *Je sais.* Nous allons changer les choses.

Je hochai la tête. « J'espère seulement que ça ne prendra pas trop de temps. Que deviendrions-nous, sinon ? » Cette pensée me faisait horreur.

Jimmy se leva. « Allons, viens ! Rentrons nous coucher. »

Courbés sous la pluie, nous courûmes vers la lumière de la porte.

DANS LA MÊME COLLECTION

Deux vertiges, Dominique Douay
Lisière du Pacifique, Kim Stanley Robinson
Kallocaïne, Karin Boye
Les Pilleurs d'âmes, Laurent Whale
La Persécution de Madhav Tripathi, Aditya Sudarshan
Les Étoiles solitaires, Roland C. Wagner
L'Art du vertige, Serge Lehman

Les **Moutons électriques**

MIXTE
Papier | Pour une gestion forestière responsable
FSC® C014138
FSC
www.fsc.org

Imprimé en République tchèque,
en avril 2023